新エリア・雪原マップへ突入！
VRMMOはウサギマフラーとともに。4
VRMMO with a rabbit scarf.

スケルトンの海賊は未だに踊り続け、
僕らの周りを回っている。

『ヨーホー！　地獄のステージへようこそ！
俺様はキャプテン・トレパング！
海の悪魔と呼ばれた男さァ！』

GUILD TSUKIMI USAGI

VRMMOはウサギマフラーとともに。

VRMMO with a rabbit scarf.

4

冬原パトラ

Illustration はましん

口絵・本文イラスト　はましん

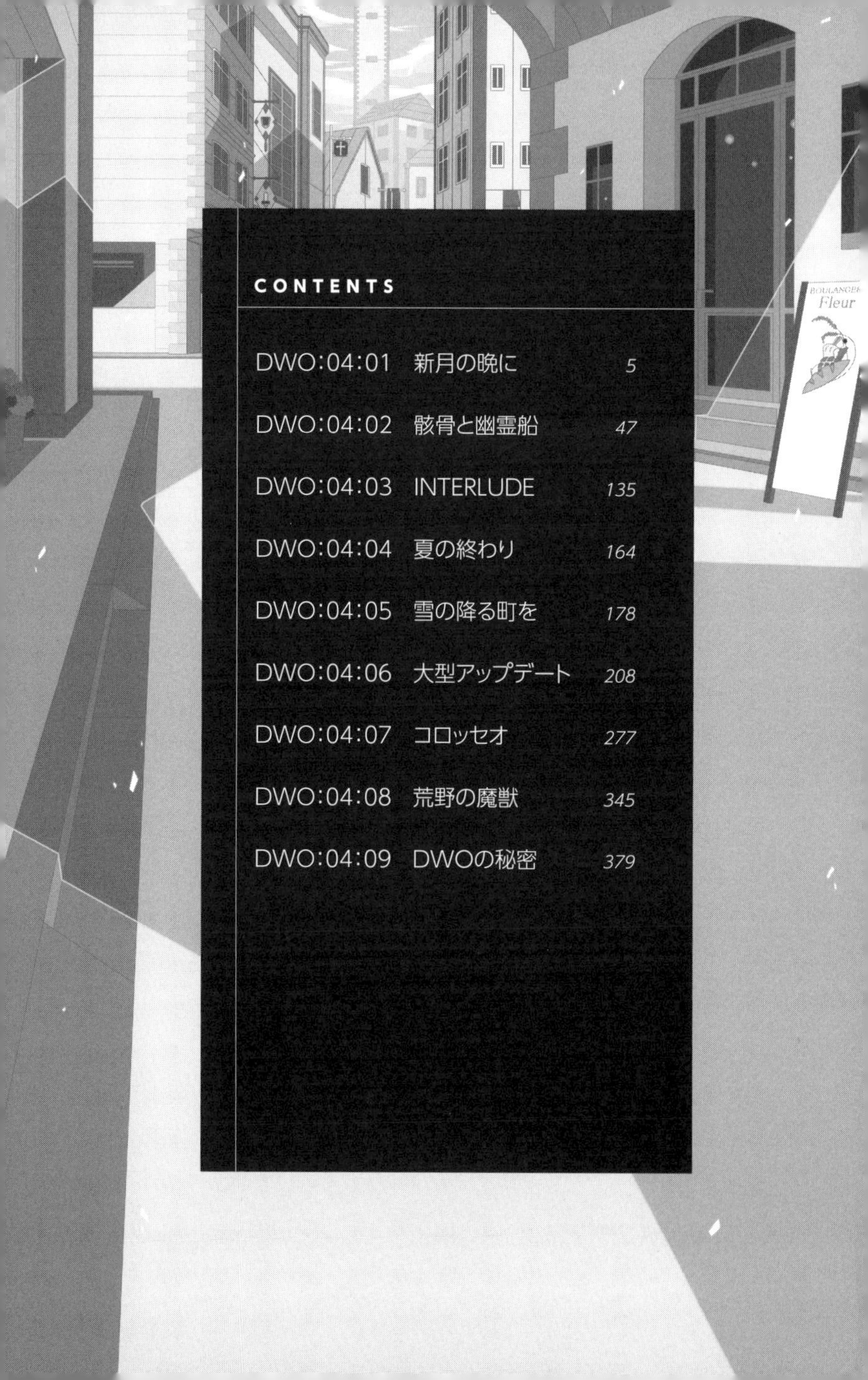

CONTENTS

『DWO』 World MAP

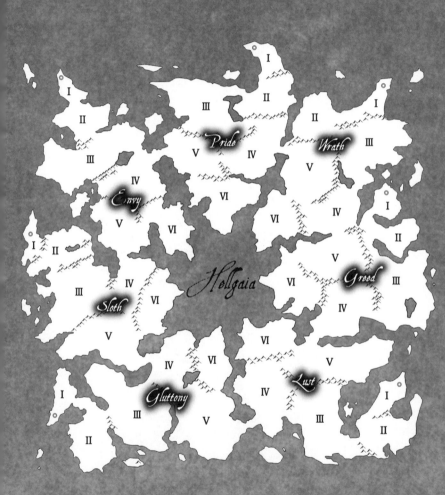

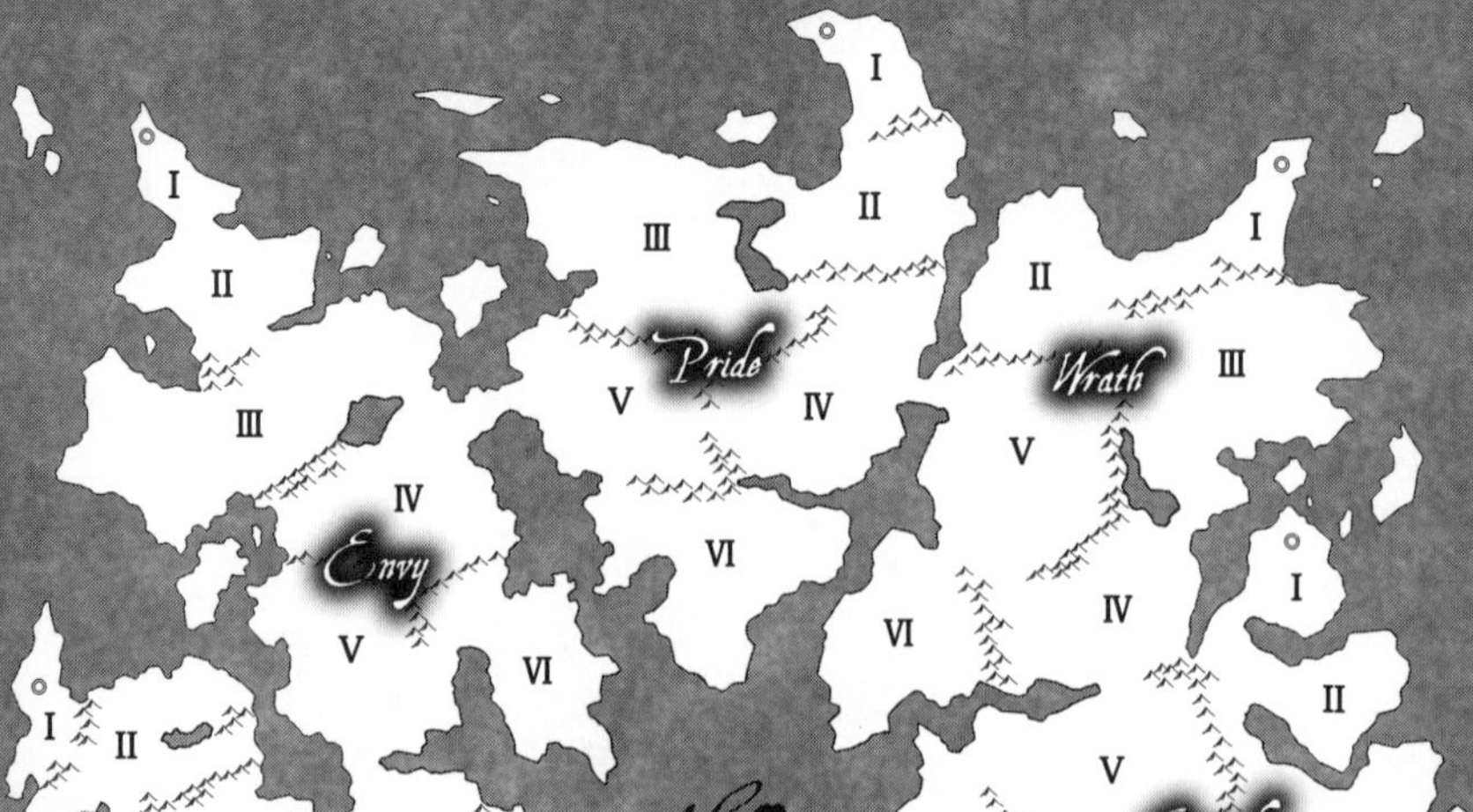

DWO:04:01　新月の晩に

【Game World】

『DWO《デモンズ》』ではリアルな一日に三回夜が来る。

僕《ぼく》らが待ちかまえていた新月の晩は、リアル時間でいうと午後八時半から午前零《れい》時までの三時間半。

これが一日前後にズレてたら真昼間か早朝だった。十日に一度、さらにこの時間帯では発見されることがあまりなかったのも頷《うなず》ける。

明日は日曜なので、レンたち年少組も深夜十一時までは大丈夫《だいじょうぶ》らしい。つまり『DWO《デモンズ》』では午前三時ってことだが。

「出ませんね」

「まだ九時だからね。真夜中ってほどじゃないし」

隣《となり》のシズカに答えながら、僕は寄ってきたロウソク型のモンスターであるキャンドラーを斬《き》り伏《ふ》せる。ドロップ品は『ワックス』の元になる『白蝋《はくろう》』。またか。

ワラワラと現れるキャンドラーにみんなウンザリしていた。

僕らがいるのは【廃都《はいと》ベルエラ】。集まったメンバーは僕ら【月見兎《つきみうさぎ》】と【スターライト】のフルメンバーだ。

僕ら【月見兎】はほとんどのギルドポイントを使い、パーティメンバーの拡張をして、リンカさんを含《ふく》めた七人パーティになった。

そしてそれぞれがそのリンカさんの造ってくれた聖属性の武器を手にしている。

僕の手の中にも【双天剣《そうてんけん》　シャイニングエッジ】という御大層《ごたいそう》な名前の双剣《そうけん》があった。

二本で【シャイニングエッジ】という名を持つこの双剣は、稀《まれ》に敵に与《あた》えたダメージの一割を回復でき、悪霊《あくりょう》系であるレイスなどの精神攻撃《こうげき》からある程度守ってくれるという。

その代わり普通《ふつう》のモンスターに対する攻撃力は双氷剣《そうひょうけん》などに劣《おと》るが。しかし、相手がアンデッド系ならこっちの方が断然いい。

【双天剣　シャイニングエッジ】　Xランク

ATK（攻撃力）＋95
耐久性《たいきゅうせい》46／46

■聖なる力を宿した双剣。
死霊《しりょう》系の精神攻撃を緩和《かんわ》する
□装備アイテム／短剣《たんけん》（双剣）
□複数効果あり／二本まで
品質：F（最高品質《フローレス》）
■特殊効果《とくしゅこうか》：
稀に敵に与えたダメージの10％を回復。

【鑑定済《かんてい》】

とはいえ、先程《さきほど》から襲《おそ》ってくるのはキャンドラーばかりで、アンデッドであるリビングアーマーがほとんど出てこないけど。

「集めた情報だと、深夜になるにつれリビングアーマーが増えるんだそうです。かなりの数が現れるみたいですよ」

キャンドラーはアンデッドではないので後方待機をしていたセイルロットさんが説明してくれた。

「ただ待ってるのって暇《ひま》だなー」

ミウラがボヤく。僕らは廃墟《はいきょ》の一角を占拠《せんきょ》し、近づくキャンドラーやリビングアーマーを撃退《げきたい》していた。

崩《くず》れた建物の屋根ではベルクレアさんとレンが周辺を監視《かんし》していた。彼女《かのじょ》たちは遠くを見渡《みわた》せる【鷹《たか》の目】と、夜でも昼間のように見ることができる【暗視】のスキルを持っている。ちなみに【暗視】なら僕も持っているが、あまり熟練度が高くないので『昼間のように』とまではいかない。せいぜい夕方ぐらいだ。

「シロ兄ちゃん、スノウを連れてきたらよかったのに」

「お前は全滅《ぜんめつ》エンドにしたいのか」

ミウラがアホなことを抜《ぬ》かしている。あいつを連れてきたらこんな暗闇《くらやみ》の中、どうなるかわかったもんじゃないぞ。

【暗視】スキルがないと、新月の今日は真っ暗闇だ。もちろん戦闘《せんとう》になれば【ライト】の魔《ま》法《ほう》を発動させたりするわけだが、実は今のところ必要なかったりする。

なにせでっかいロウソクのモンスターがそこらにウロウロしているからねぇ。

キャンドラーやリビングアーマーは察知能力が低いモンスターなので、隠《かく》れていれば意外と見つからない。『聖水』を使えばさらに確実なのだが、それでデュラハンが出なかったら最悪なので使ってない。

キャンドラーは暗闇の中じゃ目立つから不意打ちされることもないので正直倒《たお》すのは楽だ。

が、いささか数が多い。【カクテル】のギムレットさんが『白蝋』をたくさん持っていたのも納得《なっとく》できる。

「ホントにデュラハンなんか出るのかな？」

「それを確認《かくにん》するために来てるんだろ。デュラハンかどうかはわからないが、大きなリビングアーマーが出たのは確からしいし」

メイリンさんの疑問にアレンさんが答える。ギムレットさんの話だと、闇の中にボンヤリとした大きな鎧《よろい》型モンスターを見た、という。そしてその足跡《あしあと》も確認したらしい。存在しているのは確かなんだろう。

ただ、それがデュラハンとは限らないってのがなあ。

「出たとしてもこうもキャンドラーが多いと戦闘の邪魔《じゃま》だろ。少し間引いてくるか」

「あ、あたしも行くー」

「私も行きます」

暇を持て余したガルガドさん、ミウラ、リゼルの三人が連れ立って闇の中へ消えていく。

まあキャンドラーぐらいならどうということもないと思うけど、メインの前に余計な力を使うのもどうかね。

「デュラハンが出たら、まずアレンさんの『流星剣《けん》メテオラ』で一撃《いちげき》かましますか？」

「うーん。メテオの魔法は『モンスター』ってくくりじゃなくて範囲《はんい》でロックオンするから、下手するとキャンドラーたちに落ちるかもしれないんだよねぇ。できれば無駄《むだ》撃ちはしたくない。それにメテオなんかかましたら周りのモンスターたちが全部寄ってくるんじゃないかなあ」

ありゃ、そうなのか。かといって使わないのももったいない。おまけにメテオは発動に時間がかかる。前衛であるアレンさんが戦闘中に抜けるのはキツいんだけどな。

ちょこちょこと寄ってくるキャンドラーや、たまにくるリビングアーマーを倒し続けて数時間。リアル時間で午後十時になろうとしている。あと一時間で出てくれないと、レンたち年少組、そしてウェンディさんもログアウトしてしまう。【月見兎】はリンカさんとリゼル、そして僕と、半数以下で戦わねばならない。さすがにそれはキツい。

午後十時になった。ゲーム内では午前零時である。てっぺんを回ったが果たして……。

「きた……」

「え？」

小さなその声に僕ら全員が反応する。声は頭上から。屋根の上にいるレンとベルクレアさんからだ。

「いるわ。明らかにリビングアーマーよりかなり大きな個体が。それに……」

「首が、ありません」

っし！　思わずアレンさんと僕は拳《こぶし》を握《にぎ》る。間違《まちが》いない。デュラハンだ。ギムレットさんの情報は間違いじゃなかった。

「メイリン、ガルガドたちに戻《もど》ってくるように伝えてくれ。ベルクレアとレンちゃんはそのまま監視を。他のみんなは戦闘の準備だ」

建物の陰《かげ》からレンたちの監視している方向へ僕も視線を向ける。熟練度の低い【暗視】だからか見えにくいが、確かにリビングアーマーより大きな鎧がゆっくりと廃墟をさまよっているのがわかった。首はない。間違いなくあれがデュラハンだろう。

大剣《たいけん》を片手に持ち、さらに大きな盾《たて》をもう片方の手に持っている。動くたびに関節の隙《すき》間《ま》から黒い霧《きり》のようなものが漏《も》れ出していた。

アンデッドは高い再生能力を持つが、聖属性の武器に弱い。あの硬《かた》そうなデュラハンにどれだけ効果があるかわからないが、通常の武器よりはマシなはずだ。

しばらくするとガルガドさんたちも戻り、全員が揃《そろ》った。

「よし、じゃあ初手はセイルロットの【ターンアンデッド】で。おそらく抵抗値《ていこうち》の高いデュラハンには効き目が薄《うす》いだろうけど、周りのリビングアーマーを一掃《いっそう》できる。続けてジェシカとリゼルさんの火属性魔法でキャンドラーを。周りの奴《やつ》らが片付いたら前衛組は突《とっ》撃《げき》、後衛組は後方支援《しえん》を」

アレンさんが作戦を伝える。前衛組はアレンさん、ガルガドさん、ミウラ、ウェンディさん、リンカさんだ。

後衛組はベルクレアさん、ジェシカさん、セイルロットさん、レン、リゼル。

残る僕、シズカ、メイリンさんは遊撃《ゆうげき》組となる。時に攻撃、時に囮《おとり》、時にみんなのフォローと臨機応変に動く。特に僕は【分身】を使えば複数のことを同時にこなせるからな。

そのためインベントリには回復ポーションから相手の妨害《ぼうがい》アイテムまで、いろいろ取り揃えている。

前衛組がそれぞれインベントリから僕の作った回復飴《あめ》を取り出して口に含み、顔を歪《ゆが》ませた。苦いからねぇ、それ。

「準備完了《かんりょう》。ではいきますよ！」

セイルロットさんがメイスの代わりに手にした白い杖《つえ》をデュラハンのいる方向へと翳《かざ》すと、白い光を放つ魔法陣《まほうじん》が、杖の正面とその先にいるデュラハンの周囲に展開した。

「【ターンアンデッド】！」

『ギギッ』

白い光の柱が魔法陣から放たれる。その光を浴びたリビングアーマーたちは、たちまち動きが鈍《にぶ》くなり、やがて耐《た》えられなくなったように一体、また一体と消滅《しょうめつ》していく。

すごい。一撃じゃないか。かなり熟練度の高い【ターンアンデッド】だ。ちょっとセイルロットさんを見直した。

しかしセイルロットさんの【ターンアンデッド】は、リビングアーマーには効果覿面《こうかてきめん》だったが、その反面キャンドラーにはなんの効果もなかった。残念ながらアレンさんの予想した通り、デュラハンにもである。

おそらくデュラハンのレベルは、セイルロットさんの【ターンアンデッド】が及《およ》ぼすレベル域よりも上なんだろう。

リビングアーマーがいなくなったところへ今度はジェシカさんとリゼルの火魔法が放たれた。

「【ファイアバースト】！」

「【ファイアストーム】！」

どちらも広範囲攻撃《こうはんいこうげき》の火属性魔法だ。燃え広がるような炎《ほのお》の波がキャンドラーたちを襲ったあと、とどめとばかりに火炎《かえん》の嵐《あらし》が吹《ふ》き荒《あ》れる。

『ギョアアア……！』

不気味な断末魔《だんまつま》の声を残してキャンドラーたちが次々に溶《と》けていく。やがてそれは光の粒《つぶ》となって夜の闇に消えていった。

リゼルたちの攻撃範囲《こうげきはんい》にはデュラハンもいたはずなのに、ダメージをくらった様子はない。ブスブスと小さな煙《けむり》を立ち昇《のぼ》らせるだけで、ケロリとしている。鎧に火魔法は効果が薄いか。

「前衛組、突撃！」

アレンさんの言葉に従い、ガルガドさん、ミウラ、ウェンディさん、そしてリンカさんがデュラハンに向かって走り出した。

「あたしらは倒し損《そこ》ねた周辺のザコたちをやるよっ！」

そう言ってメイリンさんも飛び出す。先ほどの火属性魔法でだいたいのキャンドラーは倒したが、まだしぶとく残っているものや、新たに寄ってきたものがいる。そいつらを駆《く》除《じょ》し、アレンさんたちへと寄せ付けないようにしなければ。

メイリンさんに続いて僕とシズカも廃墟の建物から駆《か》け出す。アレンさんたちとは別の方向へ向かい、そこにいたキャンドラーたちに攻撃を仕掛《しか》けた。

「【正拳突き《せいけんづ》】！」

メイリンさんの戦技がキャンドラーに炸裂《さくれつ》する。先ほどの火炎攻撃《かえんこうげき》でダメージを受けていたのだろう、くらったキャンドラーは一撃で光の粒となって消えた。

「【バーンスラスト】」

炎をまとわせたシズカの薙刀《なぎなた》がキャンドラーを貫《つらぬ》く。シズカの薙刀は聖属性だが、これは戦技自体が火属性の技なので関係ない。こちらのキャンドラーも一撃で消えた。僕も負けてはいられない。

「【アクセルエッジ】」

左右の連撃をキャンドラーに叩《たた》き込む。斬り裂《さ》いた相手をすり抜けながら次の相手を見つけ、今度は【スラッシュ】で斬り付ける。

『シャイニングエッジ』を一閃《いっせん》すると二つの切り裂いたエフェクトが発生した。お、珍《めずら》しく【二連撃】のスキルが仕事をしたな。

今回の僕のスキル構成は、

■使用スキル（9／9）
【順応性】【短剣術】【見切り】
【敏捷度《びんしょう》UP（中）】【二連撃】
【気配察知】【暗視】
【加速】【分身】

■予備スキル（10／12）
【調合】【セーレの翼《つばさ》】
【採掘《さいくつ》】【採取】【鑑定】
【伐採《ばっさい》】【毒耐性《たいせい》（小）】
【隠密《おんみつ》】【蹴撃】【投擲《とうてき》】

となっている。

【敏捷度UP】のスキルはこのあいだやっと（小）から（中）になった。

あまり発動しない【二連撃】を入れるか【投擲】を入れるかで迷ったが、鎧相手には手裏剣《しゅりけん》も効果がなさそうだし、一応【投擲】がなくてもアイテムを投げることはできるので、【二連撃】にした。少しでも熟練度を上げたいし。

視線をデュラハンの方へ向けると、アレンさんたちとの戦闘が始まっていた。

「いくぜぇ！　【大切断】ッ！」

ガルガドさんがデュラハン目掛《めが》けて飛び上がり、手にした大剣を振《ふ》り下ろす。それをデュラハンは手にした大きな盾で防ぎ、ガルガドさんの巨体《きょたい》ごと払《はら》いのけた。とんでもないパワーだな。

「【ソニックブーム】」

ウェンディさんが剣を振ると、剣先《けんさき》から三日月のような衝撃波《しょうげきは》のエフェクトが発生し、デュラハンを襲う。中距離《ちゅうきょり》から攻撃できる【剣術《けんじゅつ》】スキルの戦技、【ソニックブーム】だ。

風のような速さでデュラハンに向かった衝撃波だが、なんでもないことのようにやつはそれを一刀両断にする。

おいおい【ソニックブーム】は一応風属性の魔法、【ウィンドカッター】と同じくらいの威力《いりよく》があるはずなのに。

「【ヘビィインパクト】」

巨大化《きょだいか》させた【魔王の鉄鎚《ルシファーズハンマー》】を今度はリンカさんがデュラハンに叩き込む。

素早《すば》く構えた盾に阻《はば》まれたが、ハンマー系の衝撃《しょうげき》までは防げない。少しだけＨＰが減ったな。

『ギギッ！』

「おっと」

よそ見をしていた僕に槍《やり》を持ったリビングアーマーが襲いかかってきた。さっきの【ターンアンデッド】でここらのリビングアーマーは全滅させたと思っていたが、どこからかまた寄ってきたのか。

こいつらをさっさと片付けて僕もデュラハンを攻撃しないと。それなりにデュラハンに攻撃を加えないとドロップアイテムが手に入らないしね。

『銀の羅針盤《らしんばん》』とやらがいくつドロップするのかわからないが、人数を多くして確率は上げておいた方がいい。ダブったらあとで売ればいいわけだし。第三エリアのボスに辿《たど》り着けるキーアイテムだ、高く売れるに違《ちが》いない。

「【十文字斬り】」

『ギギャッ！』

リビングアーマーは聖属性に弱いアンデッドだ。リンカさんに造ってもらった『シャイニングエッジ』があれば、倒すのは難しくはない。

槍を持ったリビングアーマーを十文字に斬り捨てて、僕は【加速】を発動。アレンさんたちが取り囲むデュラハンへと向かった。

【加速】を使い、一気にデュラハンの下《もと》まで辿り着く。デュラハンはアレンさんやミウラの攻撃を盾で受け止め、大剣を振るっていた。そこへ不意打ち気味に【加速】で接近した僕の戦技が閃《ひらめ》く。

「【一文字斬り】」

剣術系の共通戦技、【一文字斬り】。横薙《よこな》ぎに真っ二つに斬り裂く単純な戦技だが、これは【加速】と相性《あいしょう》がいい。立ち止まることなく、敵を倒せるからだ。

大きなデュラハンの横を駆け抜けざまに、脇腹《わきばら》を『シャイニングエッジ』で斬り裂く。鋼鉄の鎧にズバッ、と斬り裂いたエフェクトが現れ、鎧から黒い瘴気《しょうき》が上がる。どうやらダメージが通ったようだ。聖属性の武器じゃなかったら通らなかったかもしれないな。

斬られたデュラハンは身体《からだ》を捻《ひね》り、僕へ向けて剣を振るう。しかし【加速】を発動させたままだった僕は、すでに射程距離《きより》外へと離《はな》れていた。

デュラハンが大剣をぶうんと横に一回転させる。それを避《よ》けるため、アレンさんたちが剣の届く範囲から一時的に退いた。するとデュラハンの剣が夜空へ高く掲《かか》げられる。なんだ？

次の瞬間《しゅんかん》、剣先に閃光《せんこう》が走り、そこから爆発《ばくはつ》したように無数の稲妻《いなずま》が四方八方に飛び散った。

「くっ！」

「ぐうっ！」

「うわっ⁉」

運良く【加速】状態であったため、僕はなんとか避けることができた。しかし前衛陣《じん》は少なからずダメージを受けたらしい。あれほどの稲妻だ。そう簡単に躱《かわ》すことなどできなかったのだろう。

「【エリアヒール】！」

すかさずセイルロットさんから範囲回復魔法が飛んでくる。戦闘前に使用した回復飴の効果もあって、みんなのＨＰがどんどん回復していった。【エリアヒール】を受けて、デユラハンの動きが少し鈍る。鈍っただけで、回復魔法ではダメージは通らないらしい。遠距離攻撃《えんきょりこうげき》まで持っているとはな。さすが中ボス。一筋縄ではいかないようだ。

「【ファイアボール】！」

アレンさんたちの背後から、バランスボールほどの大きさの火球がデュラハン目掛けて飛んで来る。リゼルか。

『ギ』

デュラハンはそのファイアボールを大きな黒い盾で真正面から受け止める。すると燃《も》え盛《さか》っていた火の玉は、まるで雪玉が砕《くだ》け散るように拡散して消滅した。

「効かない⁉」

「ならこれで！」

驚《おどろ》くリゼルの横にいたジェシカさんが、頭上に長さ二メートルほどもある燃え盛る炎の槍を浮《う》かび上がらせた。

「【ファイアランス】！」

炎の槍が投擲される。デュラハンは先ほどのファイアボールと同じように黒い盾を構え、正面からそれを受け止めた。

するとまたしても炎の槍は盾に当たったあとに雲散霧消《うんさんむしょう》してしまう。

「魔法を無効化する盾……か？」

「反則だろ、それは！」

アレンさんのつぶやきにガルガドさんが怒鳴《どな》りながら大剣を振るう。まったくだ。どう見ても近距離《きんきより》パワー型なのに、遠距離魔法《えんきよりまほう》が効かないとか反則過ぎる。

「【ファイアウォール】！」

ガルガドさんに向かおうとしたデュラハンの正面に炎の壁《かべ》が立ち塞《ふさ》がる。デュラハンは盾でその壁を消そうとするが、その隙《すき》にガルガドさんは後退し、回り込んでいたウェンディさんがデュラハンの大腿部《だいたいぶ》を斬り裂いた。

どうやらリゼルたちは魔法でデュラハンを牽制《けんせい》する方にシフトしたようだ。動きが制限されるのはありがたい。

「とにかくまずはあの盾をなんとかしないと」

デュラハンがその盾を構えてアレンさんたちの方へ突進《とっしん》していく。まるで闘牛《とうぎゅう》のようだ。

「くっ、ウェンディさん！」

「はい！」

アレンさんとウェンディさんが前に出て、デュラハンの正面に立つ。それぞれデュラハンと同じように盾を構え、二人の身体から燐光《りんこう》のエフェクトが発生した。

「【シールドタックル】！」

「【シールドバッシュ】！」

盾持ち二人と盾を構えたデュラハンが真正面から激突《げきとつ》する。

大音響《だいおんきょう》とともにぶつかった三人はその場で押《お》し合いとなり、互《たが》いに一歩も引かぬ膠着《こうちゃく》状態となった。いや、僅《わず》かだがアレンさんたちの方が押されている。なんてパワーだ。

だがこのチャンスを逃《のが》す手はない。

「【加速】！」

無防備になっているデュラハンの背中へ向けて僕は駆け出す。横を見ると同じようにメイリンさんも飛び出していた。考えることは一緒《いっしょ》か。

「【スパイラルエッジ】」

「【流星脚《りゅうせいきゃく》】！」

斬撃回転しながら僕は宙へと上昇《じょうしょう》していく。上に昇る僕とは逆に、飛び上がったメイリンさんは、流れ落ちる流星のようにデュラハンの背中へと蹴《け》りを見舞《みま》っていた。星のエフェクトが出てら。派手な戦技だな。

ダメージを受けたデュラハンがよろめき、均衡《きんこう》が崩れる。

「「はあああああああッ！」」

ここぞとばかりにアレンさんとウェンディさんが数歩踏《ふ》み込み、その衝撃でデュラハンが後方へと弾《はじ》き飛ばされた。

「【サウザンドレイン】！」

倒れたデュラハンに雨霰《あめあられ》とベルクレアさんの放った無数の矢が降ってくる。倒れても離さなかった盾を上に構え、それを凌《しの》ごうとするデュラハンだったが、いくら大きな盾とはいえ、全身を隠せるはずもない。足や肩《かた》など盾で守れなかった部分を矢が貫いていく。

「ふっ！」

鎧を貫く矢ってすごいな。ゲームなんだしそれもアリか。それとも聖属性だからかな？

倒れているデュラハンにリンカさんの『魔王の鉄鎚《ルシファーズハンマー》』が振り下ろされる。

横へゴロロロッと転がってそれを躱したデュラハンはすぐさま立ち上がり、手にした大剣を天に向ける。ヤバい！

「【加速】！」

閃光が走り、再び無数の稲妻が周辺に撒《ま》き散らされる。【加速】してリンカさんを抱《かか》え上げた僕の背後を、まばゆい稲妻が駆け抜けていった。危なっ！

「シロちゃん、ぐっじょぶ」

腕《うで》の中でリンカさんが親指を立てる。

リンカさんを下ろし、今度はデュラハンのもとへ集まろうとしていたリビングアーマーを、一人で撃退しているシズカのもとへと走った。

「交代しよう。シズカもデュラハンに一撃入れてくるといい」

「では、お言葉に甘《あま》えて」

薙刀を小脇《こわき》に抱え、シズカがデュラハンへと向かっていく。デュラハンと戦闘しておかないと、倒したときアイテムドロップしないからな。

リビングアーマーを倒しつつ、インベントリからマナポーションを取り出して一気に飲む。【加速】で減ったMPを回復しておかないと。

「おっと」

襲いくるリビングアーマーを斬り倒しながらそんなことを考えていると、またしてもデュラハンから稲妻が飛んできた。距離があるので【加速】を使わなくても躱すことができる。

デュラハンのHPはやっと1／3削《けず》ったくらいか。なんて硬いやつだ。聖属性の武器を揃えてこれでは普通の武器ではほとんど削れないのではないだろうか。

リビングアーマーが片付いたので、再びデュラハンのもとへと僕も向かう。

「【スパイラルショット】！」

レンの放った矢がデュラハンの右腕《みぎうで》に深々と刺《さ》さる。怯《ひる》んだデュラハンへ斬り込んだシズカが、手にした薙刀を一閃させた。

「【ペネトレイト】！」

突《つ》き出された薙刀でデュラハンは脇腹を貫かれる。しかしデュラハンはそれに構わず大剣を振り回し、引き抜いた槍で受け止めたシズカが吹っ飛んだ。

「きゃっ！」

「おっと！」

吹っ飛んだシズカをメイリンさんがキャッチする。危ないな。やはりあのパワーは危険だ。

デュラハンが大剣を天に向ける。またあの稲妻かと警戒《けいかい》してみんなが守りを固めると、デュラハンはその剣を大地へと勢いよく叩きつけた。

地面が爆発し、前方へと砕けた石片が飛び散る。爆散した小石が弾丸《だんがん》のように僕らを襲い、後衛組と盾を持っていたアレンさんとウェンディさん以外はそれをまともに受けてしまった。

これってガイアベアの特殊攻撃《とくしゅこうげき》……！　こんなこともできるのか。

さすがの僕もこれは躱せない。【加速】なんかしたら自分から当たりに行くようなものだし。くそっ、ＨＰがだいぶ削られた。

デュラハンは再び大剣を手にし、石飛礫《いしつぶて》でダメージを受けたミウラ目掛けて振り下ろす。

それを前に出たウェンディさんが正面から盾で受け止めた。

「く……！」

「【エリアヒール】！」

セイルロットさんが放った回復魔法の光が辺りを包む。それに怯んだデュラハンにガルガドさんの大剣がお返しとばかりに振り下ろされた。

「【大切断】ッ！」

それを盾で受け止めるデュラハン。剣はウェンディさんに、盾はガルガドさんに向けられているそこへ、飛び込んだリンカさんの『魔王の鉄鎚《ルシファーズハンマー》』が、胸部鎧をしたたかに打ち付けた。

『ゴガッ！』

当たった瞬間、【Ｃｒｉｔｉｃａｌ《クリティカル》　Ｈｉｔ《ヒット》！】の文字が浮かぶ。よろめいたデュラハンの頭上（頭がないのに頭上とはこれいかに）に星とヒヨコが浮かび、くるくると回っていた。ピヨった！

「みんなそいつから離れろ！」

えっ⁉　アレンさんの言葉に一瞬《いっしゅん》、何を言っているんだ⁉　と疑問が浮かぶ。

斬りかかる絶好のチャンスじゃないか、と思ったが、アレンさんが輝《かがや》く『流星剣メテオラ』を天にかざしているのを見てすべてを察した。どうやら数秒前から準備していたようだ。

波が引くようにみんながデュラハンから距離を取る。周辺にはデュラハン以外敵はいない。これなら。

「【メテオ】！」

アレンさんがメテオラを振り下ろす。剣の光が夜空へと飛んでいき、空の一部を切り裂くと、そこにポッカリと大きな穴が空いた。

そこから燃え盛るバスケットボールほどの火の玉が落ちてくる。火の玉は真っ直《す》ぐにデュラハンへと落ちていき、大音響とともに地面へと衝突《しょうとつ》した。

爆風《ばくふう》とともに土煙《つちけむり》が舞《ま》い上がる。あんな小さな隕石《いんせき》なのに派手な効果だな！

土煙が晴れた小さなクレーターの中にデュラハンの姿が浮かび上がった。少しよろめいているが、しっかりと立っている。あれで倒れないのか……。

デュラハンのＨＰは１／４を切っている。魔法を無効化する盾も、ピヨっていては使えなかったようだ。黒い鎧は全身にヒビが入ってボロボロだ。もう少しかな。

「【分身】！」

ＨＰを半分にし、二人に分身する。これ以上はリスクが高い。一撃死さえしなければなんとかなる……と思う。

「【加速】」

分身体と縦に並んで疾走《しっそう》する。先に走るのが分身体だ。僕はその後を追いかけるようにして、デュラハンへ向けて駆けていく。

『【アクセルエッジ】』

分身体が戦技を発動させる。デュラハンがそれを黒い盾で防ごうと、盾を持つ左手を前面へと向けた。

その瞬間、僕は分身体の背後から横に飛び出し、無防備になった盾を持つ左手めがけて新たな戦技を発動させる。

「【双龍斬《そうりゅうざん》】！」

下へ向けてクロスさせた腕を跳《は》ね上げて、デュラハンの腕をX字に斬り裂く。これで終わりじゃないぞ。

「【ダブルギロチン】！」

斬り裂いた腕を左右に持った『シャイニングエッジ』でさらに斬り下ろす。二本の双天剣に襲われたデュラハンの左腕《ひだりうで》は、肘《ひじ》から黒い瘴気を噴出《ふんしゅつ》しながら千切れて飛んだ。

『グガッ!?』

左腕ごと盾を取り落としたデュラハンがよろめいて後退する。そこへ飛来した光の槍と炎の槍が、デュラハンの胸に深々と突き刺さった。

セイルロットさんの神聖魔法とジェシカさんの火魔法か！

「もう少しだ！　畳《たた》み掛《か》けろ！」

アレンさんの号令に従い、みんな一斉《いっせい》にデュラハンへと斬りかかっていく。

片手で大剣を振り回し、デュラハンが連続で稲妻を放つ。もうみんなダメージ覚悟《かくご》で突っ込んでいき、デュラハンへと手傷を負わせていった。

そんな状況《じょうきょう》であるのに僕《ぼく》はといえば、先ほどの連続戦技と【分身】、【加速】の併用《へいよう》で、HP、MP、スタミナとどれもこれも大きく下がり、インベントリからポーションを取り出し、回復中だ。なんとも情けない。

「こいつ、さっきより硬くなってるよ！」

「残りHPで防御力《ぼうぎょりょく》を変えるのか!?　厄介《やっかい》だな！」

ミウラとガルガドさんの大剣コンビがオーガ族持ち前のHPの高さでデュラハンに肉薄《にくはく》していく。後ろからセイルロットさんの回復魔法が飛び、ベルクレアさんとレンの矢が次々とデュラハンに突き刺さった。

「【シールドバッシュ】！」

ウェンディさんの盾の一撃により、デュラハンがよろめく。そこへシズカとメイリンさんが追撃《ついげき》を加えると、デュラハンはさらに後退し、地面に膝《ひざ》をついてしまった。

ＨＰはすでにレッドゾーン。もう少しで倒せる！

回復が終わった僕は再び【分身】を使い、今度は八人へと増殖《ぞうしょく》した。ＨＰが１／１２８になる。稲妻による一撃どころか、かするようなダメージでもその場で即死《そくし》だ。しかし全員で攻撃《こうげき》し、八倍のダメージを与《あた》えれば……！

「みんな離れろ！」

ガルガドさんが叫《さけ》ぶ。え？

視線を後方へ向けると、リゼルが風の魔法と炎の魔法を融合《ゆうごう》させているところだった。

あれって、ランダムボックスの時に手に入れた【合成魔法】⁉

「ちょっ……！　ここでぇ⁉」

「【トルネードファイア】！」

デュラハンを中心に螺旋《らせん》の炎が荒れ狂《くる》う。

燃え盛る炎の竜巻《たつまき》は三つに分かれ、中心にいるデュラハンを巻き込んで大きな竜巻となり、新月の闇夜《やみよ》を赤く染め上げていた。

火炎旋風《かえんせんぷう》の柱はさらに大きく渦巻《うずま》いて、デュラハンを空高く舞い上げた。

唐突《とうとつ》にあれだけ燃え盛っていた炎がフッと消え、空からデュラハンが落ちてくる。

ゴシャッと鈍い音を響《ひび》かせて、地面にデュラハンが激突し、ヒビだらけだったその黒い鎧はバラバラに砕け散った。

デュラハンは鎧のモンスターだ。当然その中身はない。鎧の中からは真っ黒い瘴気が溢《あふ》れ出したが、風に散じて消えていった。

残った鎧が光の粒になる。え？　倒しちゃったの？

「いやったあっ！」

ミウラの叫びをきっかけにみんなから歓声《かんせい》が湧《わ》き上がる。

八人に分かれていた僕は、それをなんとも言えない気持ちで眺《なが》めていた。えっとぉー……。

教訓。出し惜《お》しみはよくない。

◇　◇　◇

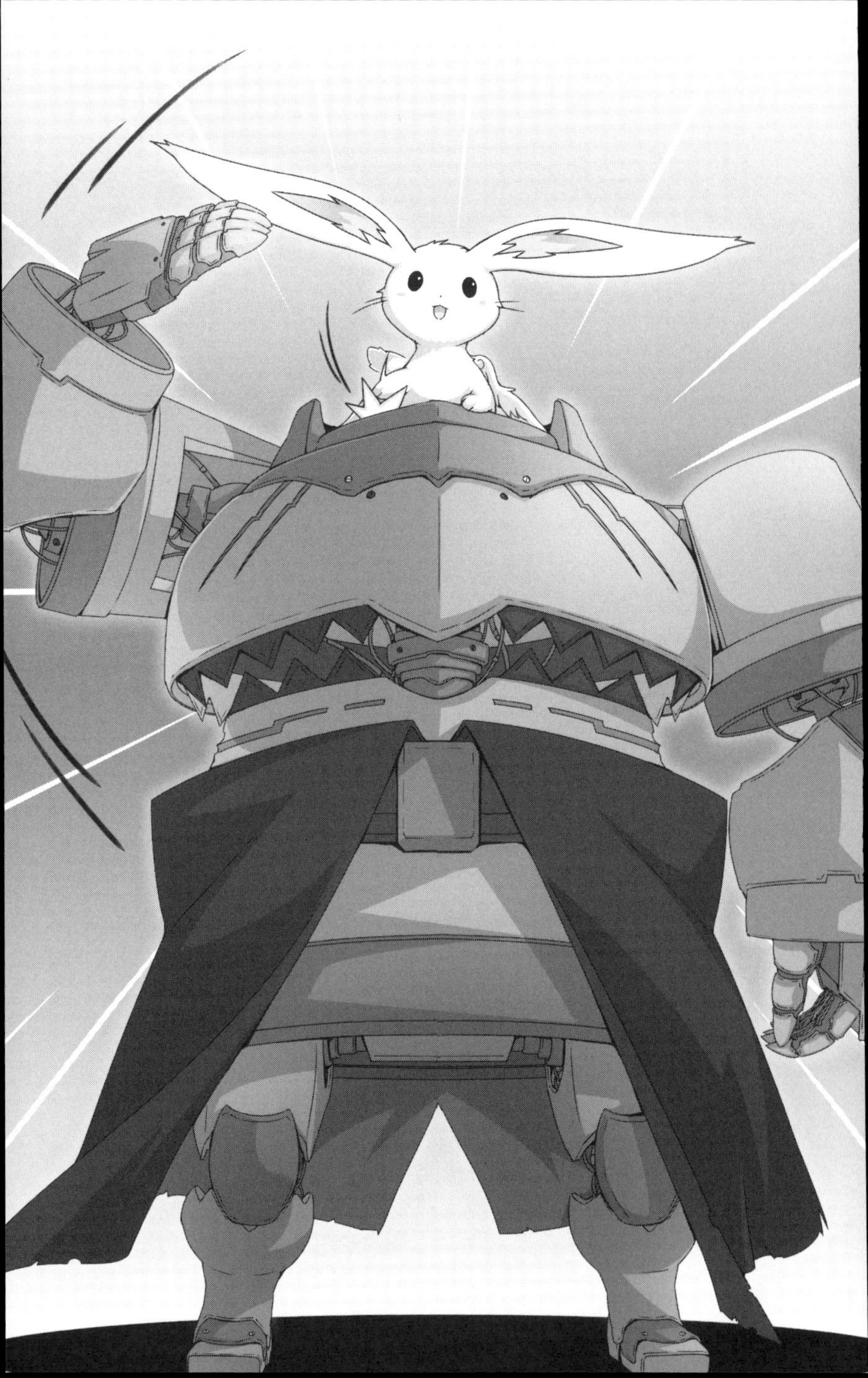

デュラハンを倒した僕らはさっそくステータスチェックとインベントリの確認をする。本来の目的である『銀の羅針盤』が手に入ったのか確認するためだ。

ステータスの方はレベルが31になった。熟練度もそこそこ上がっている。あ、【見切り】が最大値になって☆が付いてる。上位スキルに変換《へんかん》できるぞ。確か分岐《ぶんき》なしで【心眼】だったか。

おっとそれよりもドロップチェックだ。

『デュラハンパーツ』が三つ。……なんのパーツなんだろう。そしてなにに使うんだろう。鎧を造れってことかね？

『亡者《もうじゃ》のダガー』が一つ。あー……これ、リビングアーマーも落とす錆《さ》びついた使えないダガーだ。ハズレだな。

『シルバーチケット』が一つ。おっ！　これは嬉《うれ》しい。だけど僕はガチャ運悪いからなぁ。

そして『銀の羅針盤』。

「よし！」

目的のものは手に入った。インベントリから取り出してみると、銀色に輝く直径十センチほどの羅針盤が現れた。

見ると普通《ふつう》の方位磁針と違って針が一定しない。ゆっくりとくるくる回っている。これは第三エリアのボス近くに行かないと定まらないのだろうか。

「おっ、シロ君も手に入れたのか」

横を見るとアレンさんも『銀の羅針盤』を持っていた。僕らだけではなく、他にミウラ、レン、セイルロットさん、ベルクレアさんも手に入れていた。十三人中六人か。ほぼ半分がドロップしたらしい。比較的《ひかくてき》手に入りやすいアイテムだったのかな。

「まあ、十日に一回しか現れないモンスターだし、時間も限られるからね。一ギルドに一つあれば充分《じゅうぶん》なら、残りは市場に回すのが一番だろうな。デュラハンに会えなくて手に入らないプレイヤーも助かるし」

「初めは高額で売れるかもしれませんね」

「そうだね。情報公開すればすぐに値崩《ねくず》れするだろうけど」

僕らは『銀の羅針盤』が手に入ったら、デュラハンの情報を隠《かく》すつもりはなかった。ただでさえこの次は十日後なのだ。さすがにそれはフェアじゃない。

とはいえ、その十日の間に第三エリアのボスを探し出してやるつもりではいたが。倒《たお》せるか倒せないかは別として。

「さて、こうなると次は第三エリアのボスだけど……君たちはどうする？」

アレンさんがレンに話しかける。【スターライト】は第三エリアのボスに挑《いど》むつもりなのだろう。【月見兎《つきみうさぎ》】はどうする？　と聞いているのだ。

「海に出るんですよね？」

「うん。第三エリアのボスはやはり海にいると僕は思う。大型じゃないけど僕らは船を一隻《せき》持っているし、もう一パーティくらいなら乗れるけど……」

「連れてってもらえるんですか？」

「ここまできたら、一緒に行こうよ。ブレイドウルフの時と同じく、一回目だし負けるかもしれないけど」

そりゃそうだ。このエリアで初のボス挑戦《ちょうせん》なのだ。あっさり倒せる方がおかしい。

「一応挑戦するのは三日後としている。当然デュラハンよりも強い相手だろう。簡単には勝てないと思う。それでも勝つつもりで行くけどね」

「僕らが行って足手まといにならないですかね？」

「今の戦いを見て誰《だれ》も足手まといとは思わないよ。それにボスと戦うのはパーティ別かもしれないし」

僕が疑問を呈《てい》するとアレンさんは笑いながらそう答えた。そうか。デュラハン戦は一緒に戦えたけど、ガイアベアもブレイドウルフもギルドごとの戦闘《せんとう》だったっけ。

となるとアレンさんたちが戦ったあとに僕らも戦うか、それとも引き返すかってことになるかもしれないいな。

「もし第三エリアのボスがレイドボスなら、みんなで戦うってことですか？」

「もし第三エリアのボスがレイドボスなら、二パーティで倒せるとはちょっと思えないけどね」

むう。それもそうか。もしも第三エリアのボスがレイドボスなら、もっと多人数の戦力と戦《や》りあえるだけの強さを持っている気がする。三十人くらいとか？

グラスベンを襲《おそ》ったグリーンドラゴンはそれぐらいの強さだったよなあ。ブレス一発で何人も死に戻《もど》りしてたし。

レイドボスであろうとなかろうと、どっちにしろ確認《かくにん》のために同行させてもらうのは悪いことではないだろう。

レンもそう考えたらしく、アレンさんの提案を受け入れた。

「ではそういうことで。申し訳ありませんがそろそろ時間ですので、私《わたくし》たちはログアウトさせていただきます」

ウェンディさんの言葉にウィンドウの時計を見ると、リアル時間で十時半だった。十一時までＯＫとはいえ、年少組はもう寝《ね》た方がいいだろう。

「では失礼致《いた》します」

「みなさん、お休みなさい」

「楽しかった！　じゃあね！」

「お休みなさいませ」

保護者であるウェンディさんがログアウトすると同時に、三人も強制ログアウトされる。

あの三人がいなくなると急に寂《さび》しくなるな。

「さて。ついに第三エリアのボスとご対面か。どんなモンスターなのかな」

「あたしはクラーケンじゃないかと思ってるけど」

「いやいや、メイリン。それはストレート過ぎる。ここはひねってケルピーとかだね」

「セイレーンってのもあるかもよ？　【耳栓《みみせん》】スキルが必要かしら？」

【スターライト】のみんなが次の戦いに思いを馳《は》せているのをよそに、僕は手に入れた『シルバーチケット』を取り出した。

「あ！　シロ君、チケット手に入れたの⁉」

目ざとくリゼルが寄ってくる。う。いま回すとリゼルに運を吸い取られそうな気が。しまったな、こっそりとあとで回すんだった。

「へえ、デュラハンはガチャチケットも落とすんですね」

「なにが出るかな？　早く回してよ！」

セイルロットさんもメイリンさんも寄ってきた。今日は回しません、とは言えない雰囲《ふんい》気《き》だ。くそう。

ピリリッ、とチケットを切り取り線から切り取ると、三頭身のデモ子さんがポンッと現れた。チケットが銀色の大きいコインに変わる。

『チケットをお使いいただきありがとうですの！　【アイテム】【武器・防具】【スキル】のうち、どれかを選んで下さいですの！』

「うーん……。【アイテム】……いや、【スキル】で！」

『了解《りょうかい》ですの！　【スキル】ガチャ、しょ〜か〜ん！』

目の前にデカいカプセルトイの機械が現れる。投入口にコインを入れて、ガチャリガチャリと一回転させた。

大きなカプセルがコロンと転がって、中身が飛び出してきた。

野球ボールほどの水晶《すいしょう》球に拳《こぶし》を握《にぎ》りしめたアイコンが浮かんでいる。握りしめた拳から炎《ほのお》のような揺《ゆ》らめきが浮かんでいるな。

「うわっ！　【魔拳《まけん》】だッ!?　すごい！」

覗《のぞ》き込んだメイリンさんが叫ぶ。【魔剣《まけん》】？　いや、この場合【魔拳】か。

インベントリに入れると確かに【魔拳】と出た。星二つのスキルじゃないか！　こりゃレアスキ、ル……。

スキルの説明を読む僕のテンションが下がっていく。

【魔拳】は格闘《かくとう》スキルである。拳《こぶし》に魔力《まりょく》をまとわせて、属性攻撃を生み出すスキルらしい。相手に合わせて属性を変えることのできる強力なスキルである。それはいい。

問題はその下の使用条件。

『扱《あつか》えるのは【拳士《けんし》】の称号《しょうごう》を持つ者のみ』

という、部分である。

「……メイリンさん、【拳士】の称号ってどうすれば取れるんでしたっけ？」

「【格闘の心得】と【拳撃】をカンストすれば取れるよ」

はい、アウトー。今からこのスキルのために【格闘の心得】と【拳撃】をカンストなんかしてられないってーの。おまけにこのスキルを使うときは当たり前だけど、双剣《そうけん》スキル使えないし。

くそう。ダメだ！　やはり僕のガチャ運は周りに吸い取られている！

周りの人たちが欲《ほ》しいアイテムを手に入れてしまう呪《のろ》いにかけられているんだ！

今度回す時は周りに誰もいない時に回そう……。

「……メイリンさん、これ買います？」

「いいの!?」

いいのもなにも思いっきり期待した目で見てたよね、あなた。絶対にこの中でこのスキルを装備できるのは自分だけってわかっていた目でしたよ、こんちくしょう！

【魔拳】の価格相場を調べようとしたが、アホみたいな金額をつけている馬鹿どもしかいなかったので、平均的な星二つの値段でメイリンさんと交渉《こうしょう》して金額を決めた。

僕が使えそうなスキルが手に入ったら優先して回してもらう約束をしたし、大金も入ったからよしとしとくか……。……いいのかそれで？

「シロ君がガチャ引くと周りの人が欲しいアイテムが出るよね」

「好きでやってんじゃないやい」

痛いところを突いてきたリゼルを睨《にら》みつける。呪いをかけたのはお前か？

「マジか。俺《おれ》もチケット出たらシロに回してもらおうかな」

「幸運を振りまくウサギ……。スノウと同じね。【豪運《ごううん》】スキルとか持ってる？」

ガルガドさんとジェシカさんが勝手なこと言ってやがる。幸運を振りまいた挙句、僕が不幸になるんじゃ意味がないからね！

本当に【幸運】とか【豪運】とか手に入れた方がいいかもしれん……。

◇◇◇

「結局この『デュラハンパーツ』ってなんなの？」

次の日、再び集まった【月見兎】の僕らは手に入れたアイテムについて話し合っていた。

僕の手に入れた『デュラハンパーツ』は三つ。『デュラハンパーツ（右腕部）』と『デュラハンパーツ（胸部）』、そして『デュラハンパーツ（右脚部《みぎあし》）』だ。

デュラハンのパーツらしいが、インベントリから取り出してみるといささか小さい。まるで子供のデュラハンのパーツみたいだ。

「シロさんが『右腕』『胸』『右脚』。私が『左肩《ひだりかた》』と『左脚《ひだりあし》』。ウェンディさんが『腹』と『左腕』。リンカさんが『腰《こし》』。ミウラちゃんが『右肩《みぎかた》』と『胸』。シズカちゃんが『右腕』

と『左腕』。リゼルさんが『左脚』……。何個か被《かぶ》ってますね」

「頭部がないけど」

「『デュラハンパーツ』なんだから頭があったらおかしい。それよりこれ繋《つな》いでみない？」

リンカさんがそう言い出した。まあ、見るからに組み立てろって造りだしな。『デュラハンパーツ』と言いながら中身は空洞《くうどう》ではなく、なにやら機械のようなものが詰《つ》まっているし。

『胸』『腹』『腰』『右肩』『左肩』『右腕』『左腕』『右脚』『左脚』の九パーツを繋げると、三頭身……頭がないから二頭身？　いや、頭があったら三頭身……まあ、そんな感じの鎧《よろい》が出来上がった。

ピッ、とウィンドウが開く。

「『アシストデュラハン』？　ああ、お手伝いロボットみたいなものか」

『DWO《デモンズ》』では生産や店の手伝いに使役《しえき》したモンスターを使うこともできる。これもその一つなのだろう。

「この場合ゴーレムと言うのでしょうが……。ギルマスによる登録が必要のようですね。お嬢様《じょうさま》、お願いいたします」

「えっと……所属は【月見兎】、と。名前はデュラハンだからデュラちゃんでいいかな」

おい。なんだその安直な名前は。スノウの時に僕の命名を散々却下《きゃっか》したくせに。

じゃあ他になにかいい名前はあるかと言われれば僕も大して思《おも》い浮かばないので黙《だま》っておくけど。

「デュラちゃん【起動】と」

レンがウィンドウにタッチすると、床《ゆか》に寝ていたデュラハン……デュラがガシャン、と起き上がった。

そのまま立ち上がり、深々と頭を下げる。頭無いけどな。

「さすがに話はできないか」

その通り、というようにデュラは頭……というか胴体《どうたい》を小さく前後に揺らす。

「しかし、我々の言葉は理解しているようです。ギルド内でしか使えないみたいですが、サポート要員としては充分かと」

「だけど頭が無いのはなんか寂しいなあ。あ！　スノウを乗っけてみようか」

「きゅっ？」

ミウラがテーブルの上で丸くなっていたスノウを抱《だ》き上げた。デュラの首は皿のようにボコッとへこんでいて、スノウがそこに入るとちょうど首だけが鎧騎士《よろいきし》に生えたようにも見える。兎騎士《うさぎきし》爆誕《ばくたん》。顔とボディの比率がおかしいが。

「なんか昔のロボットアニメであんな風に合体するのあったよね」

リゼルが耳打ちしてくるが、頭のパーツが分離《ぶんり》合体なんてそんな作品、いろいろあってどれだかわからない。っていうか、なんでそんなこと知ってるんだ。ヨーロッパじゃ日本の古いアニメが流れてるんだっけか？

「バランスが悪いですわね」

「そのうちちゃんとしたサイズの頭を作ってあげましょう」

いや、普通に鎧の兜《かぶと》でも乗っけておけばよくない？　だいたいちゃんとしたサイズの頭って、兎の？

シズカとレンの会話にツッコミを入れたいところだが、ワイワイとはしゃいでいるところに水を差すこともないか。

「きゅっ！」

首の上にいるスノウが前足でたしたしと叩《たた》くと、デュラがガッシャガッシャと前進する。従わされてる……？　意思疎通《そつう》できるのか、あいつら。というか、スノウの方が上なのかよ。

「きゅー！」

スノウはデュラに乗ってご満悦《まんえつ》だ。そいつはお前の乗り物じゃないからな？

ガッシャガッシャと歩き回るデュラはけっこう力持ちで役に立った。暇《ひま》な時は桟橋《さんばし》で釣《つ》り竿《ざお》を垂らして魚などを釣り、ギルドのインベントリに入れておいたりしてくれる。

そのうちデュラハンを倒した他のギルドにも、このアシストデュラハンは広まっていくんだろうなあ。オリジナルの改造をするところも増えてきそうな気もする。

僕はデュラに【調合】を手伝ってもらいながら、そんなことを考えていた。

第三エリアのボスがどんな奴《やつ》かは知らないが、ポーションが多くて困ることはないだろ。グリーンドラゴンのときみたいに一撃《いちげき》で死に戻りとかじゃなけりゃ……。いや……エリアボスだしなぁ……しそうな気もするなあ。グリーンドラゴンより弱いってことはないだろうしなあ。

とにかく準備だけはしておこうと僕は【調合】を続けた。

DWO:04:02　骸骨と幽霊船

【Game World】

「これが僕たちの船、『銀星号』だ」

「おおー……！」

【怠惰《たいだ》】第三エリアの都、湾岸《わんがん》都市フレデリカの波止場《はとば》にその船は停泊《ていはく》していた。

アレンさんは小型船と言っていたが、なかなかの大きさだと思う。

マストが三本立っていて、どことなく船体はずんぐりとしている。船体に銀のラインが入っていて、後方デッキには星のレリーフが付いていた。帆《ほ》には大きく【スターライト】のギルドエンブレムが描《えが》かれている。

「これはガレオン船ですか？　それにしては小さい……。デザインだけはそのままで小型化している？」

「別にリアルに操船するわけじゃないからね。帆とかロープは飾《かざ》りさ。正確には『魔導船《まどうせん》』という種類だし。居住スペースを多く取って居心地《いごこち》のいいように改造してある。そのおかげでけっこうお金がかかったよ」

船を眺めるウェンディさんの質問に、アレンさんが肩をすくめる。

これで小さいか？　充分な大きさだと思うがなあ。

レンたち年少組がメイリンさんに連れられて早くも渡《わた》り板《いた》を渡って船に乗り込んでいた。早っ。

遅《おく》れじとウェンディさん、リンカさん、リゼル、そして僕の四人も銀星号に乗り込んだ。当然ながらスノウは連れてきてない。船を壊《こわ》してしまったら弁償《べんしょう》なんてできないからさあ。

甲板《かんぱん》に足を踏み入れると、見覚えのない鬼神族《オーガ》のおっさんがいた。筋肉質で髭面《ひげづら》に赤褐色《せきかっしょく》の肌《はだ》、黒の眼帯に黒のバンダナを巻いて、白いシャツの上からベストを着込んでいる。腰には湾曲《わんきょく》した刀のカトラスを吊《つ》るしていた。

「よう、お前らが【月見兎《つきみうさぎ》】か？」

「そうですけど……」

「オレ様はシルバ。この銀星号の船長を任されている。よろしくな」

ピコンとシルバさんの頭上にネームプレートが出て、すぐに引っ込む。色は緑。ふむ、NPCか。

「シルバは【操船】スキルを持っているんだ。こいつ一人いるだけでこの船を動かすことができるんだぜ」

同じ鬼神族《オーガ》のガルガドさんが説明してくれた。【操船】スキルか。露店《ろてん》で売っているのを見たことがあるけど、馬鹿高かったな。

「実際には他に手伝いの船員が四人いるけどな。だけどオレ様が得意なのは船だけじゃないぜ。剣《けん》だって一流さ。トビザメくらいなら三枚に下ろしてやるよ」

ポン、とシルバさんが笑いながら腰のカトラスを叩く。トビザメ……。確かトビウオみたいな鮫《さめ》だったたか？　鮫を三枚に下ろすってどうやるんだろう……。

僕のそんな疑問は無視してシルバさんが甲板を見回す。

「うっし！　全員乗ったか？　そんじゃ出航するぞ！　錨《いかり》を上げろ！　渡り板外せー！」

シルバさんが叫ぶと、魔法《まほう》なのか錨が自動で巻き上げられ、バンダナに横縞《よこじま》のシャツを着た船員が渡り板を外した。

「針路に異常なーし！」

「出航！」

帆に風を受けて、ゆっくりと波止場から銀星号が離《はな》れていく。

「動いた、動いた！」

年少組が甲板から海を覗き込む。魔導船ってのは半分自動的に動く船なのかな。たった五人の船員でこんな大きな船が動くなんてゲームとはいえ非常識だろ……。

【操船】スキルのあるシルバさんは特になにをしているようにも見えないんだが。だけどこんな大きな船を自由自在に操《あやつ》るなんて、ラジコンみたいで面白《おもしろ》そうだよな。僕もちょっと欲しい。

「んで、大将。その『銀の羅針盤《らしんばん》』とやらはどっちを指している？」

「ちょっと待ってくれ。えっと……南南西の方だな」

「んじゃ、とりあえずそっちに向かうか」

船が左の方へとゆっくりと曲がっていく。

シルバさんとアレンさんの会話を聞いて、僕もインベントリから『銀の羅針盤』を取り出してみた。

陸地ではフラフラと定まらなかった磁針が、確かに南南西の方に向いている。

当たり前だけど、第三エリアのボスを指し示している『銀の羅針盤』では方角はわからない。マップウィンドウにある地図のコンパスで方角は確認しているのだ。

「全速前進、ヨーソロー！」

シルバさんが声をかけると船のスピードが上がった。ひょっとしてこの船って【操船】スキルのある者に従う従魔扱《じゅうまあつか》いなのかもしれない。

「シロ兄ちゃん、『ヨーソロー』ってなに？」

「え？　さあ……」

ミウラの質問に僕も首を傾《かし》げた。んなこと言われてもさ。酔《よ》うソロ？　一人で酔ってる？　ナルシストか。

「真《ま》っ直ぐ進め、という意味ですわ。『宜《よろし》く候《そうろう》』が変化したものと言われています」

「へぇ〜。そうなんだ」

「そうなのか……」

僕らの疑問にシズカがにこやかに答えをくれた。よく知ってるなあ。

「ベルクレア！　何か見えますか！」

「なーんにも！　海と空と雲だけ！」

セイルロットさんの声に、中央マストの見張り台にいるベルクレアさんが答える。

弓使いのベルクレアさんは遠くを見渡《みわた》せるスキル、【鷹《たか》の目】を持っているから見張りには適任だ。

「油断しないで！　海の中から突然《とつぜん》現れるって可能性もあるんだから！」

「わかってるー！」

ジェシカさんの言う通り、その可能性もあるよな。気を抜《ぬ》かないようにしないと。なんとなくどこかに島があって、そこに上陸すると第三エリアのボスが……なんて想像をしていたけど、海の中にすでにいる、ってこともありうるわけだ。

っていうか、クラーケンとかがボスならそうなるよなあ。船に触腕《しょくわん》が絡《から》みついてきたりしてないよな？

ちょっと心配になったので、僕も船首の方へと足を向け、進行先の海を監視《かんし》する。波の音が聞こえるだけであとは静かなもんだ。

「あ、何か跳ねた！」

リゼルの声に思わず視線を向けると、水面をパシャパシャとトビウオの群れが飛んでいた。なんだ。おどかすない。

「うおっと！」

トビウオが甲板まで飛んできた。危ないなあ。もう少しで当たるところだ。ボスと戦う前に魚にダメージを食《く》らってたら笑い話だよ。

ぴちぴちと甲板で跳ねるトビウオを海へ戻そうと、僕は腰を屈《かが》めた。

次の瞬間《しゅんかん》、屈んだ背中の上を三叉《みつまた》の槍《やり》が飛んでいき、マストにドカッと突《つ》き刺《さ》さった。

「……え？」

なんとも間抜《まぬ》けな声を出した僕に、見張り台にいるベルクレアさんの声が降り注ぐ。

「シーフォークが登ってきてるわ！　戦闘準備！」

マスト上の見張り台からベルクレアさんの放った矢が飛んでくる。矢は甲板へ乗り込もうとしていた半魚人のようなモンスターの頭部を射《う》ち抜き、【Critical《クリティカル》 Hit《ヒット》！】の文字とともにバランスを崩《くず》して海へと落ちていった。

シーフォーク。海に棲息《せいそく》するモンスターか。全身の鱗《うろこ》と頭から腰にかけての背ビレ。ゴブリンの海バージョンって感じかな。けっこう登ってきたぞ。

武器は錆びついた三叉の槍とか、フジツボだらけの棍棒《こんぼう》のようなものだ。それを容赦《ようしゃ》なく振《ふ》り回してくる。

「【加速】！」

スピードを上げてシーフォークの脇《わき》をすり抜けながら横腹を斬《き》り裂く。そのまま回転するように【蹴撃】による蹴《け》りを見舞《みま》い、傷付いたシーフォークは海へと落ちていった。

「海に落ちねえようにしろよ！　今溺《おぼ》れて死に戻るのはキツいぞ！」

ガルガドさんが大剣《たいけん》をシーフォークに突き立てながら叫ぶ。そういや、溺れているところをガルガドさんたちに助けてもらったのが、アレンさんたちとの出会いだったな。

「おっと」

思い出に浸《ひた》っていた僕の目の前を三叉の槍が掠《かす》めていく。【気配察知】がなかったら刺さってたぞ、コンニャロ。

伸《の》びきった槍を掴《つか》んで根元から叩き斬る。すかさず戦技を発動させた。

「【風塵斬《ふうじんぎ》り】」

『ギッ⁉』

巻き起こった小さな竜巻にシーフォークが斬り刻まれながら飛んでいき、光の粒《つぶ》へと変わった。

「やるじゃねぇか、白いの！　オレ様も負けてらんねぇなァ！」

カトラスを振り回したシルバさんがシーフォークを次々と斬り伏《ふ》せていく。周りを見ると四人の船員たちもそれぞれの武器を手に暴れ回っていた。腕《うで》に覚えがあるってのは嘘《うそ》じゃないらしい。

「【シールドタックル】！」

前方にいるシーフォークを二、三体まとめてアレンさんが戦車のように押《お》していき、海へと放り投げた。そこへベルクレアさんとレンの矢の雨が降り注ぐ。リゼルとジェシカさんも魔法の矢を放っていた。

「【ペネトレイト】」

力を溜《た》めた【チャージ】からの貫通戦技《かんつう》で、シズカの薙刀《なぎなた》が二匹《ひき》を串刺《くしざ》しにし、一撃で光の粒へと変える。【カウンター】も発動してたか？

「よっし、これでおしまいっ、と！」

メイリンさんが放った、僕の【蹴撃《しゅうげき》】とは比べ物にならないほど強力な回し蹴《げ》りで、甲板に上がってきた最後のシーフォークが光りながら消えていく。

「片付いたな」

海を覗き込みながらシルバさんが討伐完了《とうばつかんりょう》を告げる。

インベントリを確認すると『シーフォークの鱗』と『シーフォークの槍』がドロップしていた。

「槍はまだしも鱗なんて何に使うんだ？」

「『シーフォークの鱗』はスケイルメイルの材料にもなる。うまくいくと火耐性《たいせい》の属性が付く」

「へえ」

リンカさんが僕《ぼく》の疑問に答えてくれた。スケイルメイルっていうと、何枚もの小さな金属板が集まってできている鎧だっけか。フルプレートよりは軽いだろうけど、それでも僕には重いよなあ。

「しかし、海の上でも襲われるんですね」

「そりゃそうさ。もっと大型の船なら雑魚《ざこ》の敵は出ないらしいんだけどね」

「おい、ベルクレア。もっと早く察知できなかったのかよ」

「無茶《むちゃ》言わないでよ！　いくら【鷹の目】だって、海から直接這《は》い上がってくる奴らなんてわからないわよ！」

甲板から文句を言うガルガドさんに、見張り台にいるベルクレアさんが怒鳴《どな》り返す。

そうだよなぁ。敵は真下から襲ってこられるんだからこっちがかなり不利だよな。

「シルバ。船は大丈夫《だいじょうぶ》かい？」

「ああ。それは問題ねえ。だけど、ちっとやばそうだな、こりゃ」

「え？」

シルバさんが指し示す方向。船の遥《はる》か前方にはいつの間にか黒い雲が漂《ただよ》い始めていた。

なんか雷《かみなり》とか光ってないか、あれ……。

「アレン、『銀の羅針盤』は？」

「まっすぐにあの雲を指している。突入《とつにゅう》しろってことなのか？」

「突入って、あの中にですか？　絶対に嵐《あらし》だと思うんですけど……」

「下手すりゃ嵐で船は木《こ》っ端《ぱ》微塵《みじん》。僕らは海に放り出されて、全員死に戻るね」

『DWO《デモンズ》』では水の中に落ちてもそれほど息苦しくはない。だが、ずっと水中にいるとHPとスタミナがどんどんと減っていく。なにもしないと最終的には死に戻ることになってしまう。

水中でのHP減少を緩《ゆる》やかにする【潜水《せんすい》】なんてスキルもあるみたいだが、お目にかかったことはない。星付きのレアスキルなんだろう。

この船はアレンさんたち【スターライト】の船だ。ここで引き返しても僕らは文句を言う立場にいない。

船が木っ端微塵になると、『ロスト』という扱いで、消滅《しょうめつ》してしまう。せっかくギルドで大金はたいて買ったのに、それはもったいないよな。

甲板に【スターライト】のメンバーが集まって、どうするかを話し合っている。シルバさんが船のスピードを落とし始めた。

「シルバさんたちはいいんですか？」

「俺たちは雇《やと》われている身だから大将たち船主に従う。契約《けいやく》上もそうなっているしな。海の男は細《こま》けぇことにこだわらねえ」

細かくはないと思うんだが……。NPCが死に戻りするとペナルティが大きいって聞いたけど。教会で復活してもレベルダウンとか所持金及《およ》びアイテムの消滅とか。それ込みで契約してるのかね。

アレンさんたちの声が小さく聞こえてくる。

「この船の船体ランクは『B』だ。『S』、『A』に続く上から三番目。『S』ランクの船なんかこの第三エリアじゃほぼ手に入らない。『A』ランクの船だって、ギルド【エルドラド】が持ってるくらいだ。だからたぶん『B』でも大丈夫じゃないかな……と思うんだけど」

「私も海に放り出されないようにさえすれば、大丈夫だと思いますよ。『DWO《デモンズ》』で嵐に遭遇《そうぐう》したという情報はまだありません。渦巻《うずま》きに巻き込まれたというのはありますけどね。調べてみる価値はある」

アレンさんの言葉にセイルロットさんが頷《うなず》く。

「せっかく買った船がなくなるのは痛いけど……最悪あのSランク鉱石を売ればまた買えると思うわ」

「おいおい、沈《しず》むって最初から決めんなよ。たぶん大丈夫だろ。運営だって『A』ランクの船を持ってる奴らしかエリアボスに挑めないなんて、そんな馬鹿な設定するわけがねえ」

「どうかしら？　『DWO《ここ》』の運営、けっこう性格悪いから……」

「身体《からだ》を船にロープで縛《しば》り付けておけば放り出されることもないと思うよ。面白いじゃん、行こうよ！」

「よし、決を取ろう。突入に反対の者は？」

アレンさんの声に【スターライト】の誰も声を出さなかった。決まったな。

「シルバ！　羅針盤通りに進め！」

「アイアイサー！」

再び銀星号がスピードを上げ始めた。黒く漂う雲へ近づくにつれ、だんだんと波の高さが大きくなり、船の揺れも大きくなり始める。

今のうちに僕らはマストなどにロープを結び、身体をしっかりと固定した。放り出されたら二度と船には戻れないだろう。間違《まちが》いなく死に戻る。レンたち年少組はウェンディさんたちと船室に閉じこもっていてもらう。

ポツリ、ポツリと雨が降り出す。すぐにそれはパラパラとした雨になり、やがて豪雨《ごうう》のような土砂《どしゃ》降りとなった。

風ものすごく、みんなの声が聞き取りにくい。まさに嵐の中に僕らはいた。

高波で甲板にまで海水が押し寄せる。うおお、なかなかにリアルで怖《こわ》い！

空は黒い雲で覆《おお》われて雷が鳴り響《ひび》く。大嵐《おおあらし》だ。

「だ、大丈夫なんですかね、これ！」

「心配すんな！　オレ様が舵《かじ》を握っている以上、銀星号は沈ませねぇ！」

シルバさんがマストにしがみ付きながらガハハと笑って答える。いや、アンタ舵握ってないじゃん……。

船が大きく揺れるたびに、横から波飛沫《なみしぶき》がおそってくる。うわっぷ、これマストに縛りつけてなけりゃ、波にさらわれてたぞ。

あまりの土砂降りで視界は最悪、【暗視】スキルがあるというのに、ほとんど見えない。ひっきりなしに鳴り響く雷のせいで耳もおかしくなりそうだ。

ゲームだからそれほど怖くはないけれど、昔の船乗りはこんなに苦労して渡航《とこう》していたんだろうなあ。頭が下がる思いだ。

しかし揺れるなあ！　【ほろ酔い】スキルがないのに酔いそうだ。こうも上下に大きく揺られていては平衡《へいこう》感覚がおかしくなる。

いつまでこんな揺れを耐《た》えなきゃ……おや？

だんだんと揺れが小さくなっている？　雨も依然《いぜん》として降ってはいるが、先ほどのような打ち付けるような雨じゃない。風もおさまってきた。雷も……小さくなっている。

「嵐が……やんだ？」

黒い雲で覆われた空は同じだし、雨も降っている。だけどさっきと比べたら天国と地獄《じごく》だ。『台風の目』的なやつだろうか。

「ここが目的地なの？　海中からボスが登場、とかはやめてほしいんだけど……」

リゼルがボヤくが、その可能性は高いと思うぞ。海のモンスターなんて大概《たいがい》そうだろ。

「ちょ……見て！　あれ！」

未《いま》だ降り注ぐ雨の中、船首の方にいたメイリンさんが正面を指差した。分厚い雲と降りしきる雨で視界が遮《さえぎ》られ薄暗《うすぐら》くてよく見えないが、そのシルエットでそれが何かはわかる。

ボロボロの帆に折れかけたマスト。朽《く》ちた船体がボンヤリと不気味に光り、波間に漂っていた。

「幽霊船……」

思わず漏《も》らした僕のつぶやきに、正解だ、と言わんばかりに空で雷が鳴った。

◇　◇　◇

パラパラと未だ降り注ぐ雨の中、僕らは波間に漂うその船に目を奪《うば》われていた。

ボロボロの帆が風に揺れてなびく。大きさは銀星号よりかなり大きい。巨大船《きよだいせん》といってもいいくらいだ。

といっても、マストが四本、五本と並んで大きいのではない。一本折れてはいるがマストは三本だ。銀星号と変わらない。

だが、船のサイズ自体がでかいのだ。よく浮《う》いていられるなと思うが、ボロボロと穴だらけの木造の船が平然と浮かんでいる時点でおかしいので、今更《いまさら》なのかもしれない。

「どうやらアレが目的地みたいだね」

「あ、やっぱり?」

アレンさんの声に半ば諦《あきら》めモードで答える。

幽霊船かー……。またアンデッドなのかね?

「どうするよ、アレン」

「とりあえず近づいてみよう。みんな気を抜かないでくれ。突然攻撃《とつぜんこうげき》されるかもしれない」

シルバさんが銀星号を幽霊船へと近づけていく。突然大砲《たいほう》なんか食らったりしたらどうしよう。

ＮＰＣであるシルバさんたちも海に放り投げられてＨＰが無くなったら死んでしまう。その場合は僕らと同じく港の教会で復活するが、デスペナルティは僕らよりキツいはずだ。その点もアレンさんとの契約で決まっているんだろうけど。さすがにボス戦までシルバさんたちを巻き込むことはすまい。

意外なことに幽霊船は攻撃《こうげき》してくることもなく、すんなりと銀星号を横付けすることができた。

インベントリから鉤縄《かぎなわ》を取り出したメイリンさんがブンブンとそれを振り回し、上方に見える幽霊船の手摺《てす》り目掛《めが》けて投げつける。

一発で鉤を引っ掛《か》けた彼女《かのじょ》は、ひょいひょいと軽い身のこなしで幽霊船の船体を登っていく。早っ。【軽業《かるわざ》】のスキル持ちなのかな？

しばらくすると、上から丈夫《じょうぶ》そうな縄梯子《なわばしご》が下ろされた。

「オッケーだよー」

メイリンさんが顔を出し、腕でまるっ、と輪っかを作る。

「シルバたちはここで待機していてくれ。なにか異変があったり、一時間も戻《もど》らなかったら僕らを置いて引き返していい」

「わかった。気をつけろよ」

アレンさんとシルバさんの会話を背に、まずは僕から縄梯子を登る。安全を確かめるのと、スカートの女性陣《じょせいじん》が先に登るのを拒否《きょひ》したためだ。ま、気持ちはわかる。

縄梯子を登りきり、幽霊船の甲板へとよじ登った。

甲板には人っ子ひとりいない……って、当たり前か。いたら幽霊船じゃないし。

「シロちゃんは周りを警戒《けいかい》してて。あたしはみんなを見てるから」

「わかりました」

【暗視】スキルのおかげで薄暗い曇天《どんてん》の下でもはっきりと周りが見える。ホントにボロボロだな。いきなり沈没《ちんぼつ》したりしないだろうな？　なんとも不気味だ。

『て……ホー……』

「え？」

気のせいか？　なんか聞こえたような……。

「ガルガド！　あんた重いんだからアレンとセイルロットが登り切ってからにしなさいよ！」

「わーったよ。ぎゃあぎゃあ言うない！」

背後からベルクレアさんとガルガドさんが言い争う声が聞こえてくる。やっぱり気のせいか。

雨は相変わらずパラパラと降っている。小雨《こさめ》程度だが、煩《わずら》わしいな。

すたっ、と背後からアレンさんが甲板に飛び降りるなり盾《たて》を構えて前に出た。

「敵は？」

「いえ、まだなにも。本当にここにボスがいるんですかね？」

「わからない。でも明らかにこれは何かのイベントだ。『銀の羅針盤』が導いた以上、必ずここに何かがある」

「よいしょっと。アンデッド系ならデュラハン戦で装備を整えてありますし、楽に戦えそうですけどねえ」

セイルロットさんも甲板の上にやってくる。幽霊船ならアンデッド、と関係付けるのはおかしくない。それならば聖属性魔法を使えるセイルロットさんの独壇場《どくだんじょう》だろう。

僕たちも聖属性の武器がインベントリにサブウェポンとしてあるし、戦いやすいかもしれないが。

念のため、聖属性の『シャイニングエッジ』に武器を交換《こうかん》しておこう。精神防御《ぼうぎょ》のパラメータが上がるしな。

「しかし大きな船ですねえ。戦艦《せんかん》かって感じです。走り回れるくらいの広さがあるのは、ここがバトルステージだからかな？」

セイルロットさんがニヤリとつぶやく。うん、実は僕もちょっとそう思ってた。広い甲板に登れるマスト。ぶら下がった切れたロープに、階段を上った先にある後部デッキ。立ち回るにはおあつらえ向き『すぎる』気がするんだよね。

バトルステージ『幽霊船』って感じ。

「ふむ」

不意にアレンさんが剣を抜き、近くの手摺りを斬りつけた。ギィン、という音がして、剣が弾《はじ》き返される。

「破壊《はかい》不可能なオブジェクト、か。セイルロットの予想は当たらずとも遠からずってとこかな」

『DWO《デモンズ》』に存在するものは、ほぼ破壊が可能である。もちろん、攻撃力《こうげきりょく》や防御力、耐久性《たいきゅうせい》といったものが加味された上でのことだが。

しかし特に重要な物などは破壊が不可能なものがある。無くなるとゲームに支障をきたすものなどがそれだ。それらは破壊不可能なオブジェクトで、身近なものではポータルエリアやエリアの境目にある門などである。これらは絶対に破壊できない。

おそらくこの船もその破壊不可能なオブジェクトなのだろう。あの手摺りが鋼鉄とかでなければ。

「つまり遠慮《えんりょ》なく戦えるってことだね」

「いや、全てが破壊不可能ってわけじゃなさそうだぜ。ほれ」

セイルロットさんの言葉に、いつの間に上がってきていたのか、ガルガドさんが近くの樽《たる》を大剣で破壊する。中は空っぽだった。破壊できるものも混ざっているのか。あのボロボロの帆なんかは破れそうだけど。

「しかし本当に人っ子ひとりいねえな」

「いたらいたで怖いですよ」

「まあ、そりゃそうか」

ガルガドさんたちが上がってきたので、少し船縁《ふなべり》から離れる。後部デッキにある船室へ続くであろう扉《とびら》は、鍵《かぎ》がかかっているのか開かない。

扉が破壊不可能なオブジェクトでなければ壊せるかもしれないが……。

『……ちゃ……だ　俺《おれ》……ゃ海……
……上……いざ……ず
……上で……け知らず
……探し……　……ホー　……』

「え？」

わずかに聞こえる小ささで途切《とぎ》れ途切れではあったが、今度はちゃんと聞こえた。

「え、今のなに？」

「なにかの歌みたいだったけど……」

【スターライト】のみんなに続き、甲板に上がってきたミウラとレンが立ち止まり辺りを窺《うかが》う。

次々とみんなが縄梯子を登り切り、最後のウェンディさんが甲板に上がると、突然足下《とつぜんあしもと》にある板張りの隙間《すきま》から黒い霧《きり》のようなものが漏れ出してきた。

「みんな気をつけろ！　後衛組を中心に円陣《えんじん》を組むんだ！」

アレンさんの言う通り、バックアタックを避《さ》けるため、レン、リゼル、セイルロットさん、ベルクレアさん、ジェシカさんの五人を中心にして、その周りをその他のメンバーで固める。

黒い霧は僕らの周りを囲み、船の甲板を埋《う》め尽《つ》くすほどに広がっていった。

そしてその霧は、だんだんと人型の形をとっていく。なんか数が多そうだぞ……。

「やっとお出ましのようですわね」

「ちょっと待って。またなんか聞こえてきたよ？」
「シズカ、あれって踊《おど》ってるの？」
年少組がなんか話してるが、僕も目の前の踊り回る黒い霧にあっけにとられていた。

『俺たちゃ海賊《かいぞく》だ　俺たちゃ海賊だ
陸《おか》の上ならいざ知らず
海の上では負け知らず
お宝探して　ヨーホー　ホー』

だんだんと黒い霧が固まり、形を造っていく。舶刀《カトラス》を腰《こし》に差し、海賊のような服を身にまとった骸骨兵士スケルトンの集団に。ご丁寧《ていねい》にいくつかの鬼火《おにび》をともなって、僕らの周りをぐるぐる回る。

『俺たちゃ海賊だ　俺たちゃ海賊だ
どんな奴にも負けやしねえ
酒と女にゃかなわねえ

酔わせてくれるな　ヨーホー　ホー』

スケルトンの海賊は未だに踊り続け、僕らの周りを回っている。

『ヨーホー！　地獄のステージへようこそ！　俺様はキャプテン・トレパング！　海の悪《あく》魔《ま》と呼ばれた男さァ！』

船首甲板の方に、他の骸骨船員とは違《ちが》う、羽根つきの海賊帽《かいぞくぼう》を被《かぶ》ったロングコートの船長らしき骸骨と、その後ろに副長のような服を着た小《こ》柄《がら》な骸骨が控《ひか》えていた。

「……トレパング？」

「海鼠《なまこ》って意味です」

僕が眉《まゆ》を顰《ひそ》めていると、背後からレンが教えてくれた。海鼠ってあのナマコか？

ナマコ船長はカラカラと顎《あご》の骨を揺《ゆ》らしている。あれって笑っているんだろうか。

「まさかモンスターと話ができるとは思わなかったな……」

「あれってモンスターなんですかね？　ＮＰＣとかなんじゃ……」

「いえ、あれはモンスターよ。【解析《かいせき》】したから間違いないわ」

アレンさんの言葉に反論しかけたが、途中《とちゅう》でジェシカさんに遮られた。【解析】は【鑑《かん》定《てい》】の派生スキルだ。モンスターも【解析】できる。

「種族は【スケルトンキャプテン】ね。配下のスケルトンを操れるみたい。知識にないからそれ以外はわからないけど、確実にアンデッドモンスターよ」

やっぱりアンデッドか。見たまんまだけど。

『生きてる奴《やつ》らってのが気に食わねェが、歓迎《かんげい》するぜェ！　この広い海に比べたらちっぽけなことさァ！　野郎《やろう》ども、熱烈《ねつれつ》にお出迎《でむか》えしてやんなァ！』

『アイアイサー！』

キャプテン・トレパングの命令により、僕らを取り囲んでいた骸骨船員たちが一斉《いっせい》に船刀《カトラス》を抜いて襲《おそ》いかかってきた。

「【ターンアンデッド】！」

セイルロットさんが先程《さきほど》から詠唱《えいしょう》していた魔法が発動し、僕らを中心に光の魔法陣《まほうじん》が広がっていく。

が、その魔法陣はまるで弾《はじ》けるように光の粒となって消滅してしまった。

「セイルロット!?」

「違います！　『失敗《ファンブル》』じゃない！　打ち消された！」

斬りかかってきた骸骨船員の船刀《カトラス》を双天剣《そうてんけん》で受けて真一文字に斬り払《はら》う。それでも骸骨船員は倒《たお》れず、さらに剣を振るってきた。三、四回斬りつけて、やっとバラバラになって甲板に落ちる。

おかしい。

通常、スケルトンなどのアンデッドは【リボーン（小）】というスキルを持っていて、HPが0になっても蘇《よみがえ》る性質を持つ。これは一回こっきりだが、非常に面倒《めんどう》くさい。復活まで間があるけどな。

ところがアンデッドに聖属性の武器や魔法でトドメを刺すと、この【リボーン】が発動せず、倒したら一回で光の粒になる。そのはずなのだ。リビングアーマーもそうだった。

だけどさっきの骸骨船員は光の粒になっていない。つまりそれは……。

「聖属性の武器がきいてない？」

『正解だぜ、白いのォ！　この船上では聖属性は打ち消されてしまうのさ！　卑怯《ひきょう》な手は使わずに、正々堂々と殺《や》りあおうぜェ！』

カラカラとナマコ船長が笑う。この船のフィールド効果は卑怯じゃないのかよ⁉

「【ツインショット】！」

レンが同時に放った二つの矢が、ナマコ船長の眼窩《がんか》に深々と二本とも突き刺さる。お見事といいたいが、意外と残酷《ざんこく》なことをするね、お嬢様《じょうさま》。

『ぐべらっ⁉　オオッ⁉　目が⁉　俺様の目がァァァ⁉』

『副長……あっしらには元から目はねえですよね？』

『しっ、黙《だま》ってろ！』

大げさに悶《もだ》える船長の横で、副長と思われる骸骨船員と下《した》っ端《ぱ》骸骨《がいこつ》船員がぼそぼそと話しているのが聞こえた。なんだこのコントは？

「【ファイアボール】！」

ゴウッと、骸骨船員たちが固まっているところへリゼルの放った火の玉が炸裂《さくれつ》する。数体の骸骨船員がまとめてバラバラになった。もちろん破壊できない船体はなんともない。

ふと、破壊不可能なオブジェクトを盾にすれば無敵なんじゃ、と思ったが、ほぼ船体のみなのでせいぜいマストの裏に隠《かく》れるぐらいしかできない。なんか破片《はへん》とかあればいいのに。いや、壊《こわ》れないんだからあるわけないか。

「【風塵斬り】」

僕が巻き起こした小さな竜巻《たつまき》に二、三体のスケルトンが吹《ふ》き飛ばされてバラバラになる。

あれっ？　そういえば……おかしいな。

「なんか変」

『魔王の鉄鎚《ルシファーズハンマー》』を振り回していたリンカさんが小さくつぶやいた。おそらく僕と同じ疑問を持っているのだろう。

「確かに変ですわね。スケルトンは一度バラバラになると、しばらくして復活します。なのに先程からバラバラになった骨が、一向に復活する気配がありません」

と、薙刀を振るいながらシズカも思った疑問を口にする。

そうなのだ。スケルトンが復活するには多少時間がかかるといっても、数秒から数十秒ってところのはず。しかし、僕が最初に倒したスケルトンの骨はバラバラになったままで、未だに復活する兆《きざ》しを見せない。

おかげで足下《あしもと》は骨だらけで、死屍《しし》累々《るいるい》といった雰囲気《ふんいき》を醸《かも》し出している。

「全部倒した後に一気に復活するとか？」

「うわっ。やだなぁ、それ」

ミウラは冗談《じょうだん》で言ったのだろうが、想像してしまい、思わず声が出た。初めからやり直し、なんて嫌《いや》過ぎる。

「いや、それよりもだ。第三エリアのボスは本当にあのキャプテンなんとかなのか？　はっきり言ってあんまり強そうには見えねえんだが」

ガルガドさんが大剣を振るいながら別の疑問を呈《てい》した。確かに両目に刺さった矢を抜いている、あの骸骨船長が第三エリアのボスとはちょっと迫力《はくりょく》に欠ける。ガイアベア、ブレイドウルフに比べるとどうもなぁ……。

「仕掛《しか》けてみるか」

アレンさんが剣《けん》を天に翳《かざ》し、剣に付与《ふよ》された特殊魔法《とくしゅまほう》を発動させる。

「【メテオ】！」

空が斬り裂かれ、ポッカリあいた切れ間からバスケットボールほどの火の玉がナマコ船長目掛けて落ちてくる。

それを見た副長がナマコ船長を見捨てて真っ先に逃《に》げ出した。忠誠心無いなあ！

『副長、手前ェ!?　アッ、アイェァアアア――――ッ!?』

大爆発《だいばくはつ》とともにまともに【メテオ】をくらって粉々に砕《くだ》け散るナマコ船長。驚《おどろ》くらいあっさりと倒してしまったんだが。

「え、これで終わり？」

骸骨船員に回し蹴りを食らわしたメイリンさんがポカンとした表情でつぶやいた。僕らを取り巻いていた骸骨船員もほとんど倒してしまっている。まさか本当にこれで終わり……か？

『ヒャッヒャッヒャッ！　やってくれるじゃねェか、小僧《こぞう》ども！　このトレパング船長をこんな目に遭《あ》わせるたあなァ！　さすがの俺様も肝《きも》を冷やしたぜェ！』

メテオが落ちた場所に、首だけとなってナマコ船長は存在していた。しぶとい。さすがアンデッドとでも言おうか。

『……副長、あっしらに肝は……』

『しっ、黙ってろ！』

さっき逃げ出した副長が下っ端骸骨船員と小声でまたしてもぼそぼそと話している。恨《うら》みがましくナマコ船長は副長を睨《にら》みつけていたが、やがて頭蓋骨《ずがいこつ》をこちらへと向けた。頭だけで器用なことするな……。

『どーれ、そんじゃ本気で相手をしてやるとするか！　野郎ども、いくぜェェ！』

『アイアイサー！』

「なにっ⁉」

甲板《かんぱん》に転がっていたバラバラの骸骨がカタカタと動き出し、ナマコ船長の頭蓋骨の方へと集まっていく。

砕けた骨と骨が互《たが》いにくっつきあい、さながら群体のようにさらに大きな骨へと変化していった。そしてそれはブロックが組み上がるみたいに、巨大《きょだい》なスケルトンへとその姿を変える。

鎧《よろい》のような装甲《そうこう》を持ち、手には骨でできた棍棒を持つ、高さ五メートルはある巨大なスケルトンだ。ナマコ船長の頭蓋骨が胸骨の真ん中でカタカタと笑っている。

おいおい、合体するとか反則だろ……。

「『デスボーン・ジャイアント』……」

【解析】スキルを持つジェシカさんのつぶやきが僕の耳に聞こえてきた……。

デスボーン・ジャイアント。

それは細かい骨《スケルトン》が集まった大きな骨のゴーレムとでも言えばいいのだろうか。目を凝《こ》らせば小さな頭蓋骨や大腿骨《だいたいこつ》、骨盤《こつばん》などの形がわかる。それらがひとつひとつブロックのように組み合わさり、大きな骸骨巨人《がいこつきょじん》を造りあげているのだ。

「おいおい、がしゃどくろかよ……」

ガルガドさんが大剣を担《かつ》ぎ直してつぶやく。がしゃどくろってなんだっけ？　妖怪《ようかい》かなんかだったか？

『ヨーホー！　楽しもうぜ！　パーティーの始まりだァ！』

デスボーン・ジャイアントと化したナマコ船長が大きな棍棒《こんぼう》を振《ふ》り下ろしてきた。大腿骨の形を模したその棍棒を僕らはギリギリで避ける。意外と速い！

ゴガンッ！　という音がして、甲板に棍棒が叩《たた》きつけられた。

『燃えてきたぜェ！』

パカンと大きな頭蓋骨の顎が開き、そこから火炎《かえん》放射器のように炎《ほのお》が吐《は》き出された。

メイリンさんと、シズカ、僕はそれを移動して躱《かわ》し、ウェンディさんとアレンさんが盾を翳し、みんなを炎から守る。中身がカラッポのくせにどこから火を吐いてんだ、こいつ！

「【流星脚《りゅうせいきゃく》】！」

飛び上がったメイリンさんが流れ星のように斜《なな》めに飛び蹴りを放った。対してナマコ船長は左手でそれを受け止め、メイリンさんを甲板へと投げて叩きつける。

「ッ⁉」

バウンドしながらメイリンさんが甲板の上を転がっていく。

すぐさまセイルロットさんが回復魔法《まほう》をメイリンさんに向かって発動させた。回復魔法は聖属性魔法ではないので打ち消されたりはしない。これまで打ち消されたら回復役《ヒーラー》のセイルロットさんは役立たずになってしまう。

「なんか今、ディスられた気が」

気のせいです。

「【大切断】‼」

ミウラとガルガドさんが同じ戦技をダブルで発動させる。ナマコ船長は大腿骨の棍棒を両手で横に持ち、それを真正面から受け止めた。

『ヨーホー！　骨身に沁《し》みるぜ！　だが、まだまだだなァ！』

「わっ⁉」

「ぐおっ⁉」

ミウラとガルガドさんの二人が弾き飛ばされる。あの棍棒、だいぶ硬《かた》いな！　なら！

「【加速】！」

僕は甲板を駆《か》け抜《ぬ》け、瞬時《しゅんじ》にしてナマコ船長の足下へと辿《たど》り着く。

そして膝《ひざ》から下、二本の骨のうち、細い方……腓骨《ひこつ》と言われる骨に戦技を繰り出した。

「【一文字斬《ぎ》り】！」

戦技でダメージを与《あた》え、ナマコ船長の足元を駆け抜けていく。すぐさま切り返し、再び【一文字斬り】を発動。おなじ骨を斬り裂《さ》いた。

『ヨーホー⁉』

僕の発動させた二度の戦技によって右足の骨の一本を断《た》ち切られ、ナマコ船長は大きくバランスを崩《くず》す。しかし、棍棒を杖《つえ》にして踏《ふ》みとどまると、僕へ向けて火炎を吐いてきた。

「くっ」

さらに【加速】を使い、その場から離脱《りだつ》する。

『チョロチョロすんなよ、白いのォ！』

僕へと伸《の》ばした右腕《みぎうで》の人差し指が槍《やり》のように伸びてきた。ギリギリでそれを甲板の上を転がって避ける。そんな攻撃もあるのかよ⁉

続けて中指、薬指、小指と、連続で骨の槍が伸びてくる。【加速】を発動したまま、それらを避けて、ナマコ船長の気を引きつけた。

「【ファイアボール】！」

リゼルの放った火球がナマコ船長に向けて飛んでいく。ナマコ船長は両腕《りょううで》をクロスさせると、飛んでくる火の玉に狙《ねら》いを定めた。

『カアァアルゥシゥゥゥム光ォォ線ッッ‼』

防御するのかと思いきや、その両腕から細かい粉のようなものが火球へと向けて飛び出し、火の玉を押《お》し戻し始めた。なんだあれ⁉　消火器かよ！

「うそォッ⁉」

火球を放ったリゼルの驚きをよそに、火の玉は勢いを削《けず》られ、消滅してしまった。非常識にもほどがある。

パラパラと粉が甲板に落ちる。どうやら骨を砕いた細かい破片のようだ。それを飛ばしたのか。

その破片もすぐさまナマコ船長の方へ飛んでいき、再び骨体に吸収された。

回復能力があるのかと思ったが、先ほど断ち切った腓骨は治ってはいない。ＨＰも少しだが減っている。どうやら回復能力はないらしい。いや、回復能力がなくても再生能力があると厄介《やっかい》なんだが。

『ヨーホー！』

再び大腿骨形をした棍棒を振り回してくるナマコ船長。アレンさんとウェンディさんが盾でそれを受け止める。二人には【不動】スキルがあるので、打撃《だげき》により吹き飛んでしまうことはない。

しかしＨＰは多少なりとも削られてはいるはずだ。もちろん僕《ぼく》の回復飴《あめ》を口に含《ふく》んでいるだろうが、それでも集中して攻撃されるのは痛い。

盾職はそれが仕事とはいえ、周りのサポートもなければ耐えることはできない。気をそらさなければと、ナマコ船長へ向けて手裏剣《しゅりけん》を【投擲《とうてき》】するが、その硬い体に弾かれて刺《さ》さりもしなかった。むう。生身じゃないときかないのか？　それとももう少し熟練度が高かったら刺さったのだろうか。

「【エリアヒール】！」

アレンさんとウェンディさんが光に包まれる。後方からセイルロットさんの範囲《はんい》回復魔法だ。

「【アイスバインド】！」

『ぬ⁉』

立て続けに今度はジェシカさんの拘束《こうそく》魔法が発動する。ナマコ船長の足元がピキピキと凍《こお》りつき始めた。

その相手が動けない隙《すき》に、横手から『魔王の鉄鎚《ルシファーズハンマー》』を振りかぶったリンカさんが接近し、ナマコ船長の右足の甲《こう》にそれを思いっきり叩きつけた。

「【ボーンクラッシュ】」

棍棒系の戦技【ボーンクラッシュ】。骨砕きとはシャレがきいている。

事実、ジェシカさんの放った氷もろとも、ナマコ船長の足の甲はひび割れていた。

『ヨーホー！』

リンカさんへ向けて口から火炎が吐き出される。リンカさんはダメージを受けつつも後退したが、そのままナマコ船長は炎で自らの足を焼き、氷の呪縛《じゅばく》から逃《のが》れた。

『なかなかやるじゃねェか！　そうこなくっちゃなァ！』

叫《さけ》びながら目から雷撃《らいげき》を放ってきた。火とか雷《かみなり》とか節操ないな！

甲板を跳《は》ねる雷をかいくぐり、ミウラが空高くジャンプする。

「【大切断】！」

『それはさっき見たぜェ！』

大腿骨の棍棒が【大切断】が発動する前のミウラを空中でジャストミートする。

「わあっ⁉」

空中で強打されたミウラが吹っ飛んでいった。まるで虫をはたき落とすが如《ごと》く、甲板に強く叩きつけられ、ミウラのＨＰがグングンと減っていく。

慌《あわ》てて駆け寄ったセイルロットさんの回復魔法がレッドゾーンギリギリだったミウラを包む。

「【ハイヒール】！」

ミウラはＨＰが高く、耐久力《たいきゅうりょく》もある【鬼神族《オーガ》】だ。なのにあれほどのダメージを食《く》らうとは。もしあれが僕だったら間違《まちが》いなく一撃《いちげき》で死に戻っていただろう。なんてパワーだ。

「【螺旋掌《らせんしょう》】！」

復活していたメイリンさんがナマコ船長の右足……つまり、さっき僕が斬り裂いた足であり、リンカさんがヒビを入れた足に戦技の掌底《しょうてい》をぶちかます。

『おおおおッ⁉』

ボキリと膝から下が砕け、ナマコ船長が片膝立《かたひざだ》ちになる。三回戦技を食らわせてやっとか。

ナマコ船長は大腿骨の棍棒をメイリンさんに振り下ろすが、彼女はサッとそれを躱して後退した。

「よし、機動力を削ったぞ。少しずつ確実に攻撃を当てていこう！」

アレンさんの言葉に従うように、ナマコ船長の頭上に矢の雨が降り注ぐ。ベルクレアさんとレンの戦技【サウザンドレイン】だ。

ダメージはそれほど大きくはないが確実に削っている。僕も負けてはいられない。

【分身】を使いたいところだが、あのパワーだと掠《かす》っただけでも死に戻りしかねない。1／2になっただけでも危険だ。いま戦線離脱するわけにはいかないので【分身】は封印《ふういん》しておく。

「【加速】」

となれば、【加速】を使ったヒット&アウェイでいくしかない。

「【一文字斬り】」

先ほどと同じように、今度は左足の骨を斬り裂いた。【一文字斬り】は【加速】を発動させたまま繰《く》り出せる。急ブレーキをかけて切り返し、何度もＭＰの尽きる寸前まで【一

【文字斬り】を食らわせる。

『ヨーホー⁉』

バキリと左足の骨が折れる。その声を背中で聞きながら、僕はナマコ船長から遠く離《はな》れ、【加速】を解除した。MPもスタミナもほんのわずかしか残っていない。さすがに危険だ。

両足を失ったナマコ船長にアレンさんたちが攻撃を加えていく。

僕はそれを遠目で確認《かくにん》しながら、インベントリからマナポーションを取り出して一気に飲み干した。うう、不味《まず》い。ポーションは苦いが、マナポーションは苦ずっぱいのだ。

しかもマナポーション一本じゃ全快にならない。残り二本も一気に飲み干した。

スタミナは放っておけば回復はするが、こんなスローペースな回復では戦列に復帰できない。インベントリからスタミナドリンクも取り出し、一気に飲み干す。もちろん、不味いですよ？　こちらは渋《しぶ》くてしょっぱい。渋じょっぱい。

うし、全回復。気持ち悪いが。

「【アイシクルランス】！」

ジェシカさんの杖の先から大きな氷の槍が生まれ、ナマコ船長へと飛んでいく。あれは氷属性の中級魔法か。

『邪魔《じゃま》すンなや、姉ちゃん！』

ナマコ船長は大腿骨の棍棒でその槍を叩き落とす。しかし、その氷の槍の陰に隠れて放たれていた二本の矢を避けることはできなかった。

二本の矢はあやまたずナマコ船長の額に突《つ》き刺さり、大きな爆発《ばくはつ》が二回炸裂した。

『ツテエエエッ⁉』

ナマコ船長が大きく仰《の》け反《ぞ》る。ベルクレアさんとレンの【バーストアロー】か。

もうもうと爆煙《ばくえん》が上がる中、ナマコ船長の懐《ふところ》に飛び込む影《かげ》がひとつ。

タン、と甲板から飛び上がり、デスボーン・ジャイアントの頭蓋骨ではなく、胸骨にあるナマコ船長本人の頭蓋骨へ、シズカはその薙刀《なぎなた》を突き立てた。

「【ペネトレイト】！」

『なんっじゃこりゃあァァァ！』

槍系の貫通《かんつう》戦技を食らったナマコ船長の頭上？　に、【Critical《クリティカル》 Hit《ヒット》!】の文字が浮《う》かぶ。クリティカルは弱点を攻撃した時に出やすい。やっぱりあそこが弱点なんだな。

大幅《おおはば》にナマコ船長のＨＰが減っていく。さすがにあれは効いたか。

「きゃ……！」

ナマコ船長は左手でシズカを払って甲板に叩きつけ、追撃《ついげき》しようとしていたアレンさんたちを火炎を吐いて遠ざける。

甲板に倒れたままのシズカが炎に巻き込まれる前に、僕は【加速】を使って抱《かか》え上げ、その場から脱出《だっしゅつ》した。

「ありがとうございます」

「いやいや。ナイスファイト」

シズカをセイルロットさんの方へ運び、回復してもらう。ここまでやってナマコ船長のHPはやっと半分減ったくらいだ。

「硬いなあ……」

「硬いというより、聖属性の攻撃《こうげき》が全く効かないってのがね。僕が一番心配しているのは、倒したあとの復活とかないよな、ってことだけど」

僕のつぶやきにアレンさんが真顔でそう返す。いやあ、さすがにそれはないと思うけど。でもアンデッドだからなぁ。

『ヨーホー！　やるじゃねェか、テメェら。こうなったらこっちも本気でやらネェと失礼だよなァァァァ！』

ナマコ船長が吠《ほ》える。

その瞬間《しゅんかん》、デスボーン・ジャイアントを構成していた骨という骨が一斉にバラけ、甲板の上にぶちまけられた。

甲板の上は、真っ白い骨だらけとなる。突然《とつぜん》の出来事に呆然《ぼうぜん》としていた僕らであったが、その僕らを嘲笑《あざわら》うかのようにナマコ船長の笑い声が船上に響《ひび》き渡《わた》った。

『ヒャッヒャッヒャッ！　楽しいパーティー第二幕の始まりだゼェ！』

カタカタと骨が動き始める。

鉄が磁石に引き寄せられるように、再び骨が近くの骨にくっつき、それがまた他の骨とくっついて段々と形を成していく。

まるでブロックを組み立てるようにさっきまで骨の巨人《きょじん》であったものは、全く別のものへと変化していた。

骨であることは変わらないのだが、巨人から大きな竜《りゅう》へとその姿を変えていた。

「『ボーンドラゴン』……！」

ジェシカさんが【解析】する。

竜の骨格そのものといったそいつの頭蓋骨の額には先ほどと同じようにナマコ船長の頭蓋骨が嵌《は》め込まれていた。

鉤爪《かぎづめ》のついた手足と長い尻尾《しっぽ》、伸びた口にズラリとならんだ白い牙《きば》。背中から生えた翼《つばさ》には皮膜《ひまく》がなく（当たり前だが）、飛んだりはできないようだ。

以前戦ったグリーンドラゴンと同じく、下位種ではあるんだろうが、ドラゴンには変わりはない。

『ハッハーッ！　いくぜェェ！』

景気付けとばかりに口から炎を吐き出す、ボーンドラゴン。

アレンさんとウェンディさんが盾を構えて炎を防ぐ。炎がおさまったと思ったら、今度は反転したボーンドラゴンの長い尻尾が横から飛んできて、アレンさんを強打する。

「ぐはッ⁉」

【不動】スキルのおかげで吹っ飛びはしなかったが、盾《たて》を構え直す暇《ひま》もなく、直接的なダメージを喰《く》らい、アレンさんのＨＰが大幅にダウンした。

「アレン！　一旦《いったん》退《さ》がれ！」

膝をついたアレンさんを庇《かば》うように、ガルガドさんが前に出る。

ボーンドラゴンが前足を大きく振るうと、その鉤爪のついた手が手首のところから外れてガルガドさんへと飛んでいき、ガシッとその身体《からだ》を掴《つか》んだ。

「ぐおっ⁉」

「ガルガド！」

ギリギリとガルガドさんの巨体《きょたい》が締《し》め上げられる。よく見ると手首の先からドラゴンの本体まで、青白い霊体《オーラ》のようなものがロープみたいに繋《つな》がっていた。

「ガルガドのおっちゃん！」

「おっちゃんはやめろ！　オレはまだ二十代だ！」

ミウラが駆け寄って飛び上がり、ガルガドさんを締め付ける右手に向けて大剣《たいけん》を叩きつけようとする。が、その前にドラゴンの右手は霊体《オーラ》のロープに引き戻《もど》されて、本体にくっつき、元どおりになった。

ガルガドさんが甲板に倒れる。かなりＨＰを削られたようだ。

【加速】を使って僕はドラゴンの背後へと回り込み、戦技を発動させた。

「【ダブルギロチン】！」

振り下ろした両手の双剣《そうけん》がボーンドラゴンの尻尾に炸裂する。しかし切断するまではいかず、刃《やいば》が途中で止まってしまう。

『ハッハー！　残念だったなァ、白いの！』

ぐるっと甲板の上を横に一回転したボーンドラゴンの尻尾が、鞭《むち》のように僕を襲った。

【加速】で躱そうとしたが躱せず、なんとか防御《ぼうぎょ》体勢をとるのが精一杯《せいいっぱい》だった。

大きな衝撃《しょうげき》がきて吹っ飛ばされた僕は、勢いよく船縁にあった樽に叩きつけられる。

積んであった樽が複数個バラバラになり、その残骸《ざんがい》に埋もれてしまう。

「シロさん！」

レンの声が聞こえるが、樽の残骸が邪魔で見えない。痛みはないが、ＨＰがどんどん減っていき、本当にギリギリのところで止まった。

うあー、マジで死に戻るかと思った……。防御力《ぼうぎょりょく》が紙だからな。空樽がクッションになったか？

早くポーション飲まないと……。あれ、身体の動きが鈍《にぶ》い？　あ、瀕死《ひんし》状態だからか！

インベントリからポーションをなんとか取り出して一気飲みする。あー、ニガ不味い。

これ本当になんとかしないとプレイヤーの暴動が起きるぞ！

二本目も飲み干し、なんとか立ち上がると、目の前にいたボーンドラゴンに炎のブレスを吐かれた。

「ッ、【加速】！」

間一髪《かんいっぱつ》でそこから脱出し、なんとか火炎攻撃《かえんこうげき》を避けた。樽の残骸が燃え上がる。

それを見てヒャッヒャッヒャッヒャッとナマコ船長の頭蓋骨が笑っていた。この野郎……絶対ブッ倒してやるからな。

「【テンペストエッジ】！」

暴風が轟《とどろ》き、リゼルの杖の先から無数の風刃《ふうじん》が迸《ほとばし》る。

ボーンドラゴンに直撃《ちょくげき》したが、効果は薄《うす》い。やはりアンデッドには聖属性じゃないと高いダメージを与えられないようだ。

だけどこの船の上では聖属性は打ち消されてしまう。船の上でなければ打ち消されずダメージが通るかもしれないが、あいにくと僕らは空も飛べないし、海の上を歩くこともできない。

ふと、船を観察してみると中央マストの天辺《てっぺん》に青白い光が浮かんでいた。『セントエルモの火』か？　いや、鬼火みたいだな……。

よく見ると船の衝角《しょうかく》や後部デッキ、いろんなところに青白い炎が揺らめきながら移動している。特に攻撃もしてこなかったから認識《にんしき》しなかったけど、これって単なる幽霊船《ゆうれいせん》の背景なのか？　それとも……。

僕は場所を移動して後方で支援魔法《しえんまほう》を使っていたジェシカさんに近づいた。

ジェシカさんが【解析】スキルを持ってるからって、今回【鑑定】スキル外しちゃったんだよね、僕。おかげであれがなにか判別がつかない。

「すみません、ジェシカさん。あれってなにかわかります？」

「え？」

僕は船縁《ふなべり》にいる青白い鬼火を指差した。相変わらずゆらゆらと揺らめきながら、ゆっくりと移動して船を照らしている。

「なにかって……普通《ふつう》の鬼火の背景オブジェクトじゃ……え？　『ウィル・オ・ウィスプ』⁉」

ジェシカさんが驚きの声をあげた。やっぱりか。あれも敵キャラなんだ。

「魔法を受け付けず、範囲内《はんいない》に発動した聖属性魔法は吸収、効果を無効化する……そうか！　あのモンスターがこの船の聖属性効果を打ち消してたのよ！」

「ってことはあの鬼火さえ倒せば……」

ボーンドラゴンの攻撃を、ウェンディさんとアレンさん、それをカバーするセイルロットさんで防いでいるが、あのままじゃジリ貧《ひん》だ。

僕らの話を聞いていたベルクレアさんがキリキリと弓を引き、マストの天辺で揺らめいているウィル・オ・ウィスプに狙いを定めた。

「【ストライクショット】！」

放たれた矢がまっすぐにウィル・オ・ウィスプを射抜《いぬ》く。次の瞬間、『ギィイイイイイイイイイッ！』と、黒板をフォークで引っ掻《か》いたような耳障《みみざわ》りな音を残し、ウィル・オ・ウィスプは消滅《しょうめつ》した。

おいおい、今の断末魔《だんまつま》の声で僕のＨＰが減ったぞ⁉　しかも１／４も！　他のみんなも食らっている。

「く……！　自爆《じばく》系……攻撃はしてこないけど、消滅時にプレイヤー全員に決まったダメージを与えるのね。しかも防御不可……いえ、【耳栓《みみせん》】スキルがあれば防げるのかもしれないけど……」

ジェシカさんが苦々しくつぶやく。全員のＨＰを把握《はあく》した上で倒さないといけないのか。

「とりあえずベルクレアとレンちゃんはウィル・オ・ウィスプを。セイルロットはひたすらアレンたちを回復！　あとは各自自分のＨＰを回復させて！」

くっ、またポーションを飲むのか。質は落ちるけど、味付きのジュースポーションの方が気分的には楽なのかもしれない……。

ポーションを一気飲みして、僕もボーンドラゴンの牽制《けんせい》に回る。ウィル・オ・ウィスプの方はレンたちに任せよう。

『ヨーホー！』

青白いオーラで繋がったボーンドラゴンの手首が飛んでくる。まるで鎖鎌《くさりがま》だ。僕はそれを躱し、ボーンドラゴンの懐へと飛び込んだ。

「【アクセルエッジ】」

デスボーン・ジャイアントの時の傷はすっかり治ってしまった左足に、再び戦技を叩き込む。
少しだがHPを削った。すぐさま【加速】を使い、その場から退避《たいひ》する。
するとそのタイミングで再びウィル・オ・ウィスプの断末魔の声が聞こえてきた。また
してもHPが減る。これ地味にキツいな！
「【エリアヒール】！」
セイルロットさんの範囲回復魔法が放たれる。ウィル・オ・ウィスプに削られた僕のダ
メージも回復した。
アレンさんたちの近くにいれば、ついでに僕も回復させてもらえるな。危険度は高いけ
れど。
「セイルロット、マナポーションはあといくつある？」
「三本。けっこう用意したんですけどねえ」
アレンさんの問いに苦笑いしながらセイルロットさんが答える。MP回復ポーションが
尽《つ》きたらセイルロットさんは回復魔法を使えなくなる。そしたらあとは各自手持ちの回復
アイテムで凌《しの》ぐしかなくなるわけで。一気に戦局は不利になるぞ。
『ギィィィィィィィィッ！』
三体目。全部で確か五体だったか。ならあと二体……。

『しつけぇなァ！　諦《あきら》めて俺《おれ》たちの骨仲間になりなァ！』

ボーンドラゴンの口から火炎が吐き出される。アレンさんとウェンディさんが盾を構えてそれに備えようとしたが、その前に氷の分厚い壁《かべ》が立ち塞《ふさ》がり、炎のブレスを防いだ。ジェシカさんの【アイスウォール】か。

そこへ四回目の断末魔の声が届く。

『ギィィィィィィィィッ！』

「四体目……！　残り一体……。だけどあれは……！」

リンカさんがボーンドラゴンの背後、つまり船首の方にいる、ウィル・オ・ウィスプを睨む。

ボーンドラゴンが邪魔で弓矢も魔法も届かない。

「アレンさんの【メテオ】は？」

「この状況《じょうきょう》で狙い撃《う》ちは難しいかな……」

「無駄《むだ》よ。それにウィル・オ・ウィスプは魔法を受け付けない。誰《だれ》かが倒《たお》しに行かないと」

みんなの視線が一点に集まる。つまり僕に。

確かにボーンドラゴンの攻撃を躱し、あそこまで行くのに一番適任なのは僕だと思う。メイリンさんでも行けるだろうが、僕の方が圧倒的《あっとうてき》に速い。

「わかった。僕が行く」

残り少ないポーションを飲み、ＨＰを全快させる。どうせあれを倒したらまた減るのになぁ。……よし、行くか。

「【加速】！」

甲板を蹴《け》って走り出す。ボーンドラゴンからの炎のブレスを躱し、射出された手首の爪《つめ》攻撃《こうげき》をさらに躱す。横を駆け抜け、鞭のようにしなって襲《おそ》いかかってきた尻尾を飛び越《こ》えた。

「【ファイアボール】！」

『あぁ!?』

背後でリゼルの声と爆音《ばくおん》が聞こえた。僕をフォローしてくれたんだろう。甲板を一気に駆け抜ける。目の前に見える衝角の上にはふわふわと青白い鬼火《おにび》が浮かんでいた。

ターゲット目指しジャンプして、空中で戦技を発動させる。

「【ダブルギロチン】！」

振り下ろした双剣がウィル・オ・ウィスプを斬り裂く。

『ギィイイイイイイイッ！』

間近でこの断末魔の声はキツい。全身が総毛立つような感覚がある。この感覚だけカットできないかなあ。

冥土《めいど》の土産《みやげ》に僕たちのHPをきっちり奪《うば》って、ウィル・オ・ウィスプは消滅していった。

すると突然、天から一筋の光が差し込んできた。小雨《こさめ》が降っていた曇天《どんてん》模様の雲の切れ間から太陽の光が降り注いだのだ。

『ぐおぁあァァ!? コンチクショウがァ!?』

ボーンドラゴンが空からの光を受けて身悶《みもだ》える。

空は次第《しだい》に晴れていき、眩《まばゆ》いばかりの太陽がその顔を覗《のぞ》かせた。幽霊船の甲板から蒸気のように黒い靄《もや》が立ち昇《のぼ》り、風に散じて消えていく。

ポーン、と僕らの耳にアナウンスが流れた。

『フィールドの特殊効果《とくしゅこうか》が消滅しました』

これは……!

「セイルロット!」

「はい！【シャイニングランス】！」

セイルロットさんの頭上に燦然《さんぜん》と輝《かがや》く光の槍が現れ、真《ま》っ直《す》ぐにボーンドラゴンへ向けて撃ち出された。太陽に悶《もだ》えていたボーンドラゴンは避《よ》けることもできず、真正面からそれを受けてしまう。

『うぐおわァァァッ⁉』

あれは神聖魔法だ。なのに打ち消されない。やはりあのウィル・オ・ウィスプが結界を張っていたのだ。

「聖属性のダメージが通る！　みんな、攻撃に転じるぞ！」

アレンさんの号令に一斉《いっせい》にみんなが動く。僕もポーションを飲み干して、『シャイニングエッジ』を握《にぎ》り締め、背後からボーンドラゴンに襲いかかった。

「【ダブルギロチン】！」

先ほどは止められた戦技を、同じようにヤツの尻尾に叩き込む。かなり硬い手応えがあったが、押し込むように力を入れると、ぶっとい骨の尻尾がブツンと切れた。

『ぐおあっ⁉』

長い尻尾を半分ほどで断ち切られたボーンドラゴンはこちらを振り返り、炎のブレスを吐いてきた。僕はそれを【加速】で躱し、さらにドラゴンの懐へと入り込む。

「【一文字斬り】」

足元を駆け抜けながら、左足の骨を一閃《いっせん》する。聖属性の刃が太い骨に大きなダメージを与えた。

先ほどとは比べ物にならないくらいダメージが通る。ボーンドラゴンのＨＰの減りが大きい。やはり聖属性のダメージ効果が現れている。

「ガルガド」

「よしっ！」

ガルガドさんが、リンカさんを大剣の腹に乗せ、フルスイングで上空高くぶん投げた。

パワー自慢《じまん》の【鬼神族《オーガ》】だからできる芸当だなあ。

ボーンドラゴンの頭よりも高く飛んだリンカさんは、くるりと一回転し、手にした『魔王の鉄鎚《ルシファーズハンマー》』を回転した勢いのままにドラゴンの頭蓋骨《ずがいこつ》に叩き付けた。

正確にはそこに嵌《はま》っているナマコ船長の頭蓋骨に。

「【ヘビィインパクト】」

『たわばっ⁉』

ゴワァンッ！　という鈍い音がして、叩き付けられたドラゴンの頭からは星のエフェクトが飛び出す。頭上に星が回り始め、ぐらんぐらんとボーンドラゴンがよろめき始めた。しめた、ピヨったぞ！

「【分身】！」

ここしかこれを使うチャンスはない。僕は一《いち》か八《ばち》か、七人へと分身した。一気にＨＰが１／64になる。

瀕死状態ギリギリだ。最大は八人にまで分身できるのだが、そうなると僕のＨＰではレッドゾーンに突入《とつにゅう》してしまい、瀕死状態になって身体の動きが鈍ってしまう。それでは意味がない。

七人の僕がボーンドラゴンに切迫《せっぱく》し、同時に戦技を発動させる。

『【双星斬《そうせいざん》】！』

五芒星《ごぼうせい》を描《えが》くように放たれる左右連続の十連撃。それが七倍。七十もの連続攻撃がボーンドラゴンを同時に襲った。

『ウごァあアァァァァァァ⁉』

大幅にＨＰが減っていき、絶叫《ぜっきょう》するボーンドラゴンになど目もくれず、僕はすぐさま【加速】を使ってその場を離脱した。なにせ瀕死状態ギリギリなのだ。簡単な一撃を受けても死に戻る。

リンカさんのピヨり状態もすでに解除されているだろう。ヒットアンドアウェイ。やることやったらすたこら逃《に》げるが勝ちさ。

【分身】を解除し、その場に膝をつく。ＨＰ、ＭＰ、スタミナ、全てが残りちょっとしかない。さすがに無理をしすぎたか。

ポーションとマナポーションをインベントリから取り出して飲む。うっ、マズい。いや、味も不味いのだが、これが最後の一本だ。マズいぞ、これは。

あとはセイルロットさんと……レンも回復魔法を使えたな、確か。初歩の【ヒール】しか使えなかったはずだけど。

マナポーションもこれで終わりだ。僕のHP、MPは半分ほどしか回復していない。スタミナは休憩《きゅうけい》していれば時間とともに戻るし、HPは回復魔法をかけてもらうか、回復飴でゆっくりとならなんとか戻る。しかしMPは戦闘《せんとう》が終わらなければ回復しない。MPを消費する戦技はあと数回しか使えないだろう。

「【スタースラッシュ】！」

ウェンディさんの五連撃がボーンドラゴンの右手を斬り刻む。手首の先が粉々になり、甲板《かんぱん》に骨片《こっぺん》がばら撒《ま》かれた。

さっきよりもダメージが通る。ボーンドラゴンのHPはすでに3／4ほど減っている。

一気に畳《たた》み掛《か》ければいけるか？

「【昇龍斬《しょうりゅうざん》】ッ！」

「【虎砲《こほう》連撃】！」

ガルガドさんの大剣が下からボーンドラゴンの右上腕《じょうわん》部を砕《くだ》き、メイリンさんの両拳《こぶし》による左右連打が左膝《ひだりひざ》に亀裂《きれつ》を入れた。

『ウルガァァアッ！』

前半のおしゃべりさも消えて、ボーンドラゴンはただの魔獣《まじゅう》と化していた。骨だけの翼が前方へ曲がり、鋭《するど》いその先端《せんたん》が槍のように伸びてアレンさんたちを串刺《くしざ》しにしようと襲ってくる。

アレンさんたちはそれを躱《かわ》しつつ、ボーンドラゴンにダメージを加えていく。みんなの回復アイテムも尽きているらしく、満身創痍《まんしんそうい》だ。まさかここまで長丁場になるとは。総じてアンデッド系はしぶとい。

「【アイスバインド】！」

「【シャイニングランス】！」

ジェシカさんがボーンドラゴンの足下《あしもと》を氷で固め、逃げられないようにしてから、セイルロットさんの神聖魔法《まほう》が発動する。一撃のダメージがでかいセイルロットさんの魔法を外れさせるわけにはいかないからな。

投擲された光の槍は確実にボーンドラゴンの心臓部（心臓なんてないが）を貫《つらぬ》く。セイルロットさんのＭＰもとうとう尽きたようだ。

『グルルラアァァァァァァ！』

もはや言葉にならない呻《うめ》き声を上げ、ボーンドラゴンがガクガクと痙攣《けいれん》するような動きで一歩退がる。

相手のＨＰはとうとうレッドゾーンに突入した。一気に決めるチャンスだ。だがもうみんなもボロボロで決め手に欠けていた。

僕の方はずっと回復飴を舐《な》めながら休憩して、溜《た》めておいたＨＰも全快に近くなった。ＭＰが少ないので短時間しか発動できないが、やるなら今しかないだろ。

「【加速】！」

なけなしのＭＰを使ってボーンドラゴンの懐へと入り込む。直前で【分身】を使い、五人へと分かれて、ボーンドラゴンの正面、左右の前方後方と五角形の位置に回り込んだ。

ＨＰはすでに１／16だ。ここで倒せなければ反撃《はんげき》を受けて死に戻るかもしれない。

それでも残りのスタミナを使って最後の戦技を発動させる。

「【スパイラルエッジ】！」

僕は独楽《こま》のように回転しながらボーンドラゴンを斬《き》り裂《さ》いて、上方へと昇っていく。刃の竜巻《たつまき》が五つ、全方位から骨の竜を斬り刻んで、そのＨＰを奪っていった。

『ギシャラオアアァァァァァァ！』

すぐに【分身】を解除する。ＭＰが尽きると気絶状態になるからな。

甲板に着地するが、スタミナが切れて身体の動きが鈍い。重たい身体《からだ》に逆らえずに膝《ひざ》をつく。

見上げたボーンドラゴンのＨＰはわずかながら残っていた。届かなかったか……。

額に嵌められたナマコ船長の眼窩《がんか》が赤く光り、正面で膝をつく僕へ向けて、鋭い牙が並ぶ大きな口が開く。そこには今にも吐《は》き出されんばかりの炎《ほのお》が渦《うず》を巻いて――――。

「【ホーリーショット】！」

スコン、といささか間抜《まぬ》けな乾《かわ》いた音がして、ナマコ船長の頭蓋骨に一本の矢が突き刺さる。振《ふ》り向くと、後方に矢を構えたレンが残心を保ちながらドラゴンを睨《にら》みつけていた。

ははっ。いいところ持っていかれたなァ。

刺さった矢が光を放ち、聖なる光を放つ。

『ウグルガアアアアアアアアアアアア！』

大絶叫を残しながら、ＨＰが０になったボーンドラゴンがガラガラと崩《くず》れ落ちる。光の粒《つぶ》となって消えていく骨の中に、ナマコ船長の頭蓋骨だけがカタカタと揺《ゆ》れながら残っていた。

『……ヨーホー。俺様を倒すたぁ最高にファンキーな馬鹿野郎《ばかやろう》たちだぜ。だが、俺様はキャプテン四天王の中じゃ最弱。いずれお前たちの前に第二、第三のキャプテンが……』

嫌《いや》な予言を残しながらサラサラとナマコ船長の頭蓋骨が光の粒へと変わっていき、完全に消滅した。

「ふう」

僕がため息をつくと同時に、辺りにエリアボスクリアのファンファーレが盛大《せいだい》に鳴り響いた。

◇　◇　◇

『【怠惰《たいだ》】の第三エリアボス、【ボーンドラゴン】が初討伐《とうばつ》されました。討伐ギルドである【スターライト】、【月見兎《つきみうさぎ》】、以上の方々に初回討伐報酬《とうばつほうしゅう》が贈られます。初討伐おめでとうございます』

討伐成功を知らせる個人メッセージウィンドウが表示された。

初討伐、か。僕《ぼく》らがこのゲームで初めてあのボスを倒したんだな。【スターライト】のみんなの力ってのが大きいけれど、なんか嬉《うれ》しいな。

インベントリをチェックしたいが、スタミナがレッドゾーンに突入していて身体が重い。とりあえず座《すわ》ろう。よっこらせ、っと。

周りを見るとみんなも同じようにへたり込んでいる。全員満身創痍だ。本当にギリギリだったんだな。

ウィンドウの報酬《ほうしゅう》リストをチェックする。

「お決まりのスキルスロットの増加は第二エリアと同じ数か……。レベルが32に上がったな。【骨竜討伐者《こつりゅうとうばつしゃ》】の称号《しょうごう》と、ドロップは『竜骨刀《りゅうこつ》』、『ボーンガントレット』、『骨竜の角』、『骨竜の牙』……おっ、『ゴールドチケット』か」

「それが初討伐報酬だね。ガイアベア、ブレイドウルフの時はシルバーだったけど」

アレンさんがそう教えてくれた。ゴールドチケットってことは、ガチャが三回できるのか。……いや、僕が回しても周りのみんなにいいものが出そうな予感がビンビンするな……。

そんな僕をガルガドさんがにこやかに肩《かた》を叩《たた》いてきた。

「シロ、悪いんだけどあれ回してもらえるか？」

後ろ指で指し示すその先にはすでに出現したデモ子さんと大きなガチャマシーンが。デユラハンの時のことを覚えてたか……。

「いや、僕が回してもいいのが出るとは限りませんよ？　今までのは偶然《ぐうぜん》ですって」

「わかってるわかってる。変なのが出ても文句は言わねえって。軽い気持ちで回してくれりゃいいからよ」

本当に？　責任持てないからね、僕は。

言質《げんち》を取った僕は渋々《しぶしぶ》とガルガドさんが出したガチャマシーンのハンドルを握る。『スキル』ガチャか。

なんかいいの出ろー。ガチャガチャリ。

あまり気合も入れずにハンドルを回すと、コロンとカプセルに入ったスキルオーブが転がり落ちてきた。

自動的にスキルオーブが飛び出してくる。野球ボールほどの水晶《すいしょう》球には鉤爪のようなアイコンが浮かんでいた。

ガルガドさんはそれをインベントリに収納して詳細《しょうさい》を見るためにウィンドウを開いた。

開いた瞬間に目を見開いて大声を上げる。

「はあッ⁉」

「ど、どうしたんですか、ガルガド。びっくりするじゃないですか……」

横にいたセイルロットさんが、びくんっ、となって、胸を押《お》さえながら文句を言っている。そりゃ、あんな大声上げられたらなあ。

「もっとびっくりさせてやろうか、セイルロット……。俺、ソロモンスキルを手に入れたぜ……」

「へー……。はあぁッ⁉」

「うえっ⁉」

セイルロットさんに一拍遅《ぱくおく》れて、僕もすっとんきょうな声が出た。ソロモンスキル⁉ マジで⁉

ベルクレアさんがガルガドさんに詰《つ》め寄る。

「ちょ、ちょ、ちょっと待ちなさいよ、ガルガド！ 本当に⁉」

「おう！ 見ろよ、これ！ 【ヴァレフォールの鉤爪《かぎづめ》】！ 星三つのスキルだぞ！ 効果は『アイテムドロップが一・五倍』だ！ しかも熟練度が上がればさらに増えるんだぜ！」

なにその反則感⁉ 一・五倍ってことは四つアイテムがドロップするところを、ガルガドさんは六つドロップするってこと？

しかし、嬉しさのあまりスキル能力を晒《さら》してしまっているが、いいのかね？ まあ、バラすような人はいないと思うけどさ。

「ヴァレフォール、ヴァレフォール……。あった。『ヴァレフォール。ウァレフォル、マラファル、マレファルとも呼ばれる、ソロモン72柱の魔神《まじん》の一柱。盗賊《とうぞく》に関連深い悪魔《あくま》であり、召喚者《しょうかん》を窃盗《せっとう》の犯罪に巻き込み、誘惑《ゆうわく》しようとする……』つまりは泥棒《どろぼう》の悪魔なのね」

なるほど、泥棒か。アイテムを余分にせしめるってのはそれかね。

「シロ、ありがとうな！　さすがは幸運の白兎《しろうさぎ》だぜ！」

「ハハハ。お役に立てたようで」

無表情と乾いた笑いをガルガドさんに返す。なんでその幸運が僕に回ってこないんスかねぇ……。そのスキル、僕も欲《ほ》しい。

「ちょ、ちょちょっとシロ君！　私のも回してくれないですかね⁉　試《ため》し！　試しに！」

「あ、セイルロット、てめっ！」

セイルロットさんが試しと言うには必死の形相で僕の手をとる。えー……。

すでにデモ子さんとガチャマシーンを呼び出しているし、断り辛《づら》いじゃんか。また『スキル』ガチャか。

ワクワクしているセイルロットさんの視線を背中に感じる。プレッシャー与《あた》えるのやめて。

ガチャリとハンドルを回すと先ほどと同じようにコロンと転がり、飛び出してきたスキルオーブには、なにやら城壁《じょうへき》のようなアイコンが浮かんでいた。あれ、なんかやな予感。

セイルロットさんがすぐさまウィンドウを開くと、みんなの注目が集まる。

「ぬぐっ……！　これは……！」

「なになに？　ハズレ？」

なぜか嬉しそうにメイリンさんがセイルロットさんのウィンドウを覗く。ウィンドウの文字は本人以外には見えないので意味はないが。

「いえ、一概《いちがい》にハズレとは。ただ私が持っていてもなんの役にも立たないスキルで……。星二つなんですがね……」

「はあ!?　また!?　なんでそんなにポンポン星付きのスキルが出んの!?」

メイリンさんが呆《あき》れたように声を上げるが、わからんでもない。星付きのスキルはレアスキル。星一つでもかなりレアで、星二つなんて滅多《めった》になく、星三つなんてのになるとほとんどお目にかかれない。まあ、僕は星三つの【セーレの翼】を持ってますが。

【加速】、【二連撃】、【分身】も星二つのスキルだ。まあ、【加速】と【二連撃】は貰《もら》い物だけど。【分身】もレンに当ててもらったから、実質自分で手に入れたのって【セーレの翼】しかないな……。

「それでなんのスキルなの？」

「アレン向けのスキルですね。スキル名は【鉄壁《てっぺき》】。大盾で受けたダメージを30％減少するスキルです。これも熟練度でさらに上昇《じょうしょう》する成長スキルですね」

え？　盾で受け止めて減少したダメージをさらに減少できるってこと？

確かに盾職にとっちゃかなり使えるスキルだけど、それ以外の人には無用の長物か。セイルロットさんも円形の盾を持っているけれど、あれは小盾で大盾ではないから、スキルの発動条件を満たせないってわけだ。

【鉄壁】か。いいね。で、セイルロットはそれをどうするのかな？」

「変なプレッシャーをかけないでも譲《ゆず》りますよ……。その代わり私向けのスキルが出たらお願いしますよ？」

にこにことしているアレンさんにセイルロットさんが口を尖《とが》らせた。

「ちょ、ちょ、ちょっと、シロ君！　私のガチャも回してくれない⁉」

「シロ兄ちゃん、あたしのも！」

ジェシカさんとミウラに両サイドから腕を引かれる。うはー、モテモテだなあ……。ってアホか。痛みを大幅《おおはば》にカットしているVRで、痛みを感じそうなくらい引っ張らないでほしい。

他のみんなもいつの間にかガチャマシーンを召喚しており、この後、僕は何回もハンドルを回すことになった。

◇◇◇

「腕が痛い……」

「VRで強い痛みは感じないはずですが」

ウェンディさんから冷静な言葉が返ってきたが、そんな気がするんだよう。あんな緊張《きんちょう》感の中で回して、現実なら間違《まちが》いなく腕が攣《つ》っている。

シルバさんに回収された僕らは銀星号で港へと戻り、やっとのことでギルドホームへと戻ってこられた。【スターライト】のみんなも自分たちのギルドホームへとすでに帰っている。

「きゅっ？」

テーブルの上で突《つ》っ伏《ぷ》した僕の腕をスノウがペシペシと叩く。慰《なぐさ》めてくれているのか、それとも追い討《う》ちか。

あのあとみんなのガチャを何回も回した。全部が全部当たりというほどではなかったが、かなりいいものが出たのは確かだ。とんでもないものも当たったし。

「ふふふふふふふふふ」

そのとんでもないものをゲットしたリンカさんから変な笑いが漏《も》れている。

手にしているのはSランク鉱石。しかも二つ。嬉しいのはわかるけど、あの笑いは若干《じゃっかん》引くな……。

アレンさんたちも手に入れているが、オークションに出品するって話も出てるらしいからな。そうなるとリンカさんがSランク鉱石を扱《あつか》うチャンスは無くなってしまう。そこに転がり込んできた自分のSランク鉱石だ。気持ちはわからんでもないが。

他のみんなもかなりいいものを引いた。いや、引いたのは僕なんだが……。セイルロットさんの時みたいに、本人以外のいいものをゲットした人もいたが、そこは交換《こうかん》したりでまとまった。

ウェンディさんとシズカは新たな防具を手に入れ、ミウラとリゼルは能力強化のアクセサリー、リンカさんはSランク鉱石、レンは新スキルだ。

そして僕はというと……。

「あんなの当たってもどうすりゃいいのか……」

バルコニーから見下ろすと、ギルドホームの前にアスレチック施設《しせつ》が出来上がっている。

僕が『アイテム』ガチャで手に入れた『冒険《ぼうけん》アスレチックコース』だ。

正確には『冒険アスレチックコースカタログ』であって、カタログ本である。グラスベン攻防戦《こうぼうせん》の時にもらった『カタログギフト』と同じようなもので、言ってみれば通販《つうはん》カタログだ。

中にはいろんなアスレチック施設が載《の》っていて、お金を払《はら》うと設置できる。

試しに無料提供の『まるたぶらんこ』と『ろーらーすべりだい』を設置してみた。これをレンたち年少組が面白《おもしろ》がって、有料の『たーざんろーぷ』と『みはらしだい』を買ってしまった。おかげでギルドホームの東側はちょっとした遊び場みたいになっている。

「このアスレチック施設ってすごいねー。ほらほら、『もんすたーくんれんじょう』とか、『せんぎとっくんじょう』とかもあるよ。あ、『もんすたーれーすじょう』なんてのもある！」

「全部お金がかかるけどな」

僕の当てたアスレチックカタログを見ながらリゼルがはしゃいでいる。確かに様々な施設が載っているが、どれもこれもお金が別途《べっと》にかかるのだ。しかもいいものは高く、気安く買えるものではない。

『もんすたーくんれんじょう』はテイムしたモンスターを強くするための施設らしい。『せんぎとっくんじょう』は戦技の練習をする施設、『もんすたーれーすじょう』は競馬場のような施設だ。もちろんどれも高い。

リゼルの持っていたカタログを覗き込んでいたウェンディさんはその中の一つを指差す。

「私としてはこの『きみもだんじょんますたー』が気になりますね」

あー、それね。僕も気になった。まあ、自分好みのダンジョンを作れる、といったところだろうが、それ、他のに比べてもメチャ高いよね。

だいたいダンジョンに入る方がダンジョンを作ってどうするのかとも思うが。魔王にでもなれというのか。

「あくまでお遊びのダンジョンだと思うけど、それにしては高いよなあ」

「設置する場所によってはギルドホームになるのでは？　プレイヤーキラーのギルドなんかが本拠地《ほんきょち》にしたりとか」

「あー、なるほど。そういうのもアリか」

悪の秘密基地プレイ？　ってか。ＰＫのドウメキあたりにでも売ってやろうか。

まあ、それよりも……。

「で、第四エリアへはいつ行く？」

リゼルが僕の心を読んだかのように尋《たず》ねてきた。

第四エリアへのエリア門は第三エリアの東南にあるという。僕らはまだ行ったことのないところだ。かなり高い山脈の先にあるとか。

ボーンドラゴンを倒したことにより、僕らはエリア門の鍵《かぎ》を手に入れた。いつでも第四エリアへと行ける。

エリアボスを倒した直後、知り合いからおめでとうメールがたくさん届いた。まあ、それは挨拶《あいさつ》みたいなもので、みんな第三エリアのボスについて聞きたがっていたけど。

アレンさんとも話したが、あとでセイルロットさんがまとめて公開するらしいので、知り合いには先に教えてもいいということになった。

まあ、残念ながら先に聞いたところでデュラハンが出る日付けは決まっているから、あんまり関係ないんだけどね。

「【スターライト】のみんなは今晩にでも第四エリアに行くらしいけど」

「今晩っていうか、リアル深夜に、だけどな。アレンさんたちってやっぱり大学生とかなのかなあ」

今日は平日だ。そんな深夜までプレイしてたら明日起きられないぞ。僕なら確実に遅刻《ちこく》する。毎回時間いっぱいまでログインしてるみたいだし。

「お嬢様《じょうさま》たちのこともありますので、我々は明日、ということでどうでしょうか」

「賛成。急ぐことはないと思う。今日はもう休もうよ」

「ん。私もそれでいい」

もちろん僕も賛成だ。エリアボスを倒しただけでも充分《じゅうぶん》だろ。第四エリアは逃げない。明日ゆっくりと行けばいいさ。

とりあえずは今日の勝利に酔《よ》いしれていたい。ガチャは散々……というか、滅茶苦茶《めちゃくちゃ》だったけれども。

「シロさん、できました！　全員分のマフラーが！」

バルコニーへ年少組が突入してくる。手には色とりどりのウサギのぬいぐるみ……に見えるがマフラーを持っていた。【月見兎《うち》】のギルドのシンボルマーク（になるらしい）のウサギマフラーだ。

「速いね。やっぱり新しいスキルの効果かな？」

「はい！　前よりも短時間で作れます！」

レンが満面の笑《え》みで頷《うなず》く。レンが（正確には僕が当てたのだが）手に入れたスキルは【高速生産】。生産スキルがスピードアップするスキルである。これも星二つのレアスキルだ。

生産職には喉《のど》から手が出るほど欲しいスキルだろう。実際リンカさんも欲しそうにしてたしな。

「わあ〜、かわいい！　これ、好きなの選んでいいの？」

「はい！　とりあえずいくつかのタイプを作ってみました。色とかは『染料《せんりょう》』でそれぞれ好きな色に染めていただければ」

リゼルが嬉々《きき》としてテーブルに置かれたマフラーを手に取る。確かにウサギの形や種類が違《ちが》うな。マフラーというか、頭に被《かぶ》るのもあるけど。これってマフラーじゃなくて頭巾《ずきん》じゃないの？

「これはこうするんですよ」

レンがそのウサ耳付きの頭巾を被り、両脇《りょうわき》からだらんと伸《の》びた長いウサギの腕をくるんと首に巻いた。ああ、確かにマフラーだ。

「どうですか？」

「うん、かわいい。うわっ、手触《てざわ》りもいいね、これ」

「でしょう？　素材からこだわりましたから！」

えっへんと胸を張る、ウサ耳マフラーを被ったレンの頭を撫《な》でる。気持ちいい。ふわふわしてんなあ。

「私はこれにしようかな」

「私はこれ」

「では私《わたくし》はこれを」

みんなそれぞれ気に入ったものを首に巻いていく。派手なものから地味なものまで個人の違いはあるが、どれも月を見上げる兎の形をしたギルドエンブレムが入っている。一目でギルドメンバーだとわかるな。

レンはうさ耳マフラーじゃないやつを選んだようだ。ツインテールだとフードが邪魔《じゃま》だからかな？

「よし、じゃあ打ち上げに『ミーティア』に行こうか！」

「賛成ー！　あたしプリンアラモードが食べたい！」

僕の提案に真っ先にミウラが手を上げる。ここ最近ゆっくりとできなかったから、『ミーティア』に行くのも久しぶりだ。メテオさんは元気だろうか。

レンがテーブルの上のスノウに声をかける。

「スノウちゃんも行こうね」

「きゅっ」

スノウがひと鳴きすると僕の頭の上にぽすんと乗ってきた。少しは自分の力で跳《は》ねるなり飛ぶなりしろ。太るぞ。いや、こいつはＶＲキャラだから太らないのか。

そんな話を女性陣《じょせいじん》にしたら『羨《うらや》ましい』と心の底からのお声をいただいた。

その日の『ミーティア』では、何人かが甘《あま》いスイーツを避けたが、それは記さないでおく。

■本名：因幡《いなば》　白兎《はくと》

■プレイヤー名：シロ　レベル32　【魔人族《デモンズ》】

■称号：【駆《か》け出しの若者】【逃げ回る者】
【熊殺し】【ゴーレムバスター】【ＰＫＫ】
【賞金稼《かせ》ぎ】【刃狼《じんろう》を滅《めっ》せし者】
【グラスベンの守護者】【骨竜討伐者】

■装備

・武器
双天剣《そうてんけん》・シャイニングエッジ　ATK＋95（右）
双天剣・シャイニングエッジ　ATK＋95（左）

・サブ
双氷剣《そうひょうけん》・氷花　ATK＋103
双氷剣・雪花　ATK＋103

・防具
レンのロングコート　VIT＋31　AGI＋22
サンジェ織の上着　VIT＋20
剣士《けんし》のズボン　VIT＋21
迅雷《じんらい》の靴《くつ》　VIT＋12　AGI＋10

・アクセサリー
レンのロングマフラー　STR＋14　AGI＋37　MND＋12　LUK＋26

メタルバッジ（兎）　AGI＋16　DEX＋14
ナイフベルト　スローイングナイフ　10／10
ウェストポーチ　撒菱《まきびし》　200／200　十字手裏剣《しゅりけん》　20／20
兎の足　LUK＋1

■使用スキル（9／10）
【順応性】【短剣術《たんけん》】【敏捷《びんしょう》度UP（小）】
【心眼】【気配察知】【加速】【二連撃】
【投擲《とうてき》】【分身】

■予備スキル（10／14）
【セーレの翼《つばさ》】【調合】【採掘《さいくつ》】【採取】【鑑定《かんてい》】
【伐採《ばっさい》】【毒耐性《たいせい》（小）】【暗視】【隠密《おんみつ》】【蹴撃】

【怠惰（公開スレ）】雑談スレその351

001：ウドチャク
ここは【怠惰】の雑談スレです。有力な情報も大歓迎。大人な対応でお願いします。

次スレは>>950あたりで宣言してから立てましょう。

過去スレ：
【怠惰】雑談スレその1～350

022：ハドラ
【怠惰】の領国、第四エリア一番乗りー

023：カープス
やっぱりまた【スターライト】だったか

024：ケイン
【エルドラド】も躍起になって探してたのになあ

025：ボーゲン
いや、わからねえって
新月の晩だけとか
キーモンスターが隠れキャラじゃねぇか

026：ヒック
十日に一度なんて酷すぎス

027：キョージュ
でもドロップはかなり多いらしいから、索敵アイテムは時間が経てばけっこう市場に流れると思う

028：ハドラ
デュラハンだっけ？

029：レーテ
>> 023
【月見兎】もいたぞ

030：レナリド
デュラハンとリビングアーマー＆キャンドラーどっさり

031：ショーテル
【月見兎】ってなに？
【スターライト】傘下のパーティ？

032：サカキ
>> 031
パーティじゃない、ギルド

033：ケイン
【エルドラド】かなり資金注ぎ込んでいたのになあ

034：レーテ
>> 031
ウサギマフラーさんのギルドだ

035：ショーテル
複数ギルドで討伐ってことはエリアボスってレイドボスなの？

036：マテル
【月見兎】ってウサギマフラーか

037：レナリド
>> 034
正確にはマフラーさん所属の、な
あの人ギルマスじゃねえから

038：キョージュ
>> 035
レイドボスらしいけど、上限パーティは少ないっぽいって書いてた
よくて３パーティ

039：オーチャス
３パーティつうと今上限で８人だから最大 24 人？
【スターライト】と【月見兎】って何人？

040：アンサライト
【スターライト】は６人。【ウサギマフラー】は知らんけどたぶん６人じゃね？

041：ボーゲン
24 人で倒すの 12 人で倒したのかよ
半分じゃねえか
ハンパねえ

042：サカキ
いや、最大上限８人パーティにするのもギルドポイント集めるのキツいから、普通に６人 ×３で 18 人じゃね？
討伐適正人数

043：ハドラ
アシストデュラハン欲しい

044：レーテ
>> 043
パーツ揃わなきゃ下手すると何回もデュラハンと戦わないといかんぞ

045：トーラス
>> 040
【月見兎】は７人やで

046：カープス
聖属性の武器がねえよ
火属性じゃだめ？

047：ヒック

他の領国もこんな時間縛りあんのかな？

048：キョージュ
>> 046
アンデッドに効かないことはないが、イマイチ

049：アンサライト
ここにきて聖水の価格沸騰してるぞ
【錬金術】とっとけばよかった！
手に入れたのに売ってしまった……

050：ヒック
聖水使って武器防具作っても聖属性付かないこともあるしなあ……

051：トーラス
>> 049
わいは知り合いから【錬金術】持ちを紹介してもらって聖水どっさり仕入れたでー
ウッハウハや

052：ボーゲン
>> 051
転売屋か

053：レナリド
いまから【錬金術】育てても仕方ないだろ

054：トーラス
>> 052
転売屋ちゃうわ。適正価格の範囲内で売っとるわい
売る奴は選ぶけどな

055：マテル
便乗して聖属性の武器も高騰してる
うぬれ

056：ケイン
しかしどこでデュラハンとかの情報仕入れたんかね？

057：レナリド
【スターライト】は前もレアモンスターのリストとか公開してたよな

058：キョージュ
噂だと【スターライト】には凄腕の情報屋が付いているらしい
情報だけじゃなく、どんなアイテムも手に入れてくるってよ
『調達屋』って呼ばれてるとか

059：ヒック
うそくさ

060：ショーテル
第四エリアってどんなとこ？
【スターライト】はもう行ったの？

061：レーテ

>> 057
レアモンスター図鑑を持ってるんだろ
他の領国にもあるぞ

062：トーラス
>> 060
行ったけど準備不足ですぐ帰ってきたらしいで
第四エリアは極寒らしい

063：ボーゲン
南極かよ

064：カープス
え、なに？
寒くてＨＰがぐんぐん減るってこと？

065：アンサライト
極寒装備しなきゃならんのか

066：ヒック
常に状態異常を強いられるのは地味にキツい

067：サカキ
>> 065
もしくは【保温】スキル手に入れるかだな

068：オーチャス
雪が積もっているならテイムしたグレイウルフとかで犬ゾリやりたい
狼ゾリか

069：ヒック
トナカイテイムしてサンタコスできねえかな

070：ボーゲン
ちくしょう
第四エリア楽しそうじゃねえか

071：アンサライト
第四エリアでは火属性装備が重宝しそうだな
今度は売らんとこ

072：ケイン
スキー！
スキーしたい！

073：ハドラ
その前に第三エリア突破しなくちゃならんわけだが

074：ヒック
ボーンドラゴンだっけ？

075：キョージュ
いや、初めはスケルトンキャプテン
次にデスボーンジャイアント

そんでボーンドラゴンだ

076：マテル
三段変身かよ

077：レブ
攻撃力は 530000

078：アンサライト
それに加えて配下のスケルトンがうじゃうじゃいる

079：レーテ
三段変身とか、ボスのテンプレ能力とはいえ厄介だな

080：ケイン
>> 78
マジで？
どこ情報？

081：ミヤモロ
ココロオレル

082：アンサライト
>> 080
動画見てこい
【スターライト】がうｐしてる
序盤とボス倒す数分だけだが

083：キョージュ
>> 080
動画見れ

084：オーチャス
アレ見たけどマフラーさんどうなってんの！？
分身してんですけど！

085：レナリド
忍者化まっしぐら

086：ヒック
あの速さにあの数は卑怯だろ……
【ＰｖＰ】どうやって勝てばいいのよ

087：サカキ
>> 084
【分身】スキルだな
星二つのスキル
【色欲】の領国で確認されてる
便利だけど使い勝手が難しいスキルだぞ

088：ボーゲン
兎忍者はえー
何人まで分身できんだろ

089：ショーテル
なにこの【分身】って、分かれるたびにHP半分になるの？
一発で死ぬじゃん

090：カープス
一人で忍者軍団じゃねえか

091：キョージュ
>> 088
８人までらしい
進化するかもしれんが

>> 089
そう
だから８人に分かれたときはHPが1/128になる
普通なら使えないがマフラーさんはあのスピードでカバーして使ってる

092：サカキ
【色欲】のプレイヤーは分身して８人全員【ファイアボール】撃ってたらしい

093：オーチャス
【ファイアボール】８連射って
最強じゃねえの？

094：ミヤモロ
>> 090
闇に生き、闇に死す……

095：キョージュ
>> 093
分身している間はMPがどんどん減るらしいから【ファイアボール】もそんなに撃てないっぽいよ
分身体の使った【ファイアボール】のMPも消費するらしいし

096：ハドラ
８連発できりゃ充分だと思うが

097：フェスタ
ってことはマフラーさんもこの戦技、分身体の分までスタミナ使ってるのか
使えるような使えないような

098：レーテ
完全に相手が動けない時になら最大ダメージをぶち込めるわけだし場合によっちゃ使える

099：マテル
というか、それ以前に船ないから出航できんのだが

100：サカキ
金払えば船員込みで雇えるだろ
目的地はわかったんだし【操船】スキルなくても問題ない

101：レナリド
どこかの船を持ってるギルドに便乗させてもらうのもアリ
つーか、【月見兎】もそれだろ

102：フェスタ
【エルドラド】に乗せてもらうかね
あんだけ船あんだから

103：アンサライト
ギルドに入る気ないならやめとけ
ギルド【エルドラド】は身内にゃ優しいがそれ以外には厳しい

104：オーチャス
寄らば大樹の陰よ

105：レブ
【エルドラド】はでかくなりすぎてちょっと統率とれてない感じがなあ
だから【スターライト】に先を越される

106：サカキ
>>104
烏合の衆って知ってるか？

107：ケイン
【エルドラド】、分裂の噂があったよね

108：カーブス
>>106
ディスんなよ

109：アンサライト
>>107
ギルマスとサブマスの一人がちょっと揉めてるってのは耳にしたけど

110：ミヤモロ
人が多く集まりゃ揉めごとも増えるもんさ……
つうか、【月見兎】はなんでマフラーさんのハーレム状態なの？
殺すぞ

111：ヒック
ＰＫしちゃう？
返り討ちの未来しか見えんけど

112：キョージュ
>>110
いくつか仮説が立てられる

1．全員兄妹
仲良し家族

2．全員娘
実は子沢山お父さんウサギ

3．全員嫁
現実は非情である

113：オーチャス

>> 112
１であってくれ

114：マテル
>> 112
３だった場合、ＰＫ依頼はどこに出せばいいの……？

115：レブ
ＶＲでモテモテなやつほど現実ではブサイクだってばっちゃが言ってた

116：ミヤモロ
おれ【縫製】スキルあるからマスク作る……
しっとの心わ父心……

117：サカキ
>> 115
現実でブサイクなのにＶＲでモテない俺が通りますよ

118：アンサライト
>> 116
やめろ
その道は戻って来れんぞ

119：マテル
>> 116
一号、俺のぶんも頼む……

120：レナリド
二号が！

121：ケイン
>> 116
俺のぶんも

122：サカキ
>> 116
俺もくれ……
兎狩りだ……

123：ボーゲン
モテない理由はそれだろ
僻み根性

124：オーチャス
>> 116
オレも

125：ミヤモロ
>> 123
しっとパワーと言え！
怨敵滅殺！

126：キョージュ
見苦しい……

127：ハドラ
え、なにこれ
新しいＰＫギルドできんの？

128：カープス
人がダークサイドに堕ちるのは簡単なんだな……

129：レーテ
返り討ちされるだけだと思うが
というかマフラーさん第四エリア行きだから、お前らも頑張れよ

130：ミヤモロ
くぬうううううぅぅぅぅぅぅ！

・
・
・

【Ｇａｍｅ Ｗｏｒｌｄ】

「よっ！」

ステージ上空に現れた的《まと》に十字手裏剣《しゆりけん》を投げつける。ど真ん中とはいかないが、なんとか当たって的が破壊《はかい》される。

続けて同時に左右に現れた的にも連続で投げつけた。右の的には当たったが、左の的はまったく見当違《けんとうちが》いの方へと手裏剣が飛んでいった。

終了《しゆうりよう》を告げるブザーが鳴る。

『シミュレーション終了ですの。あなたの合計点数は１９８Ｐ《ポイント》ですの。おめでとうございます。Dランクですの』

「またかー」

デモ子さんの声に僕《ぼく》は天を仰《あお》ぐ。どうしてもDランクをこえられないな、あと2Pだってのに、こんちくしょう。

「残念だったわねー。はい、交代交代。次は私だからね」

「わかってますよ……」

僕はにこやかに交代を申し出るベルクレアさんに言われてステージを降りた。

僕らがいるのは【星降る島】の砂浜《すなはま》近くに設置された『せんぎとっくんじょう』。

僕がガチャで手に入れた『冒険《ぼうけん》アスレチックコースカタログ』で買った施設《しせつ》である。

『冒険アスレチックコースカタログ』は色々な設備が手に入るカタロググリストだ。簡単な遊具施設から本格的な施設までかなり幅広《はばひろ》く載《の》っている。

これを設置するには購入《こうにゅう》する必要がある。つまりお金が必要なわけだが、その金額がどれもこれも高い。

いや、安いのもあるんだけれども。『まるたつりばし』とか、『ろーぷねっと』とか。

まあ安いのは基本的に遊具類で、本格的に使えそうなものとなると金額が跳《は》ね上がる。

おいそれと設置できるもんじゃなかった。

『せんぎとっくんじょう』は高かったが、以前、沈没船《ちんぼつせん》から手に入れたお酒をミヤビさんに売ったお金で手に入れた。酒好きなミヤビさんが気前よく払ってくれたので助かった。

この施設はいろんな戦闘《せんとう》訓練ができるもので、今やっていたのは射撃《しゃげき》武器用の訓練メニューだ。

制限時間内にいくつの的を破壊できるかという単純なものだが、これがまた難しい。

まったくランダムな場所に的が現れ、数秒で当てなければならない。その場に留《とど》まるものもあれば、高速で移動するものもある。

当てた難易度によりポイントが入り、合計ポイントでランクが決まる。

だけどどうしてもDランクより上にいけないんだよなあ。

「やった！　Bランク！」

「ぐ、ぬっ⁉」

矢を射《う》ち終えたベルクレアさんが、デモ子さんが告げたランクにガッツポーズを取る。

『せんぎとっくんじょう』の名の通り、ここでは戦技を使っても構わない。むしろ戦技を使わないと高得点を取るのは難しいと思う。

僕の持つ【投擲《とうてき》】はスキルなのでベルクレアさんの装備する弓のような戦技はないため、元から不利なのだ。

わかっちゃいるんだが、こうもギリギリで届かないと、意地でもクリアしてやろうって気になるじゃんか。

その後同じく弓装備のレンと、魔法《まほう》での遠距離攻撃《えんきょりこうげき》で参加したリゼルとジェシカさんの次にもう一度チャレンジしたが、またDランクだった。おのれ……。

「ありがとう……」

「ど、どんまいです！　シロさん！」

Cランクのレンから励《はげ》まされ、少し凹《へこ》む。いや、まあこれはメイン武器じゃないからいいんだけどさ……。

「おいおい、いい加減に俺たちにもやらせろって！」

「そうだよ！　順番でしょ！　シロ兄ちゃん、二回やったろ！」

くっ、気づいたか。

砂浜の方で【ＰｖＰ】をやっていたガルガドさんとミウラがこっちにやってきた。

射撃武器じゃない二人は僕らが終わるまで暇《ひま》つぶしに対戦してたから、もう一周できるかと思ったんだが、甘《あま》かったか。

海で釣《つ》りをしていたアレンさんやメイリンさん、セイルロットさんもやってきた。

そもそも【スターライト】のみんなは『星降《う》る島《ち》』に来すぎだと思う。最近ほとんど毎日来てるだろ。

「そりゃあ、これだけ食料素材の豊富な狩場《かりば》はないしね。シークレットエリアだから変なプレイヤーもいなくて、気兼《きが》ねなくゆっくりできるし、広いからいろんなことが試《ため》せるし」

アレンさんが釣ってきた魚が入ったバケツを持ち上げる。確かに『星降る島』の食材は他のと比べてバフ効果が半端《はんぱ》ないけど。

アレンさんたちは【怠惰《たいだ》】の領域では有名プレイヤーだ。それはいいことばかりではなく、悪いこともあったりする。

いわゆる迷惑《めいわく》プレイヤーの粘着《ねんちゃく》である。しつこい【PvP】の申し込み、繰《く》り返されるギルド加入の希望申請《しんせい》、攻略《こうりゃく》情報開示の要求に、ストーカーまがいの行為《こうい》、などなど。『余っているアイテムをくれ』なんてのもあったらしい。

あまりにも度を過ぎているものは、運営《GM》に報告して処罰《しょばつ》してもらっているが、それでもこういった輩《やから》はあとを絶たない。

僕も一時期、【PvP】をやたらと申し込まれたことがあった。ちょうどPKプレイヤーのドウメキと戦った動画が流れたころだ。

しつこいので【PvP】の設定を『受諾拒否《じゅだくきょひ》』にしておいたのだが、そうしたら直《じか》に絡《から》んで来るのが現れた。

こちらを挑発《ちょうはつ》し、煽《あお》ってくるのだ。一度くらいなら無視するだけにとどめるが、何回も繰り返す奴《やつ》はさすがにGMに報告した。

こういった行為はゲームの中では犯罪ではないのでアバターがオレンジネームになることはないが、プレイヤー的にはアウトである。行為が悪質と取られると、『注意』、『警告』、ときて、『アカウント削除《さくじょ》』となる。

さすがに『警告』までされたプレイヤーは二度と寄っては来なかった。

名が知れたプレイヤーはそういった弊害《へいがい》を被《こうむ》ることがあると身をもって知ったよ。まあ、それ以降は変なのに絡まれてはいないが。

「それにここにいると面白《おもしろ》いからねー。いつの間にかあんなのまでできてるし」

メイリンさんが『せんぎとっくんじょう』を見ながら笑う。ガルガドさんたちが遠距離攻撃の訓練モードを終わらせて、攻撃力測定モードにしていた。

攻撃力測定モードは中央に出現した大きくずんぐりしたサンドバッグのようなものに攻《こう》撃《げき》すると、その攻撃力を測定してくれるモードだ。

「【大切断】！　からの……【大回転斬《ぎ》り】！」

ガルガドさんが飛び上がってサンドバッグを一刀両断にし、着地と同時に横に回転斬りをくらわせる。

サンドバッグが光の粒《つぶ》になり、小さくブザーが鳴ってデモ子さんが手を上げた。

『385ダメージですの！　個人記録九位ですの！』

「かー！　やっぱ戦技から戦技にはうまく繋《つな》がらねぇか！」

測定モードのダメージ判定は、一連のチェーンコンボならば一回のダメージと判定される。

例えば【ジャンプ】から繰り出される【パワースラッシュ】、いわゆる【ジャンプ斬り】というコンボ技なら、普通《ふつう》の【パワースラッシュ】よりもダメージが大きいのだ。だから……。

「やーっ！」

ズドン！　とミウラの突《つ》きがサンドバッグに突《つ》き刺《さ》さった。あれは【鬼神族《オーガ》】の種族スキル【狂化】からの【ダッシュ】、【剛剣突《ごうけんづ》き】のコンボだな。

俗《ぞく》に【ダッシュ突き】と呼ばれるコンボ技だ。ミウラの場合、種族スキルがプラスされているけど。

『562ダメージですの！　個人記録一位ですの！』

「やった！　いちばーん！」

「くっ！　もう一回だ！」

続けてガルガドさんがミウラと同じ【ダッシュ突き】をサンドバッグにかますと、ミウラのダメージを超《こ》えて個人記録一位になった。

まあこれは、ミウラとのパラメータの差と重量によるものだと思う。重いものほど当たった衝撃《しょうげき》は大きいってことだな。

「ちょっと僕もやってみていいかな？」

コンボ技で大ダメージを与《あた》えられるなら、僕の最大攻撃力はどれくらいになるのか気になったのだ。

ミウラに順番を代わってもらい、サンドバッグの前に立つ。

「【分身】」

ＨＰがレッドゾーンに入らないギリギリの最大数、八人に分身し、サンドバッグを取り囲む。

「【加速】――――からの【双星斬《そうせいざん》】」

超《ちょう》スピードで一気に距離《きょり》を詰《つ》め、両手の双剣《そうけん》が二つの星の軌跡《きせき》を描《えが》く。八人が放つ左右二つの五連斬。【加速】によって勢いを増した、計八十の斬撃をサンドバッグに同時に叩《たた》き込む。

『１２３１ダメージですの！　個人記録一位ですの！』

「シロ兄ちゃんズルい！【分身】は無しだよ！」

いや、無しと言われても。まあ確かに普通の攻撃が単純に八倍になるのだから、そう言いたくなる気持ちもわかる。

僕は攻撃力が低いが手数が多い。【双星斬】は一つの戦技だし、【分身】はスキルだ。これもコンボ技には変わりはないわけで。なので反則ではない。正当な記録です。

「くそっ、負けてたまるか！」

「あたしだって！」

ガルガドさんとミウラがムキになってサンドバッグに戦技を放ち始めた。使えるスキルと戦技のコンボを探しているんだろう。やれやれ、余計なことをしたかなあ。

ふとアレンさんたちの方を見ると、砂浜に置いたBBQセットで釣ってきた魚を焼き始めている。

『焼魚』を作っているのだ。『焼魚』は『焼肉』と並び、比較的《ひかくてき》簡単に作れる料理である。【料理】スキルがなくても作れるバフ効果のある料理だ。

なぜ『焼魚』かというと、実は【スターライト】には【料理】スキル持ちがいないのである。

なので魚でバフ効果のある料理を作るとなると、これ一択《たく》になるのだ。きちんとご飯や味噌汁《みそしる》、香《こう》の物なんかをつけると『焼魚定食』になったりするから、インベントリに入れておいて損はない。

アレンさんがＢＢＱセットで『焼魚』を作っている横では、鉄板でウェンディさんとシズカが別々の料理を作っていた。

焼きそばとお好み焼きだな。あれらはアレンさんに頼まれて作っている物だ。もちろん有料で。

ウェンディさんとシズカは【料理】スキルを持っているからな。バフ効果の高い料理ができる。

「こんなに料理を作ってどうするんですか？」

「第四エリアに向けて万全《ばんぜん》の用意をしておきたくてね。『備えあれば憂《うれ》いなし』って言うだろう？」

焼き終えた『焼魚』をインベントリにしまいながらアレンさんが答える。食べるだけで手軽にバフ効果を得られる料理はたくさんあって困るもんじゃない。

もちろん戦闘中には食べられないし、バフ効果は重複しないから限度はあるけれども。

「この島には様々な野生動物や山菜、果物などがありますけど、手に入らない食材もありますね」

シズカが出来上がった焼きそばを皿に移してそんなことをつぶやいた。

いやまあ、調味料とかは手に入らないけれど。いや、塩なら海水から取れるかもしれないが。

「手に入らない食材って？」

「いえ、卵が手に入ったら、と思ったものですから」

「ああ、卵か」

この島には鳥も数多くいるが、なかなか鳥の巣までは見つからない。動物たちもモンスターと同じく卵から生まれるのではなくて、フィールドにポップするものだからな。

まあ卵なら普通にNPCの店で売ってるのだが、これがわりと高い。気安く料理に使える値段じゃなかったりする。

なので、大抵《たいてい》のプレイヤーは他のプレイヤーの露店《ろてん》から買うか、自分たちで取りに行く。

基本『DWO《デモンズ》』で『卵』といえば、『コッコ』の卵のことを指す。コッコは第一エリアの草原フィールドにわりとよくいるモンスターであるが、経験値が低く、素早《すばや》くてすぐ逃《に》げる。

倒《たお》すのには骨が折れるし、ドロップアイテムも『卵』と『コッコ肉』以外はほとんど使い道がない。『卵』のドロップ率は低く、あまりプレイヤーが積極的に狩《か》ることはない。

しかしながら、【畜産《ちくさん》】や【獣魔術《じゅうまじゅつ》】スキルを持っていると、このコッコを飼うことができ、毎日卵を手に入れることができるのだ。

今現在、卵が欲《ほ》しければスキルを持っているプレイヤーたちから買うのがほとんどで、わざわざ卵目当てで、面倒《めんどう》くさいコッコ狩《が》りにいく者などいなかったりする。

「スキルがなくてもコッコを飼えば、卵を手に入れることは一応できるんでしたっけ?」

「できる。スキルがないと毎日産ませることはできないけど。そこらへんは数でカバーできると思う」

釣ってきた魚に串《くし》を刺しながらリンカさんが答えてくれた。

あれを捕《つか》まえるのはなかなか難しいよな。倒すのもけっこう苦労したし。それを数羽《すうわ》か。いや? このゲームを始めた当初ならまだしも、【加速】があるならそれほど難しくはないか?

「卵があったらいろんな料理を作れるかな?」

「ええ、卵料理はもちろん、プリンやクレープなどのデザートも作れるかと。『ミーティア』のスイーツほどではないですけど」

ウェンディさんの【料理】スキルはそれほど高くはない。しかし、もともとメイドさんなだけあって、料理の腕《うで》は一流なのだ。言葉通り様々なデザートを作れるのだろう。

「ギルドハウスの裏ならコッコを飼えるか……」

「ええ。充分スペースはありますし、ピスケさんに小屋を作ってもらえば飼えると思います。餌《えさ》やりはデュラに任せられますし」

「そうですわね。卵があればお料理のレパートリーがぐっと増えますわ」

ふむ。悪くはないかもしれない。ここの食材と卵があれば、さらにバフ効果の高い料理ができるんじゃないか？

ギルド生活を充実《じゅうじつ》させるためにも、ここはひとつコッコ捕獲《ほかく》作戦といくか。

◇　◇　◇

「【加速】！」

「コケ――――ッ！」

コッコが一目散に逃げる。なかなかの速さだ。普通なら逃げられてしまうだろうが、【加速】を使った僕からは逃げられない。

コッコの前に回り込み、手にした大きな網《あみ》を振《ふ》り下ろす。すっぽりとコッコを網の中へと捕獲した。

「やった！　さすがシロ兄ちゃん！」

「これで四羽《わ》めです。調子いいですね！」

網の中でもがくコッコを捕まえて、レンの持つ『捕《ほ》獲籠《かくかご》』の中に入れる。この籠は中に入れたモンスターや動物をそのままインベントリに入れることができるものだ。大きなサイズのものは売ってないが、実際の鶏《にわとり》と同じサイズのコッコが入る大きさのものならＮＰＣの店で売っている。

僕らは第一エリアの草原フィールド【南の平原】に来ていた。目的のコッコはそれなりにフィールドにポップする。見つけるのにそこまで苦労はしない。

「あとだいたい何羽《なんわ》必要かな？」

「【月見兎《うさぎ》】はそれほど料理をするわけではないですし、ギルドメンバーの倍もいれば充分かと」

僕の疑問にウェンディさんが答えてくれた。ギルドメンバーの倍というと、十四羽か。【畜産】スキルがないので、一日に十四羽全羽とはいかないまでも、二、三個くらいなら卵を確保できるかな？

しかしあと十羽か。捕まえられないことはないけど、けっこう面倒だよな。

反撃《はんげき》してこないのはいいけど、とにかく逃げまくるから追いかけて追いかけて捕まえるの繰り返しだ。

そして僕以外コッコの速さに対応できる者がいないからほとんど僕一人で捕まえている。誰《だれ》か【罠《わな》設置】スキルとか持ってたら楽だったのにな。

実際、コッコを飼ってるプレイヤーはほとんど罠で捕まえている。網持って追いかけ回してるのって僕らだけじゃなかろうか。

第一エリアだから、たまに遭遇《そうぐう》する『DWO《デモンズ》』を始めたばかりだろう新規プレイヤーたちが、訝《いぶか》しげな目で見ていくのがちょい恥《は》ずかしい……。早いとこ捕まえよう。

ポップしたコッコを追いかけては捕まえ、追いかけては捕まえ、なんとか十羽捕まえたところでなぜかピタリとコッコがポップしなくなった。

「狩り尽《つ》くしちゃったかな?」

「実際の狩りとは違《ちが》ってゲームなんだから、狩り尽くしたってことはないと思うけど……。どこかで強いモンスターでもポップしたのかな?」

リゼルが辺りを窺《うかが》いながらそんな言葉を漏《も》らす。

フィールドにいるモンスターの数には限りはないが、モンスターたちには『逃げる』という習性もある。コッコなんかはそれが顕著《けんちょ》なモンスターだな。

モンスターだって知能はある。自分より強いプレイヤーだとわかれば、一定の確率で『逃げる』。さらにその上になると、初めから寄ってこなくなるのだ。

そしてこの習性はプレイヤー相手だけじゃなく、同じモンスターにも適用されるらしい。

つまり自分より強いモンスターが現れると、危険を察知して逃げてしまうということだ。

リゼルは強いモンスターがこの近くに現れたので、コッコたちが逃げてしまったのではないかと言っているわけだ。

この辺は初心者向けのフィールドで、ゴブリンや狼《おおかみ》、スライムなんかは出るけど、それくらいではコッコは逃げ出さない。いや、逃げることは逃げるのだが、フィールドからいなくなるほど逃げることはないはずだ。

「……ひょっとしてなにかレアモンスターが出た？」

「え？」

リンカさんの言葉に僕は振り返る。レアモンスター？　強いレアモンスターならコッコが逃げるのもわかるけど、ここで出現するレアモンスターなんていたっけか？

僕はインベントリから『幻獣図鑑《げんじゅうずかん》』を取り出して開いてみる。この図鑑は第一、第二エリアのレアモンスターならほぼ網羅《もうら》しているはずだ。

ええっと、【南の平原】に出現するレアモンスターっと……。何匹かいるけど、この中で出現条件が当てはまるやつは……あ！　これか！

【キングコッコ】

■コッコの王。平原に現れる
その羽毛《うもう》は硬《かた》く、嘴《くちばし》は鋭《するど》く、鳴き声は聞く者を震《ふる》え上がらせる
炎《ほのお》を吐《は》き、周囲に雷撃《らいげき》を放つ

■出現場所
第一エリア：【南の平原】他

■出現条件
一定時間内にフィールド内のコッコを十羽、直に捕《と》らえるか倒す

出現条件が『コッコを十羽、直に捕らえるか倒す』ってなってる。普通、コッコを捕まえるときは罠を使うし、倒しても経験値がほとんど手に入らないから積極的に倒すプレイヤーもいなかった。それでこの条件を満たしてなかったのか。

アレンさんにはレアモンスターの情報を流布《るふ》してもらってるけど、それは出現が確認《かくにん》できたモンスターに限っている。こいつはまだ確認してはいない個体だ。

こいつが平原に出現したのか？

『コッケコッコォォォォ――――――ッ！』

「!?」

突然《とつぜん》、平原に鬨《とき》の声が響《ひび》き渡《わた》る。それを聞いた瞬間《しゅんかん》、身体《からだ》が硬直《こうちょく》し、動けなくなってしまった。【ハウリング】か！

いつの間にか、僕らの正面に大きな雄鶏《おんどり》が立っていた。鶏……だと思うんだが、体型はヒヨコに近い。翼《つばさ》は小さく、身体がまんまるなのだ。こいつがキングコッコか!?

そのまんまるのキングコッコが小さな羽をバサッとはためかせると、その中から飛んだ白い羽がヒュンヒュンと僕の方へ高速で飛んでくる。羽手裏剣《はねしゅりけん》か!?　マズい、さっきの【ハウリング】で身体が硬直していて避《よ》けられない！

僕の前に飛び出したシズカが薙刀《なぎなた》を扇風機《せんぷうき》のように回転させ、飛んできた羽手裏剣を次々と叩き落とす。うおっ、助かった……！

そうか、シズカは状態異常がかかりにくくなる【健康】のスキルを持っているから、キングコッコの【ハウリング】に抵抗《ていこう》できたのか。

数秒経《た》つとすぐ動けるようになったので、全員自分の有利な位置に散開する。

『コケェェエエッ！』

ドンッ！　とキングコッコの口から火球が放たれる。真正面にいたウェンディさんがそれを盾《たて》で防いだ。

あんなものまで吐くのか。第一エリアにいていいモンスターじゃないぞ。エリアボスのガイアベアより強いんじゃないか？

キングコッコが再び羽手裏剣を飛ばしてくる。どうやらブレイドウルフと同じく、【ハウリング】は連続では放てないようだ。攻撃するなら今のうちだな。

【加速】して羽手裏剣を躱《かわ》しながら、キングコッコに接近し、戦技を放つ。

「【十文字斬り】」

縦横十字の斬撃をキングコッコに向けて発動したが、まるで硬いゴムタイヤを斬ったよ

うな手応えしか返ってこない。なんだこいつ⁉

ＨＰもそれほど減っていなかった。硬い！　図鑑にキングコッコの羽毛は硬いとあったが、これほどなのか⁉

鋭い嘴で僕を貫《つらぬ》こうとするキングコッコを躱して後退する。

キングコッコが全方位に羽手裏剣を飛ばす。【加速】を使ってなんとか避けることができたが、前衛はウェンディさん以外はダメージをくらったようだ。

「【ファイアボール】！」

『コケエエエッ！』

遠距離《えんきょり》からリゼルが放った【ファイアボール】を、口から吐いた火球で相殺《そうさい》するキングコッコ。

その【ファイアボール】に合わせるように、左右からミウラとリンカさんが迫《せま》り、同時に空中へと飛び上がった。

「【大切断】！」

「【へビィインパクト】」

『コケエエッ！』

キングコッコは広げた翼で左右からの攻撃を防ぐ。短い翼だが、硬い羽毛は二つの戦技を見事に防いでいた。

「【ストライクショット】！」

『ゴケッ⁉』

そこに追い討《う》ちをかけるように、キングコッコの胸に一本の矢が突き刺さった。レンの【ストライクショット】だ。

通常よりも貫通《かんつう》力の高いレンの戦技の矢がキングコッコの羽毛を貫いた。

「【チャージスラスト】！」

『ゴケケッ⁉』

さらに飛び込んできたシズカの薙刀がキングコッコの喉《のど》を貫く。【チャージスラスト】は力を溜《た》める【チャージ】から、同じく力を溜めて放つ【ペネトレイト】へつなぐコンボ技だ。

どっちも力を溜める時間が必要なので、放つまでけっこうな隙《すき》ができるのが難点だ。

僕らが攻撃している間、キングコッコに気付かれぬように準備《チャージ》していたのだろう。その甲斐《かい》あって、シズカの薙刀は見事にキングコッコの羽毛を貫いた。

『ゴケゴッゴッ……！　ゴゲッ⁉　ゴッ⁉　ゴッ⁉』

うまい具合に喉をやられたキングコッコは【ハウリング】を放てなくなったらしい。チャンスだな。今のうちにたたみかけねば！

「【分身】！」

【分身】スキルを使い、八人に分身する。キングコッコを取り囲み、分身全員が宙へと飛んだ。こいつは防御力《ぼうぎょりょく》が高いので、ここは手数の多さより一撃《いちげき》の強さを選ぶ。

「【ダブルギロチン】！」

『ゴケゲゲゲッ!?』

全方位から短剣《たんけん》二つによる振り下ろしが×8。キングコッコの防御《ぼうぎょ》を斬り裂《さ》き、大ダメージを与える。

『ゴケェエ…………！』

【分身】を解除して僕が後退すると、キングコッコの鶏冠《とさか》が光り出し、バチバチと火花のようなスパークが飛び散るエフェクトが現れる。なんだ？　っ、マズい、これは……！

「みんな伏《ふ》せろ！」

僕が叫《さけ》んで伏せた瞬間に、キングコッコから全方位へ向けて稲妻《いなずま》が走った。

伏せた僕とシズカ、遠くにいたレンとリゼルはダメージを受けなかったが、ウェンディさんとリンカさん、それにミウラが電撃《でんげき》をまともに受けてダメージをくらってしまった。

くそっ、もっと早く気が付いていれば。図鑑に『雷撃を放つ』って書いてあったじゃないか！

『コケェェッ！』

キングコッコはもう一度稲妻を放つことなく、今度は羽手裏剣を飛ばしてきた。あの手の攻撃は連続では放てないのが定石だ。今のうちに攻撃をしたいところだが、僕たちを近づけさせないつもりらしい。

僕も羽手裏剣の届かない位置まで後退し、スキルによって減ってしまったＨＰとＭＰをポーションで回復させる。相変わらずひどい味だ。

「【ファイアランス】！」

「【ストライクショット】！」

羽手裏剣の射程範囲《はんい》外《がい》からリゼルとレンが攻撃を加えてくる。ＨＰを削《けず》ってはいるが、決め手に欠けるな……。

近づこうとすると羽手裏剣が飛んできて牽制《けんせい》される。もたもたしているとまた雷撃が飛んでくるぞ。さて、どうするか……。

「私が守りながら突撃《とつげき》します。キングコッコが怯《ひる》んだら全員で攻撃を」

そう言ってウェンディさんが盾を構えて突進《とっしん》する。羽手裏剣が集中してウェンディさんへ向かって放たれるが、大盾の前にはダメージを与えることはできない。

「【シールドタックル】！」

『ゴケフッ⁉』

盾を構えたままのウェンディさんの突進に、キングコッコがぐらりとよろめく。

その隙をついてリンカさんが特攻《とっこう》し、キングコッコの頭上へとジャンプした。

「【スタンインパクト】」

『ゴッ⁉』

頭を強打されたキングコッコに痺《しび》れるようなエフェクトが現れる。棍棒《こんぼう》系の戦技【スタンインパクト】は、急所に当てることができれば高確率でスタン状態を敵に付与《ふよ》する戦技だ。

急所が頭だったのか鶏冠《とさか》だったのかわからないが、チャンスには変わりはない。

「いよーっし！【狂化】！」

ミウラの全身に赤いオーラのようなエフェクトが加わる。防御力と引き換《か》えに強大な攻撃力を手に入れる【鬼神族《オーガ》】の種族スキル【狂化】。その状態でミウラは手にした大剣《たいけん》を振り下ろした。

「【兜割《かぶと》り】！」

『ゴケァァアァッ⁉』

キングコッコのＨＰが大きく削れる。さすがは【鬼神族《オーガ》】渾身《こんしん》の一撃。

「【ファイアボール】！」

そこへリゼルの【ファイアボール】がキングコッコを襲《おそ》う。先ほどのように火球を吐いて迎撃《げいげき》することもできず、キングコッコはまともにリゼルの【ファイアボール】をその身に受けた。

『ゴケッ、ゴケァァァァァァッ⁉』

さらに運の良いことに【燃焼《ねんしょう》】の追加効果が発生したらしく、キングコッコが火ダルマになって燃え始めた。残り少ないＨＰが少しずつ減っていく。

『ゴケェェェェッ！』

キングコッコが燃えたままの羽手裏剣を周囲に撒《ま》き散らす。怒《いか》りのためか、瀕死《ひんし》のためか、狙《ねら》いも定まらないそれを僕らは余裕《よゆう》で避けることができた。

「【ストライクショット】！」

『コケッ……！』

脳天を貫かれたキングコッコが光の粒になる。おお、倒したか。

「ふぃー。面倒くさかったー」

「思ったよりも弱かった」

リゼルとリンカさんがそんな感想を述べる。まあ、レアモンスターといっても第一エリアの敵だしな。

出現条件が厳しいけど、人数が多ければ駆《か》け出しのプレイヤーでも一匹ずつコッコをみんなで囲い込んで倒すことも可能だろうし。そこまで強いモンスターは出さないんじゃないのかね。

「あ、コッコの『卵』がドロップしてますよ。『卵（パック）』ってなんでしょう？」

ドロップウィンドウを見ていたレンが首を捻《ひね》りながら、キングコッコからドロップした卵パックを取り出した。十個入りかよ。

「お嬢様《じょうさま》、その容器が卵パックでございます」

「そうなんですね」

ウェンディさんの説明を感心したようにレンが聞いている。見たことなかったのか？　お嬢様だからな……ありうるか。同じくお嬢様のミウラも、へえー、と横から見ている。シズカは知っているようだったが。

僕《ぼく》の方も『卵（パック）』、『キングコッコの肉』、『キングコッコの羽毛』を手に入れた。羽毛は硬いのかと思いきや、柔《やわ》らかく肌触《はだざわ》りがいいものだった。レンがこれでクッションを作りたいというので彼女《かのじょ》に売ることにする。

「さて、運良く卵も手に入ったし、残りのコッコを捕まえるか」

と、言ってもまた僕一人でコッコを追いかけることになったのだが。

また十羽捕まえるとキングコッコが現れるかもしれないので、キリのいいところで残り五羽を捕まえて、計十五羽のコッコをゲットした。

後でアレンさんにメールを送って、キングコッコの出現条件を公開してもらおう。第一エリアに来たばかりのプレイヤーは難しいかもしれないが、先に進んでいるプレイヤーならなんとかこなせると思う。

捕獲じゃなくコッコを倒すだけなら広範囲《こうはんい》の攻撃魔法《こうげきまほう》でなんとかなるしな。

ともかく捕まえたコッコから、いくらかは卵が手に入るはずだ。これでウェンディさんたちの料理のレパートリーも増えることだろう。

「卵がたくさん手に入ったのでケーキでも作りましょうか」

「いいですね！」

ウェンディさんの発言に女性陣《じょせいじん》みんなが沸《わ》き立つ。卵パックは全員ドロップしたらしいので、七十個もあるもんなあ。あ、【スターライト】のみんなも呼んだらどうかな？

僕の提案にみんな賛成してくれた。正直、七十個もの卵を使ったケーキを僕らだけで食べられるか不安だったからだが。

『キングコッコの肉』が手に入ったので、男性陣《だんせいじん》はウェンディさんに親子丼《おやこどん》を作ってもらった。

苦労した甲斐があってキングコッコの親子丼は格別な美味《うま》さだった。ごちそうさまです。

DWO:04:04　夏の終わり

【Real World】

ちりりん、と風鈴《ふうりん》の音が鳴る。

うるさいばかりだった蟬《せみ》の声も、近ごろは心なしか小さくなったように思えた。

麦茶を飲み干したコップの中の氷が、からん、と小さく音を立てる。

「夏も終わりだなあ……」

「俺《おれ》も終わりだ……」

「あたしも終わる……」

死んだ魚のような目をした奏汰《かなた》と遥花《はるか》が夏休みの課題とにらめっこしている。おいおい、睨《にら》んでるだけじゃ終わらないぞ。『終わる』っていろんなことがか？

「遊んでばっかりいるからそういうことになるんだ」

「あ、ありのまま、今起こったことを話すぜ……！　『夏休みはまだまだあると思ってたのに、気がついたら終わりかけていた』。な、何を言っているのかわからねーと思うが、」

「わからん。いいからさっさとやれ。一花《いちか》おばさんに頼《たの》まれて監視《かんし》しなきゃならない僕の身にもなってみろ」

霧《きり》宮の兄妹《きょうだい》は僕の家で最後の追い込みに入っている。夏休みは朝昼晩関係なく『DWO《デモンズ》』にログインできるチャンスだというのに、なんでこんなことに。

ため息をついていると、玄関《げんかん》のチャイムが鳴った。サボるなよ、と二人に釘《くぎ》を刺して玄関の扉《とびら》を開くと、白いワンピースを着たお隣《となり》さんのリーゼが立っていた。

「白兎《はくと》君、これ伯母《おば》さんがお裾《すそ》分けだって」

そう言って笑顔《えがお》でリーゼが持ち上げたのは網に入った大きなスイカだった。なかなかの重さのそれを、僕は落とさないように受け取る。

「こりゃすごい。どうもありがとう」

「二人は？」

「未《いま》だ格闘《かくとう》中。あ、上がってよ。これ切るからさ」

「じゃあ、お邪魔《じゃま》しまーす」

リビングへ戻《もど》ってくると、二人がちゃっかりテレビをつけて、お昼の番組を見ていた。

こいつら……。

「わお！　スイカだ！　リーゼの差し入れ⁉」

「おお！　救いの女神《めがみ》！　地獄《じごく》に仏とはまさにこのこと……」

やかましい。人んちを地獄呼ばわりすんな。調子のいい二人にイラっとしたが、確かにそろそろ休憩《きゅうけい》してもいいか。お昼ごはんも用意しないといけないし。

「リーゼもそうめん食べてく？」

「いいの？　じゃあお言葉に甘《あま》えて」

そうめんなんて一人増えてもどうってことないしな。

僕はキッチンに立つと、お湯を鍋《なべ》で沸かして、そうめんをバラけるように入れた。茹《ゆ》で終わったらザルにあけて、流水でぬめりをとり、食べやすいようにフォークでクルクルっといくつかの塊《かたまり》に分けて皿に盛る。

冷蔵庫から麺《めん》つゆを出して、小鉢《こばち》に注ぎ、ゴマにねぎに大根おろし、刻み大葉にショウガ……と、薬味をいくつか小皿に乗せて完成っと。

お盆《ぼん》に乗せてリビングへと持っていく。すでにテーブルからノート類は片付けられていた。

「よっ、待ってました！　やっぱり夏はそうめんだよなァ」

「はっくん、スイカはー？」

「食後に出すから心配すんな」

みんなの前にそうめんや麺つゆ、薬味を置いて、食べ始めた。僕はねぎと大根おろしでいただく。うん、さっぱりしていて美味い。

「ショウガがピリッとしていておいしー！」

舌鼓《したつづみ》を打つ遥花と対照的に、リーゼの箸《はし》を持つ手は止まっている。口に合わなかったのかな、と視線を向けると、彼女の目はテレビに向けられていた。

『昨夜、この場所からあちらのビルへと向けて、少年たちが未確認《みかくにん》飛行物体を目撃《もくげき》したということです。オレンジ色に光る長細い物体が、スーッと闇夜《やみよ》の中を……』

テレビの中ではマイクを持ったレポーターが身振《みぶ》り手振《てぶ》りで状況《じょうきょう》を説明している。

「最近多いな、ＵＦＯの番組」

「夏になると増えるけど、今年は多い気がするねー。リーゼも気になる？」

「えっ、あ、そうだね。ヨーロッパの方でも目撃例が多いからね」

リーゼの言う通り、確かにここ数年でこういった目撃例は多くなった。本物だと言う者、偽物《にせもの》だと言う者、見間違《みまちが》いだと言う者。プラズマだ、流星だ、球電現象だと、様々な憶測《おくそく》が飛び交《か》って、果てはどこかの国の軍事秘密兵器だ、いや未来からやってきたタイムマシンだと、トンデモな話が飛び交う始末。

まあ、テレビで見るぶんには面白《おもしろ》いからいいのだが。

「こりゃとうとう宇宙人が地球侵略《しんりゃく》にやってきたな。地球防衛軍の出番だぜ」

「そっかなあ。友好関係を結びにきてるかもしれないじゃん」

「遥花は甘いな。宇宙人ってのは初めは友好的な態度を見せといて、油断したところを襲うんだ。前に映画で観《み》た」

奏汰がドヤ顔で語るが、僕の観た映画ではビルの屋上で『宇宙人さんいらっしゃーい！』と歓迎《かんげい》してた人間たちを前置きなく攻撃《こうげき》してたぞ。

「はっくんはどう思う？」

「さあ？　本当にＵＦＯかどうかわからないし。最近話題になってることに便乗したデマかもしれないしね」

当たり障《さわ》りのない返しをしたが、僕の脳裏《のうり》にはこの夏に体験したあの出来事がよぎっていた。

レンシアの別荘《べっそう》で目撃したあの砂の怪物《かいぶつ》サンドゴーレムと仮面のスーツヒーロー。

僕はあのヘルメットとスーツを『宇宙服』ではなかったかと思い始めている。

つまり、あの仮面ヒーローは『宇宙人』なのではないか……と。

証拠《しょうこ》はなにもないが、そう考えるといろいろとしっくりくる。仮面ヒーローの目的はわからないが、地球人に危害を加える気はないんじゃないかとも思っている。そんな気があれば、あの時に僕は消されていたと思うし。

さらに気になるのはあの時の仮面ヒーローの言葉。


『おやすみ、シロくん』


彼《かれ》……いや身体《からだ》つきは彼女だったたか。彼女は僕のことを『シロ』と呼んだ。僕の『DWO《デモンズ》』におけるアバターである『シロ』は、それほど顔の造形をいじってはいない。知り合いが見れば一目でわかるレベルだ。

逆に言えば、『シロ』を知っている者が僕の素顔《すがお》を見ればそれとわかるということだ。そりゃ『DWO《デモンズ》』に限らず、VRゲームで容姿をいじっておけと推奨《すいしょう》されるわけだ。

こういう場合の身バレは怖《こわ》い。住所氏名がわかるわけでもないし、テレビに出ている有名人でもないからと高を括《くく》っていたな。

僕の動画なんかもアップされてたりするが、顔にはきっちりとモザイクがかかっている。

ということは、『DWO《デモンズ》』で実際に彼女と僕は、会ったことがあるということだ。

もちろん、向こうが一方的に見ていただけという可能性もあるが……どちらにしろ『宇宙人がDWO《デモンズ》にログインしている』というトンデモない結論に至ってしまう。

宇宙人がゲームとか……笑えないな。

地球人に化けて潜伏《せんぷく》していた宇宙人が、暇《ひま》だったのでVRゲームを始めた、とか？

僕があの仮面ヒーローのことを世間に黙《だま》っているのは、向こうは僕の記憶《きおく》を消したと思っているだろうからだ。

もし、記憶が残っていることがバレたら、どこかの映画のように『黒服の男たち《メン・イン・ブラック》』がやってくるかもしれない。我ながら馬鹿らしいと思うが、笑い飛ばすにはあの出来事はリアル過ぎた。

「どしたの、はっくん？」

「あ、いや、なんでもない」

思考の海にダイブしていた意識を浮《う》かび上がらせると、僕は席を立ってキッチンへと戻った。

スイカを切ってそれぞれの皿に乗せ、スプーンと一緒《いっしょ》にリビングへ持っていった。

「おっ、きたきた！」

「はっくん、塩もー」

「お前ら少しは手伝え」

テーブルに置くなりさっさと食い始めた兄妹。こいつら……。も一度キッチンに戻り、塩を取ってきて遥花に渡した。

僕も座《すわ》ってスイカを一口食べる。うん、甘くて美味い。いいスイカだ。

「そういや、リーゼの国にはスイカってあるの？」

「確かあるはずだよ。形はこんなのじゃないらしいけど」

「らしいって、ずいぶんと曖昧《あいまい》だな」

「え？　あー、えっと、あはは。私は食べたことなかったから」

「はっくん、リーゼは貴族様のおうちなんだよ？　スイカなんて普通《ふつう》は食べたりしないんだよ」

そんなもんかね。スイカは庶民《しょみん》の食べ物ってか。メロンとかだと高級なイメージになるのにな。同じウリ科なのにねえ。

シャクシャクとスイカを食べている間もテレビではＵＦＯ特番をやっている。

『ＵＦＯ、空飛ぶ円盤《えんばん》を至近距離《しきんきょり》で目撃することを第一種接近遭遇といいまして、ＵＦＯ

が着陸した跡《あと》や落下物などが見つかることを第二種接近遭遇といいます。ミステリーサークルなどはこれですね。そしてＵＦＯに乗った宇宙人と遭遇することを第三種接近遭遇といいます』

怪《あや》しさ全開のＵＦＯ研究家とやらが熱弁を振るっている。

宇宙人に拉致《らち》されたり、異物を埋《う》め込まれたり、宇宙人を捕らえたりすれば第四種接近遭遇。

宇宙人と直接対話、通信をすれば第五種接近遭遇。

そこから先は統一された定義はないらしいが、宇宙人に殺されると第六種接近遭遇、宇宙人との間に混血が生まれると第七種接近遭遇、宇宙人から侵略を受けると第八種接近遭遇、人類と宇宙人が公的交流を結ぶと第九種接近遭遇なのだそうだ。

あの仮面ヒーローが宇宙人だとしたら、僕の場合、第五種接近遭遇になるのか？　第六種接近遭遇じゃなくてよかった……。

「そういや最近隣のクラスのヤツもＵＦＯ見たとか言ってたなあ」

「ここらの町ってけっこう目撃例多いよね。やっぱり『おやま』があるからかなぁ」

「『おやま』？　山がＵＦＯとなにか関係あるのか？」

僕の住む星宮《ほしみや》町と奏汰たちの住む日向《ひなた》町の間にある『おやま』。なぜ『おやま』がＵＦ

○飛来と関係あるんだ？
「はっくん、『おやま』の正しい名前知ってる？」

「名前？　あの山に名前なんてあったのか？」

ここらへんの人たちはみんな『おやま』って呼んでいるから、名前なんてないと思ってた。名前のない山なんてけっこうあるし。

「あの山の名前はね、『天外山《てんがいさん》』って言うんだよ」

「天外山……」

「そう。天外。天の外、つまり宇宙って意味なんだよ。百花《ももか》おばあちゃんに聞いた話だとね――」

その昔、都に不思議な力を持つ狐《きつね》たちがいた。

怪我人《けがにん》を治し、未来を予知し、福を呼び込む力を持っていたという。しかし都の人々はその狐の力を自分たちのためだけに使おうと考え、狐たちを捕らえようとした。

狐たちは都を逃《に》げだし、北へ北へと逃げた。

やがてこの地に辿《たど》り着いた狐たちは、山の人々に迎《むか》えられ、『おやま』に住み着いたという。

だが数年後、狐たちの所在がバレて、再び都から追っ手が迫ってきた。

土地の人々は狐たちを守ろうと共に戦ったが、都からの兵士たちに敵《かな》うわけもなかった。これまでかというとき、狐たちが天に向かって助けを求めると、突然天から空飛ぶ舟《ふね》が現れたという。

都からの追っ手は空飛ぶ舟が放つまばゆい光を受けて、忽然《こつぜん》と消えてしまった。そしてその狐たちは空飛ぶ舟に乗り、天に昇《のぼ》っていったという。それ以来、人々は山に神社を建てて、狐たちと天からの使者を祀《まつ》ることになったということだ。

「なんかいろんな昔話が混ざったような話だな」

かぐや姫《ひめ》とか殺生石伝説とか。その天からの使者ってのが宇宙人ってか。そういや、かぐや姫宇宙人説ってのがあったな。

「だから『おやま』にはＵＦＯを呼び寄せる不思議な力があるんじゃないかなーって。『宇宙人ホイホイ』みたいな」

イメージが悪いな……。それにそれだと地球人が宇宙人を捕獲《ほかく》しているような感じになるだろ。

スイカを食べながら遥花は隣のリーゼに話を振《ふ》った。

「ねえねえ、リーゼはどう思う？」

「え？　……うーん、わかんないな。単なる偶然《ぐうぜん》じゃない？」

「えー？　それじゃつまんないよー」

ブーブー文句を言う遥花。つまんないとかそういう問題か？　地球が狙われているかもしれないのに。

「おばあちゃんの話だと、昔『おやま』には龍《りゅう》も落っこちたって聞いたよ。で、私たちのご先祖様が助けて空へ返してあげたんだって」

そういえばそんな話を百花おばあちゃんから聞いたな。その時にお礼として龍の目をもらったって。

僕は首にぶら下がっていたお守《まも》り袋《ぶくろ》を服の中から取り出し、その中からおばあちゃんにもらった『龍眼』をコロンと手の上に出した。

「はっくん、なにそれ？　ビー玉？」

「ビー玉にしちゃデカいな」

「『龍眼』っていうらしいよ。おばあちゃんにもらった。ほら、龍の目みたいに筋があるだろ？」

「どこに？」

「なんだ、キズでもあんのか？」

霧宮兄妹が訝《いぶか》しげに首をかしげる。二人には見えないのか。やはりおばあちゃんの言っていた通り、僕しか見えないのだろうか。これも変なアイテムだよな……。

「『レガリア』……！」

「え？」

小さいがはっきりとしたつぶやきに顔を上げると、リーゼが目を見開いて『龍眼』を凝視《ぎょうし》していた。

「……どしたの、リーゼ？」

「え!? あ、伯母さんと出かける約束思い出しちゃって！ ご、ごめん、帰るね！ あ、そうめん、ごちそうさま！」

遥花が声をかけるとハッとしたようにあわあわと立ち上がり、リーゼはリビングを出ていった。やがてぽかんとしていた奏汰が口を開く。

「なんだありゃ？ 慌《あわ》てすぎだろ」

「リーゼもけっこう天然でうっかりさんだねえ」

笑いながらシャクッと遥花がスプーンをスイカに突《つ》き刺《さ》した。

なんだろう。今のはこの『龍眼』を見て驚《おどろ》いたように見えたけど。手のひらに乗る透《す》き通った緑色の球を見る。とりたてて変わったところはないが……。いや、充分《じゅうぶん》に変わってはいるのだが。そのうちリーゼにちゃんと聞いてみるか。

「……まったくわからんことばっかりだ」

僕もスイカに塩を一振《ひとふ》りしてかぶりつく。テレビの中ではまだ胡散臭《うさんくさ》いＵＦＯ研究家が、独自の理論を展開していた。

DWO:04:05　雪の降る町を

【Game World】

「第四エリアは極寒《ごっかん》のエリアか……」

「【スターライト】の皆《みな》さんは一旦《いったん》引き返したそうですよ。門の近くに村も町もなかったそうで」

レンの話を聞きながら、そりゃ仕方ないよな、と思う。フィールド全部が『雪原』であるならば、そこにいるだけでどんどんＨＰとスタミナが奪《うば》われていくのだ。装備を整えて出直した方がいいに決まっている。

「僕らはどうしようか」

「私たちのマフラーは耐寒装備《たいかん》ですが、ダメージを40％軽減させるだけです。あと60％、なにか耐寒能力のある装備をしなければなりません。いくつかは作ってありますけど……」

そう言って、レンはテーブルの上に様々なものをインベントリから出して広げてみせた。ニットキャップや手袋《てぶくろ》といった小物に加え、ロングコートやセーター、レッグウォーマーなどがある。これ全部耐寒装備か。

「ずいぶんあるね」

「【高速生産】スキルのおかげで作れる数も増えましたから」

【高速生産】は生産スキルのスピードを高めるスキルだ。僕が装備すれば【調合】のスピードが上がり、リンカさんが装備すれば【鍛治《かじ》】のスピードが上がる。生産職からしたら垂涎《すいぜん》もののスキルである。

「うわ、この帽子《ぼうし》かわいい！」

「手袋もかわいいですわ。さすがレンさん」

「えへへ……」

ミウラやシズカに褒《ほ》められて照れるレン。そしてその背後で満足そうにドヤ顔をしているウェンディさん。いや、まあ気持ちはわかるけど。

「トーラスのところに耐寒付きのアクセサリーも売ってるはず。それらと合わせれば、基本装備と邪魔にならないコーデができると思う」

「そっか、耐寒装備ってアクセサリーもあるんだっけ」

リンカさんの言葉にリゼルが反応する。

耐寒能力のある装備は何も衣類系だけではない。アクセサリーや鎧《よろい》、兜や籠手《こて》などにも耐寒能力が付与されたものがある。

それらも含《ふく》めて耐寒値がトータルで100%になれば極寒の地でもダメージを受けることはない。

レンの作ったマフラーの40%という耐寒値はかなり高い。レンの持つソロモンスキル、【ヴァプラの加護】は高い付与効果が出やすくなる。そこまで高いものはトーラスさんの店にもないだろう。

僕の場合、装備しているコートもレンが作ったものであるから30%の耐寒能力がある。足して70%。あと30%だな。気にいるアクセサリーがあればいいが。

「じゃあ『パラダイス』へ行ってみようか」

どうせなら100%にした方がいいもんな。僕らは第三エリアにあるトーラスさんの道具店『パラダイス』へと向かった。

「おう、皆さんお揃《そろ》いで。どないしたん？」

ドアベルをカラコロと鳴らして僕らが店内へと入ると、アロハシャツを着たトーラスさんが軽く手を挙げた。店内にお客さんは二人。戦士風に魔法使《まほうつか》い風、どちらも女性だった。

こんなうさんくさい怪しげな店に来るなんて物好きな。

「今なんかディスられた気がすんにゃけど」

「気のせいじゃないッスか」

トーラスさんの追及をさらりと躱《かわ》し、アクセサリーコーナーへと向かう。置いてあるのは大抵《たいてい》女性向けで、男物はあまりない。いいとこブレスレットや指輪、ピアスくらいなもんか。

「トーラスさん、耐寒付与《たいかんふよ》のついたアクセサリーってどれですか？」

「ん？　耐寒付与か？　……はは、シロちゃんら第四エリアへ行くんやな？　わいらより一足お先にってか。羨《うらや》ましいこって」

トーラスさんも来週、ピスケさんとかの生産職仲間でデュラハン討伐《とうばつ》に行くんだそうだ。

失礼ながら、あの人見知りのピスケさんがパーティを組めるんだろうか……。

「耐寒付与のアクセサリーなら、これとこれとこれやな。ちょい待ってな、インベントリから残りのやつを出すさかい」

ガラスケースに入っていた耐寒付与のアクセサリーを取り出してカウンターのところに置くと、インベントリからジャラジャラとネックレスだのイヤリングだのを取り出して並べ始めた。けっこう多いなあ。

「わあ、このブローチかわいい」

レンが桜の形をしたブローチを手に取った。鑑定《かんてい》してみると、10％の耐寒が付与されている。アクセサリーに限らず同じアイテムの効果は重複しないから、これを十個装備したって100％になるわけではない。10％のままだ。それ以前にそんなにアクセサリーを装備するためにはアクセサリーの装備スロットを拡張する必要があるが。

「【氷炎《ひょうえん》のブレスレット】、か」

僕はカウンターにあった赤と青に二分割《ぶんかつ》された色のブレスレットを手に取った。男物はこれくらいだったんで。

「耐寒と耐熱《たいねつ》の効果があるのか。どっちも25％……かなり高いな」

「せやろ。自信作や。シロちゃんなら特別に一割引きにしたるで」

トーラスさんがここぞとばかりに売り込んでくる。まあ、そこそこのお値段だから割引いてくれるのは助かるけど。お金は充分にあるけどね。

「じゃあこれひとつ下さい」

「まいどあり〜」

さっそく買ったブレスレットを左手に装備する。腕《うで》を軽く振って動かしてみるが、それほど邪魔にならない。普通にしていればコートの袖《そで》に隠《かく》れるし、悪目立ちもしないだろう。

これでマフラー40%、コート30%、ブレスレット25%の95%か。残り5%くらいならいいかなとも思うが、それが致命的《ちめいてき》なものになるかもしれない。やっぱり僕もブローチでも買って100%にしておくか。

「うーん……」

でもここにあるブローチって女の子向けってやつばかりなんだよなあ……。さすがに花とかハートのはちょっと……。兎《うさぎ》のマークをつけておいて、なにを今さらとか言われそうだけど。

他の物がなにかないか店内のケースを見て回る。別にアクセサリーじゃなくてもいいわけだし。防寒が付いた靴《くつ》とかないかな。

「ちょっといいかしら」

「え？」

突然《とつぜん》の声に振り向くと、いつの間にか店内にいた女の子のプレイヤー二人が後ろに立っていた。

一人は軽装の革鎧《かわよろい》とマントで身を固め、腰《こし》には長剣《ちょうけん》、背中には小盾《こたて》を背負った戦士風で【魔人族《デモンズ》】の少女。

栗毛《くりげ》のショートカットで、ぱっと見、男の子にも見えなくもないが、ボーイッシュな女の子だ。

もう一人は白を基調とした服の上に、淡《あわ》い水色のローブをまとった魔法使い風の少女。こっちも【魔人族《デモンズ》】だ。銀色の長い髪《かみ》を三つ編みにして肩《かた》から流している。魔法使いのような軽装なのに腰には細身の剣を差していた。魔法剣士《まほうけんし》か？

二人を眺《なが》めているとその頭上に名前がポップした。ショートカットの子は『ソニア』、銀髪《ぎんぱつ》の子は『アイリス』か。

「あなた、【月見兎《つきみうさぎ》】のシロよね？　ウサギマフラーの」

「そうだけど……」

僕に質問してきたのはクール系で銀髪の魔法使いの子だった。向こうにも僕の名前がポップしているだろうから、誤魔化《ごまか》したところで意味はない。別に誤魔化す気はないけどさ。

「私はギルド【六花《りっか》】のアイリス、こっちの子はソニア。よろしく」

「はあ、どうも……？」

「単刀直入に言うけど――あなたが『調達屋』？」

「え？」

思わず息が止まる。イエスかノーかと言われればイエスであるが、ウサギマフラーや忍《にん》者《じゃ》なんたらならともかく、なぜその通り名が出てくるのか。

「その反応、図星みたいね」

「え、いや！ 知らないなあ、なんのこと？」

「考えが顔に出るタイプね。『誤魔化さなきゃ！』って書いてあるわ」

思わず顔を押《お》さえると、アイリスと名乗った少女はそこで初めて笑った。あいにくとにこやかな微笑《ほほえ》みではなく、ニヤリとした笑《え》みだったが。

「『DWO《デモンズ》』において、様々な未知の素材を掻《か》き集め、あらゆる情報を手に入れて、プレイヤーたちに与《あた》える謎《なぞ》の存在『調達屋』。その正体は運営の社員とも、プレイヤーに成りすましたNPCとも言われる……」

「なにそれ、初耳!?」

いつの間にそんなことになってんの!? 噂《うわさ》が一人歩きしてるぞ!?

確かにレアモンスター図鑑《ずかん》の内容を発表するときに、その情報を『調達』してもらった別のプレイヤーがいる、ということで、アレンさんたちには細かい追及がいかないようにしたけど。

そこから『調達屋』という存在が生まれても不思議はないが、なぜそれが僕ということになるのか。

「決め手になったのは二つ。一つはこの店。一見ガラクタばかり売ってそうな店なのに、売っているものはどれもこれも珍《めずら》しいアイテムばかり。なんの素材を使っているのかもサッパリわからないものがいくつもあるわ。その店にあなたが頻繁《ひんぱん》に出入りをしている。あなたが訪《おとず》れてしばらくすると、この店に新作が並ぶ。無関係とは思えない」

ギク。確かに【セーレの翼《つばさ》】を使って手に入れた珍しいアイテムは、足がつかないようにトーラスさんの店で売っていた。逆にそれで足がつくとは。こんなことになるんなら他の店でも売りさばいておくべきだったか。

「二つめはギルド【スターライト】との関係性。【スターライト】は今まで見つかったことのないレアモンスターや、レアアイテム、新装備を先んじて見つけたり、手に入れている。【調達屋】のお得意様って噂があるわ。その【スターライト】はいろんなギルドと付き合いがあるけれど、今回初めて他のギルドと共闘《きょうとう》し、第三エリアのボスを倒《たお》した。その

ギルド【月見兎】にあなたが所属している。これは偶然？　私はそうは思えないわ」

むぐ。アレンさんたち【スターライト】と付き合いがあるってのは、例の三馬鹿を【PvP】で倒した時に知られているが、ボスモンスター討伐まで絡《から》んだのはマズかったか。

でも僕《ぼく》ら船を持ってなかったからなあ。

「つまりあなたが【調達屋】であるという可能性が一番高い。そしてあなたがNPCや運営側の人間でなければ……なにか特殊《とくしゅ》なスキルを持っていると私は考える。それはおそらく情報収集……サーチ系のソロモンスキル。それを使ってレアモンスターの情報や、レアアイテムを手に入れていた……違《ちが》うかしら」

惜《お》しい。ソロモンスキルは当たっているが、サーチ系とかじゃない。転移系です。

「もし仮にそうだとして。僕になんの用なんだ？　正体バラすぞ、って脅《おど》しかい？」

バラされたところでシークレットエリアにギルドホームを手に入れた今、レアアイテムを奪われる恐《おそ》れはほとんどないしな。今回のギルドボス討伐のせいでけっこう有名人になってしまったらしいし、そっちも今さらだ。

「正体をバラす？　まさか。なんでこのことに気付いてもいない赤の他人に貴重な情報を教えないといけないのよ。【スターライト】と同じく私たち【六花《りっか》】と親しくしてもらいたいだけ。貴重なアイテムや情報を得るためにね」

「はあ……」

いや、思いっきり下心言うてますやん……。この子、頭いいのかアホなのか……。いや、変に下心を隠して近づく輩《やから》より、よっぽど気持ちがいいけれども。

「ごめんね。この子ちょっと変わってるから。悪い子じゃないんであまり気にしないでもらえると嬉《うれ》しいかな」

「うん、まあ、それはわかる」

後ろに控《ひか》えていたボーイッシュな子の方が、銀髪三つ編みの子を押しのけて前に出る。その顔には困ったような笑みが貼《は》り付いていた。なんか苦労してそうだな……。

「なにするのよ、ソニア。【調達屋】なら私たちの欲《ほ》しいものも手に入るかもしれないのに……」

「アイリス、君ね……気軽に『Aランク鉱石下さい』って言ったところでホイホイ手に入るもんじゃないんだよ？　君だって十五回もガチャ引いて一回も手に入らなかったじゃないか」

「え、十五回もガチャ引いたのか⁉」

そりゃすごい。僕らが第三エリアのボスを倒してもゴールドチケット一枚、三回しか回せなかったのに。五倍だぞ。

「ああ、この子前のグラスベン攻防戦《こうぼうせん》で総合貢献度《こうけんど》一位だったから。知らないかな？【氷剣使いのアイス】って」

「私はアイリス。アイスじゃない」

表情を変えずにソニアの言葉を否定するアイス、もといアイリス。

ああ、この子がグラスベン攻防戦での貢献度一位だったのか。僕は九位だったが。確かに氷を使うプレイヤーが一位とは聞いたな。あれ？　ってことはアレンさんレベルのトッププレイヤーなのか、この子。

「攻防戦で手に入れたチケットを全部アイテムガチャに突っ込んだのか……」

「その時に手に入れた要《い》らないアイテムを売って、オークションでAランク鉱石を何個かは手に入れたわ。でも足りないの。あと三つは必要なのよ。デュラハン戦までに私の魔法《まほう》剣《けん》に耐《た》えられる新しい剣を作っておきたいのに」

「Aランク鉱石ねえ……。まあ、三つくらいならあるけど……」

バッ、と向けられた二人の視線に、僕はしまった、と口を押さえた。ついポロリと出てしまった！

第三エリアではAランク鉱石はほとんど手に入らない。ガチャで当てるのがせいぜいだ。Bランク鉱石でもなかなか見つからないのだから。

ゆらり、とアイリスが近づいてくる。

「いくら……？　言い値で買うわ」

「やっぱり【調達屋】だったんだ……」

マズったな……。いいや、こうなりゃ開き直って釘《くぎ》を刺しておこう。その方がこの子らには効果的な気がする。それにこの子らが実力派のプレイヤーなら、こちらとしても縁《えん》を作っておくのは無駄《むだ》じゃない。下心には下心なり。

「オーケー。わかった、売ろう。だけど僕のことは一切《いっさい》秘密にな。君たちから漏《も》れたとわかったら二度と売らない」

「約束するわ」

「ボ、ボクも」

何かに誓《ちか》うように手を小さく挙げる二人。ソニアはボクっ子だったのか。

ため息をついてトレードウィンドウを開く。値段はアレンさんたちに売ったときと一緒でいいだろ。けっこう高いけど、出せない額じゃないと思う。

「え？　こんな安くていいの⁉　オークションだともっと高かったのに……」

「………口止め料も入ってるからね。安くしといた」

マジか。オークションだとこれ以上で売れるのか……。出品者の名前が出なけりゃ僕も売るのになあ。代理者を立てたところで何個も何個も売ってたら怪しまれるし。みんながAランク鉱石をそこそこ採掘《さいくつ》し始めた時が売り時かな……。

「ありがとう、助かったわ。このことは誰《だれ》にも言わないから安心して」

「あ、あの……ボクにもいくつか売ってもらえるかな？」

おずおずとソニアも尋《たず》ねてきたので、新たにAランク鉱石を取り出す。【ヴォルゼーノ火山】やガチャでけっこう手に入れたからまだ余裕《よゆう》がある。

「言っとくけど、僕もそんなにホイホイ手に入るもんじゃないからね。追加で、とか言われても無いときは無いから……」

「おいコラ……人の店ン中でなに商売しとんねん。シロちゃん、客の横取りはやめてくれんかのぅ……」

ドスの効いた声が背後からかけられる。振り向くと笑顔《えがお》ではあるが、額に青筋を浮かべたトーラスさんがいた。

「いや、ちがっ、これはそういうんじゃなくて……！」

「ほならナンパか！　おいみんな、シロちゃんがナンパしとるで！　エロウサ化や！　このハーレム野郎《やろう》が！　まだ足りないってか！」

「おい、待てェ!?　なに言っちゃってくれてんのかなァ、このアロハさんは！」

ああっ、年少組はキョトンとしてるし、それ以外は白い目でこっちを見てる⁉　違うよ⁉　ナンパなんかしてないよ⁉

「ナンパ？　エロウサ？　どういう意味なんでしょうか……？」

「お嬢様《じょうさま》は知らなくていいことでございます」

ウェンディさんが後ろからそっとレンの耳を両手で塞《ふさ》ぐ。その後、一問着《ひともんちゃく》あったがなんとか誤解を解くことができた。ふう。

とりあえずトーラスさんは【ＰｖＰ】で容赦《ようしゃ》なくシバいておいたと記しておく。迷惑料《めいわくりょう》として耐寒５％のアクセサリーをもらっておいた。これで１００％だな。

よし。ではいざ、第四エリアへ。

◇　◇　◇

防寒対策も万全《ばんぜん》に、僕ら【月見兎】はついに第四エリアへと足を踏《ふ》み入れた。

第三エリアから第四エリアへと抜《ぬ》けるトンネルを踏破《とうは》し、奥《おく》の扉《とびら》をエリアボスの鍵《かぎ》で開くと、そこには一面の銀世界が広がっていた。

「【フレンネル雪原】か」

第四エリアのマップを見ながら僕は現在地を確認《かくにん》した。マップには【フレンネル雪原】以外、何も表示されていない。町や村さえもだ。

当たり前だが、このエリアに足を踏み入れたのは僕らで二組め。これはつまりアレンさんの【スターライト】でさえも、まだ町や村を見つけていないということだ。

真っ白な雪が目に眩《まぶ》しい。VRだから雪目になる心配はないんだろうけど。

「今まではエリア門の近くに、そのエリア第一の町があったんだけどな……。ぶっ⁉」

いきなり横《よこ》っ面《つら》に雪玉の一撃《いちげき》を食《く》らう。振り向くと、ミウラの投げた第二撃が顔面にぶち当たった。

「あったり〜！」

こんにゃろ……。子供か！　子供だった！

「遊びたいなら受けて立つぞ……。【分身】」

「ちょっ、シロ兄ちゃん⁉　【分身】は反則だろ！」

「冗談《じょうだん》だ」

そんなことのためにＨＰをレッドゾーンまで下げられるか。……ちょっとだけ本気だったけど。大人気ないって？　僕も子供ということさ。

「それで、どっちの方向へ進もうか」

「アレンさんたち【スターライト】は、東の方へ向かっているそうです。我々は山脈沿いに北へ進んでみては？」

相変わらず雪玉を投げあいながらはしゃいでいる、年少組三人とスノウから視線を外さずにウェンディさんが意見を述べた。

「北か……。まあ、あてもないし、行ってみるしかないのか」

第二エリア、第三エリアもアレンさんたち先人が切り開いてマップを埋めてったわけだしな。僕らも少しは貢献《こうけん》しなくては。

「下手すると後続組が先に見つけちゃうかもしれないね」

「それは情けないなあ」

リゼルにそう返したが、充分に考えられることだ。第三エリアのボス、ボーンドラゴンに至るアイテム『銀の羅針盤《らしんばん》』をドロップするデュラハンは、新月の晩にしか出ないという厳しい縛《しば》りがあるが、『銀の羅針盤』自体は大量に落とす。

そして、『銀の羅針盤』は、ギルド単位で動くなら一つあれば充分なのだ。余った分が露店《ろてん》やオークションで並ぶのは火を見るよりも明らかである。あと数日もすればこぞって第四エリアへプレイヤーたちがやってくるだろう。

僕らが先んじてここにいるのは、わずかな間でしかないのだ。逆にどっとプレイヤーが来てくれた方が見つかりやすいとも言えるが。

「じゃあとりあえず北へ行こうか。おーい、出発するぞ！」

年少組を呼び寄せて雪の中を歩き出す。積もっているといっても、くるぶしより少し上ほどだ。歩けないってわけじゃない。

「ソリとか作っておくべきだった」

「テイマーとかならグレイウルフとかに引かせることができたかもね」

リンカさんの言葉にリゼルが答える。

魔獣《まじゅう》をテイムすれば戦闘《せんとう》に参加させることができる。が、別にテイムスキルがないからと言って動物などを思い通りに動かせないというわけではない。うちのスノウなんかがそれだ。

つまり、馬なりトナカイなりを捕《つか》まえて手懐《てなず》けることができれば、ソリなどを引かせることもできるはずなのだ。

もちろんモンスターでも戦闘に参加させるわけではないので可能なはずだが、モンスターを思い通り従わせるのはテイムスキル無しでは難しい。やはりおとなしい動物をどこからか調達した方が確実だと思う。

やはりトナカイとかを……。

「トナカイ」

「え？」

リンカさんの声に正面を見ると、大きなツノを持ったトナカイが、こちらへとまっすぐに雪煙《ゆきけむり》を上げながら向かってきていた。

「違う、あれはトナカイじゃないぞ！」

トナカイってあんな鋭《するど》くて金属のような角を持ってたか!? 絶対モンスターだろ、あいつ！

「どうする、シロ君？ 捕まえる？」

「飼い慣らせる気がしないからパスだ！」

リゼルの問いかけに答えながら、腰から双氷剣《そうひょうけん》【氷花】と【雪花】を抜き放つ。

隣《となり》にいたウェンディさんも背中から大盾《おおだて》を外して正面に身構えた。

『ブモォッ！』

突進《とっしん》してきたトナカイのチャージ攻撃《こうげき》をウェンディさんが正面から受け止めた。【不動】スキルのあるウェンディさんは吹《ふ》っ飛ばされはしなかったが、ズズズズッ！ と、雪の中を後退していく。なんてパワーだ。

「【ボーンクラッシュ】」

「【アクセルエッジ】！」

『ブモッ⁉』

ウェンディさんを押し続けるトナカイの後ろから僕とリンカさんが戦技を放った。

腰部《ようぶ》に攻撃を受けたトナカイは前足を蹴《け》り上げ、空中で反転するように僕の方へと体を向け直す。

『ブモォォォオッ！』

「うっ⁉」

トナカイの口から氷交じりの息が放たれる。とっさにかばった右腕《みぎうで》がたちまち凍《こお》りつき、肘《ひじ》から先が氷で覆《おお》われてしまった。

「凍りつく息か！」

二発目の息が放たれる前に僕らはトナカイの前から離脱《りだつ》した。足を凍らせられたらおしまいだ。

「【バーストアロー】！」

「【ファイアボール】！」

『ブモモッ⁉』

後方から飛んできたレンの火矢とリゼルの魔法《まほう》がトナカイを襲《おそ》う。火矢を受けながらも魔法はかわしたトナカイだったが、立ち昇る雪煙の中、ミウラとシズカが左右から突入《とつにゅう》した。

「【剛剣突《ごうけんづ》き】！」

「【疾風突《しっぷうづ》き】！」

どちらも突きを繰《く》り出してトナカイの横腹を貫《つらぬ》く。

『ブモモモオォォォッ！』

「うわっ⁉」

「きゃっ⁉」

回転するように暴れて、体からミウラとシズカをひっぺがすトナカイ。それでもダメージは大きかったようで、トナカイはぐらりとよろけた。チャンスだ！

「【十文字ぎ、】」

「きゅっ」

僕が今まさに戦技を放とうとしたそのタイミングで、スパァンッ！　と、トナカイの首が光の輪にチョンパされ、見事に空中へと舞《ま》った。

『ブモッ？』

トナカイの首も何が起きたかわからないといった顔で、雪の中へと落ち、光の粒《つぶ》となって消えていった。

「きゅっ！」

ポカーンとする僕らをよそにウチのマスコットキャラはパタパタと宙に浮《う》いていた。

「スノウ……。あのな……」

スノウはテイムモンスターじゃないので、こいつがトドメを刺したのでは経験値は入らない。つまり今の戦闘は全くの無駄ということで……。

いや、無駄ではないか。アイテムはドロップされるんだった。雪の中にトナカイのドロップアイテムが落ちている。

しかし、こいつはギルドメンバーではないので、あのギロチンは僕らもダメージを受けるのだ。やはり危険極《きわ》まりない。

「いいか、スノウ。助けてくれるのは嬉しいけど、僕らから頼《たの》まない限り、お前は戦闘に参加しないでいいからな」

「きゃっ？」

なんで？　という顔でこちらを見てくるスノウ。しつこく言い聞かせると、やっとスノウも理解してくれたようだった。
落ちたアイテムをレンたちが回収する。一応スノウが倒したことになるので、これはギルド【月見兎】共有のものだ。

【キラーカリブーの角】　Bランク
■雪原に棲《す》む殺人トナカイの角。
鋭く硬《かた》いため、武器にするなら槍《やり》系が向いている。
□加工アイテム／素材
【鑑定済】

【キラーカリブーの毛皮】　Bランク
■雪原に棲む殺人トナカイの毛皮。

分厚く暖かい。
クッションや敷物《しきもの》にも使える。
□装飾《そうしょく》アイテム／素材
【鑑定済】

【キラーカリブーの肉】　Ｂランク
■雪原に棲む殺人トナカイの肉。
クセがなくあっさりとしている。
美味。
□調理アイテム／食材
【鑑定済】

Ｂランクのアイテムだったので、リンカさんに鑑定してもらった。殺人トナカイ……。

リアルだったらそんな肉を食う気にはあまりなれないが、ＶＲだしなぁ……。別に人間を食っているわけではないだろうし。

とにかくトナカイ……キラーカリブーを倒した僕らは再び前進を始めた。

◇　◇　◇

しかしなにもないなぁ。左手は針葉樹の森と高い山脈、右手はただっ広い雪原ときた。行けども行けども同じような風景が続く。なんでゲームの中で雪中行軍をせにゃならんのだ。

北へ北へと進む僕たちの前に、やがて小高い丘《おか》が遠くに見え始めた。一本だけその丘の上に高い針葉樹が立っている。一本杉《いっぽんすぎ》かな？

ちょうどいい目印なので、とりあえずそれを目的地として僕らは進み始めた。こりゃやはりなにか乗り物とか必要なのかもしれない。

犬ぐらいなら手懐けられるかもしれないし、犬ゾリならいけるかもな。

「下手したら今日中に着かない……というか見つからないかもね」

隣を歩くミウラが冗談交じりで悲観的なことを口にした。

「そうなるとフィールドでログアウトする羽目になるな。あんまりしたくないけど」

『DWO《デモンズ》』では宿屋やギルドホームでのログアウトを推奨《すいしょう》しているが、別にどこでもログアウトはできる。

ただ、フィールドでログアウトすると、次にログインしたとき、そこにモンスターなどがいれば即戦闘《そくせんとう》になるし、プレイヤーなどがいるとトラブルの元になることもある。

ある例ではログアウトした場所を覚えられ、次にログインした瞬間《しゅんかん》を狙《ねら》ってPKされた、なんて話もあるくらいだ。

それだけじゃない。極端《きょくたん》な話、そこに落とし穴を掘《ほ》って、穂先《ほさき》を上に向けた槍でも突《つ》き立てておけば、ログインした瞬間にダメージを受けるトラップの完成だ。

槍で刺《さ》されたくらいでは死なないかもしれないが、イタズラとしてはタチが悪い。マナーとしても最悪だ。【錬金術《れんきんじゅつ》】で作った爆弾《ばくだん》なんかセットされたらデストラップになるし。

ログインの際に町のポータルエリアなどが選択《せんたく》できるのはそういったこともあるからだ。

まあ、この第四エリアにいるのは今のところ僕ら【月見兎】とアレンさんら【スターライト】だけだから、イタズラされることはないと思うけど。

だからなるべくならフィールドでログアウトはしたくない。なんとか町か村を見つけて、そこのポータルエリアを登録したいわけで。

「おや？」

「どうしました？」

ウェンディさんが一本杉の方を見つめ、何かに気付いたように目を細める。

「あそこ……丘の奥の方にうっすらと煙《けむり》が立ち昇《のぼ》ってるように見えるのですが……」

「え？」

一本杉のさらに先に目を凝《こ》らすと、確かにうっすらと煙が立ち昇っている。なんだ？

はやる気持ちを抑《おさ》え、丘の上まで早足で登り切ると、一本杉のところから下った先に、小さな町があった。先ほどの煙は煙突《えんとつ》から立ち昇る煙だったらしい。

「やったー！　町だ！」

「あっ、こら！」

ミウラが丘の上から一気に下ろうとして雪に足を取られてコケた。

「ミウラちゃん、町は逃《に》げないから落ち着いて」

「へへへ、失敗失敗……」

レンに起こされながら照れ臭《くさ》そうにミウラが身体《からだ》に付いた雪を払《はら》う。

マップで確認してみるとあの町は第四エリアの左端《ひだりはし》の方に位置している。歩いてこられる距離《きょり》にあってよかったよ。近いと言えばまあ近いのか？

アレンさんたちは東の方へ向かってしまったから見つけられなかったんだな。

あらためて見ると【怠惰《たいだ》】の第四エリアとその上にある【嫉妬《しっと》】の第五エリアって繋《つな》がっているんだよなあ。逆に下にある【暴食】の第四エリアと【怠惰】の第五エリアも繋がっているんだけど。

一応、アレンさんたちにも発見したってメールしとこう。更新《こうしん》したマップを見りゃすぐわかるだろうが。

「あ、雪が降ってきた」

リゼルの声に見上げると曇天《どんてん》の空からはらはらと雪が降ってきていた。第四エリアだと、天候で『吹雪《ふぶき》』とかあるんだろうか。

「よし、とりあえずあの町へ行こう。ポータルエリアを登録しないとな」

一度登録してしまえば次からはギルドホームからこの町へと直接転移できるようになる。もう雪中行軍は御免《ごめん》だ。

「よおっし！　いっくぞー！」

「あっ、待ってミウラちゃん！」

「ミウラさん、また転びますよ」

「きゅきゅっ！」

先を急ぐように雪の中を駆《か》け下りていく年少組とスノウを追って、ウェンディさんもその後ろをついていく。

「じゃあ僕らも行こうか」

残された僕とリゼル、そしてリンカさんはゆっくりと雪の降る中を眼下の町を目指し歩き始めた。

DWO:04:06　大型アップデート

【Ｇａｍｅ Ｗｏｒｌｄ】

僕らが発見した町は雪原の町【スノードロップ】という名で、第三エリアの湾岸都市《わんがんとし》【フレデリカ】や第二エリアの【ブルーメン】よりも小さな町であった。

いかにも田舎《いなか》といった雰囲気《ふんいき》の落ち着いた町で、都会の喧騒《けんそう》とはかけ離《はな》れた町である。

深々と降る雪の中、南の城門から町の中へと入り、やっと僕らは人心地《ひとごこち》ついて町を観察する余裕ができたのである。

木造の家が多いな。バンガローとかコテージとか、そんな感じの家がやたら目につく。

雪とかの重みで潰《つぶ》れたりしないんだろうかとも思うが、ＶＲなんだから心配するだけ野暮《やぼ》か。

あと犬が多い気がする。やはり犬ゾリのためだろうか。レンタルとかないかな。

「町は見つけましたけど、ここからどうしましょうか？」

「とりあえずご飯食べようよ！　ほら、レストランがある！」

レンの言葉を受けて、ミウラが真っ先に動いた。指し示す先には確かにフォークとナイフがクロスした看板がぶら下がっている。相変わらず食い意地が張ってるなあ。

だが食事をするのは賛成だ。今まで各エリアで採れる食材によって、こういった食事処《どころ》のメニューは変化してきた。きっと今回も第四エリア特有の食事に違いない。

「らっしゃせー！」

『白銀の斧亭《おのてい》』というレストランのドアを開けると、元気な女性の声が飛び込んできた。

赤毛のポニーテールがよく似合う、二十歳《はたち》ほどのウェイトレスさんだ。エプロンをしたそのお姉さんに案内されて、店内の大きな窓際《まどぎわ》の席へと通される。

コップの水を軽く飲みながら、メニューを開くと、とにかく肉、肉、肉のオンパレードだった。どうやらガッツリ系のお店らしい。一応、女性向けなのかパスタとかグラタンのようなものもあるが、ステーキやハンバーグのバリエーションの多さにはかなわない。第四エリアは肉料理が多いのだろうか。

「あ、カリブーのステーキがある。あたしこれにしようかな」

「さっきの今でよく食べられるな……」

僕はミウラほどチャレンジャーではないので、普通《ふつう》の牛ステーキにする。焼き方はレアで。

レンはチーズハンバーグ、シズカはマカロニグラタン、リゼルはカルボナーラ、ウェンディさんはチキンステーキ、リンカさんはオムライスのビーフシチューソースがけを頼んだ。

「お待たせいたしました！」

しばらくすると注文した料理がずらりとテーブルに並べられた。厚い鉄板皿の上でじゅうじゅうと焼けるステーキに思わず唾《つば》を飲み込んでしまう。こりゃ美味そうだ。

「では、いただきます」

ステーキにナイフを入れると簡単に切れた。柔《やわ》らかいな。一口大に切った肉を噛《か》み締《し》めると、たちまち肉汁《にくじゅう》が溢《あふ》れ出し、口いっぱいに肉の旨味《うまみ》が広がった。こりゃ美味《うま》いや。

しばらく僕らは料理に舌鼓《したつづみ》を打ち、第四エリア初めての食事を楽しんだ。食後に紅茶を頼み、ひと息つく。

「来週にはプレイヤーがたくさん来るんでしょうねえ」

「たった一週間の優越感《ゆうえつかん》かー。あまり急いでクリアしても意味ないね」

レンとミウラがボヤいているが、それは仕方がない。エリアクリアの条件をずっと内緒《ないしょ》にするってこともできるのかもしれないが、それってつまらないと思うんだ。やっぱりゲームはみんなで楽しみたいじゃないか。

「とりあえずはここを拠点《きょてん》に動き回りますか？」

「そだねー。まずは周辺のモンスターと戦って、強さの確認とレベルアップだね。それから情報収集。プレイヤーが少ないからあんまりイベントも起きないかもしれないけど」

シズカにリゼルが答えたように、まずは地固めだな。どういうモンスターがいるかわからないし。今なら素材もプレイヤーに高く売れると思うしね。

「私はこの町の武器屋をのぞいてみたい。なにか変わった装備があるかもしれない」

「いいですね。私も興味があります」

リンカさんとウェンディさんは町の探索《たんさく》か。確かにそれも大事だな。

今後の方針について長々と話しあっていると、レストランのドアを乱暴に開いて、一人の男の人が飛び込んできた。

慌《あわ》てているのか息が乱れていて、ここまで走ってきたという感じだ。毛皮の帽子《ぼうし》と防寒着、背中には弓と矢が背負われている。猟師《りょうし》かな？

「兄さん！　営業中は裏口を使ってってあれほど……！」

「バカ！　それどころじゃない！　オークの群れがやってきたんだ！　ハイオークもいる！　すぐに戸締《とじ》まりして隠《かく》れるんだ！」

　赤毛のウェイトレスさんが、お兄さんの言葉を聞いて銀盆《ぎんぼん》を床《ゆか》に落とした。大きな音が店内にこだまする。

「……隠しイベントかな？」

「ええっ、最初の町を見つけてすぐに⁉　さすがにそれはないんじゃないかな⁉」

　リゼルが驚《おどろ》いている中、僕はレンへと視線を向ける。イベントであるなら、ギルマスのレンのところへ参加不参加の通知がいっているハズだ。

「来てますね。『イベント【凶兆《きょうちょう》】。オークに狙われた町【スノードロップ】を救え』」

　当たりか。何がトリガーになったんだろう。まさかこの町に初めてプレイヤーが訪《おとず》れると開始されるとか？

「規模としては小さいみたいですけど、どうします？」

「参加参加！　町の人たちを助けなきゃ！　それにせっかくのイベントを見逃《みのが》す手はないよ！」

「ですけど、まだ私《わたくし》たちは町の周囲にいるモンスターの強さを知りません。失敗に終わるかもしれませんよ？」

レンの左右にいるミウラとシズカが相反する意見を述べた。うーん。どちらの気持ちもわかるんだけどな。

「この町の警備兵もある程度はいるでしょうし、ひょっとしたら不参加でもなんとかなるのかもしれません。ある程度の被害《ひがい》は出るでしょうが」

「でも戦いに参加すれば参加報酬《ほうしゅう》があるかも。町の人たちの覚えもめでたい？」

ウェンディさんとリンカさんはなんとも打算的な意見だなぁ。まあ、僕《ぼく》もちらっと考えたけども。

「シロさんは？」

「僕？　僕はどっちでも……と言いたいけど、目の前で困っている人がいるとね。ゲームだとわかっていても無視したら後味が悪いかなって。だから参加に一票」

オークだか、ハイオークだか知らないが、どっちみちいつかは戦うハメになりそうだ。ならどれくらい強いのかぶつかってみるのも悪くない。

「そうですね。私も参加した方がいいと思います。イベントのタイトルが【凶兆】ってところが気になるんです。ひょっとしたらこのイベントって連鎖《れんさ》イベントの始まりじゃないかと」

「【凶兆】……よくないことの前触《まえぶ》れ……。確かに『始まり』という感じですわね」

「よし、決まり！　参加するに決定！」

ミウラが立ち上がり、拳《こぶし》を突き出す。だからなんでお前が仕切る……。ギルマスはレンだぞ。

「では、月見兎《つきみうさぎ》は【参加】、と」

「いいか！　隠れているんだぞ！」

ピッ、と目の前のウィンドウにレンが触《ふ》れた瞬間、猟師の男の人はまた外へと走り出していった。

「追いかけよう！」

ミウラとリンカさん、それにリゼルが猟師さんに続いて飛び出していってしまった。行動が早いな！　せめてお金払っていけよ！

「すみません、お会計はこれで。お釣《つ》りはいらないんで」

「えっ、あっ、はい」

プレイヤー同士ならウィンドウでやり取りできる金銭も、取り出せば貨幣《かへい》となる。ポニーテールのお姉さんにみんなの全額分より多めのそれを渡《わた》して、僕も店の外へと飛び出した。ったく、あとで必ず請求《せいきゅう》するからな！

辺りを見回すと、右手の方に雪の中を駆けていくみんなが見えた。お金を払っている間に全員飛び出したらしい。僕が最後かよ。ま、いいけどさ。

「【加速】っと」

雪煙を上げながら、一気にみんなに追いつく。

先頭を走っていた猟師さんが追いかけてきた僕たちを見て驚いていた。

「あ、あんたたちは……⁉」

「先ほど店で話を聞きました。お力になれるかと思います」

「っ！　あ、ありがとう！　オークどもはすでに東の城壁《じょうへき》を乗り越《こ》えて入り込んでいるんだ。さっきまで警備兵の奴《やつ》らが食い止めていたけど……！」

東の城門っていうと、僕らが入ってきた城門の右手側か。

マップを展開し、確認する。よし、覚えた。

「じゃあお先に……」

「あっ、ズルいぞ、シロ兄ちゃんばっかり！　【加速】で行く気だな⁉　あたしも連れてけ！」

「ぐえっ⁉」

走る僕の背中にミウラが飛び乗った。おい⁉

「ミウラちゃんもズルい！　シロさん、【分身】して下さい！　私も！」

「あら、そういうことでしたら私《わたくし》も」

「ええっ⁉」

ミウラに触発《しょくはつ》されてか、レンとシズカも無茶《むちゃ》振りをしてくる。年少組の三人くらいなら確かに乗せていけるけど、タクシーか、僕は⁉

くっ。言い争っている時間も惜《お》しい。仕方がない。

「【分身】！」

「なななっ⁉」

三人に分身する。猟師さんが目を見開いているのをよそに、残りの二人がそれぞれレンとシズカをお姫様抱《ひめさまだ》っこして抱《かか》え上げた。

「「「【加速】！」」」

三人の僕は一気に速度を上げ、猟師さんやリゼルたちを残して猛《もう》スピードで走り出す。

「うひょー！　速い速い！」

「雪で滑《すべ》るからあまり暴れんな！」

背中ではしゃぐミウラを注意しながら町中を駆け抜ける。曲がるときはスピードを落として気をつけて曲がらないとな。滑ってコケたら家の壁《かべ》に激突《げきとつ》しそうだ。

「見えましたわ！」

シズカの声に前を向くと、確かに数名の警備兵が革鎧《かわよろい》を着た豚《ぶた》や猪《いのしし》のような顔の人型モンスターとやり合っている。あれがオークか。警備兵が十人くらいにオークが六匹《ぴき》ほどだ。

城門は閉じられている。しかし、打ち破られるのも時間の問題のようだ。ドンドンと絶え間なく外から衝撃《しょうげき》が与《あた》えられてる。何人かの警備兵は門を押《お》さえ付けていたが、閂《かんぬき》が今にも折れそうだ。

一匹のオークが城壁をよじ登り、町に入り込んでくる。梯子《はしご》でもかけられたか？

【加速】を解除し、【分身】も解除する。タクシーはここまでだ。

「いっくぞーっ！」

「はい！」

ミウラに呼応してシズカも駆け出す。レンはその場に残り、弓に矢をつがえはじめた。

僕はといえばインベントリからポーションを取り出しての一気飲みだ。【分身】でＨＰは１／４になってるし、【加速】の三人使用でＭＰだって半分以下になってる。これで戦えってのは酷《こく》ってもんですよ。そのぶん、三人には頑張《がんば》ってもらおう。

「【大切断】！」

ミウラの大剣《たいけん》が警備兵と斬《き》り合っていた一匹のオークに振《ふ》り下ろされる。不意を突かれたオークはまともにその攻撃を受け、光の粒へと変わった。

一撃か。第四エリアのモンスターがさすがにそこまで弱くはないだろう。警備兵との戦いでいくらかのダメージを受けていたんだな。

オークを倒《たお》したミウラに別のオークが手斧《ておの》を持って襲いかかる。

「【ストライクショット】！」

それをさせじとばかりに引き絞《しぼ》ったレンの一撃がオークのこめかみに炸裂《さくれつ》した。

【Critical《クリティカル》 Hit《ヒット》!】の表示が出て、手斧を地面に落としたオークがぐらりとよろめく。

そこへミウラが間髪容《かんはつい》れず戦技を発動させた。

「【剛剣突き】！」

下から突き上げるように、ミウラの大剣がオークの胸板《むないた》を貫く。血飛沫《ちしぶき》のエフェクトが飛び散るが、残酷描写《ざんこくびょうしゃ》軽減の規制フィルターがかかっているミウラの目には映っていないだろう。

オークが光になって消えていった。しかし次から次へと城壁の上からオークたちが入り込んでくる。

「【円舞陣《えんぶじん》】」

体勢を低くしたシズカが薙刀《なぎなた》を真横にぐるりと一回転させ、オークどもの足を薙《な》ぎ払う。

『グガッ⁉』

『ブゴッ⁉』

動きの鈍《にぶ》くなったオークたちに、警備兵たちが打ちかかっていった。そっちは彼《かれ》らに任せよう。

「レン！　援護《えんご》頼《たの》む！」

「はい！」

やっと回復した僕は登ってくるオークを倒すべく、城壁にあった石段を駆け上がった。

城門の上から見下ろすと、やはり梯子をかけられていて、今もその梯子をオークたちが登ってきていた。させるか！

「【一文字斬り】！」

『ウギエッ⁉』

城壁を乗り越えようとするオークのもとへ駆け寄り、戦技を放つ。胸を一文字に斬り裂《さ》かれたオークが、梯子から真っ逆さまに落ちていく。

「この、やろ……っ！」

かけてある梯子を外そうとしたが、乗っているオークたちが重くて動かない。くそっ！

筋力《STR》がないからなあ！　情けない！

「シロ兄ちゃん、どいて！」

「うおっ⁉　危なっ⁉」

駆け上がってきたミウラが城壁にかけられていた梯子の上部を思い切り蹴っ飛ばした。

足蹴《あしげ》にされた梯子は、登ってきていたオークともども向こうへと倒れていく。

小さいけどさすが【鬼神族《オーガ》】。倒れた衝撃で木製の簡易的な梯子はバラバラになった。

落ちたオークもダメージを受けたようだ。なむなむ。成仏《じょうぶつ》しろよ。

とりあえず城壁によじ登る奴らは防げたようだが、ひと回り大きなオーク（あれがハイオークだろう）が何匹《なんびき》か、城門の扉《とびら》に体当たりを繰り返しかましている。あれではいつか破られてしまうぞ。

城壁の上から見えるのはオークが五十匹、ハイオークが二十匹の計七十匹くらい……かな。さすがに多いな。あまり統率《とうそつ》が取れてないのが幸いか。

「おっと」

下から矢が飛んできた。僕らはしゃがんで城壁の上にある鋸壁《きょへき》の陰《かげ》に隠れる。

さて、どうするかな。あの中に飛び込んで戦うのは愚《ぐ》の骨頂だよな……。だけどぐずぐずしてたら城門が破られてしまうし……。

「あ、みんなが来た。リゼル姉ちゃん、こっち！」

ミウラの言葉に思考の海から浮上《ふじょう》する。おっと、うちの大砲《たいほう》がやっときたか。

城壁の上にすぐさま駆け上がってきたリゼルは城門前に群がるオークどもへ向けて、【ファイアバースト】を早々《はやばや》とぶちかました。どうやら走りながら詠唱《えいしょう》していたらしい。エルフは種族スキル【高速詠唱】持ってるしな。

広範囲《こうはんい》火属性魔法を受けて、何体かのオークが火達磨《ひだるま》になる。さすがにあの一撃《いちげき》で倒すことはできないか。

「【サウザンドレイン】！」

いつの間にか城壁に上がっていたレンが【ファイアバースト】を受けたオークたちに矢の雨を降らせる。弓矢使いが持つ広範囲にダメージを与える戦技だ。

無数の矢を受けて、何体かのオークが光の粒になって消える。

『ブブガッ！』

『ブガッ、ブガッ！』

ハイオークの中でも一際《ひときわ》大きく、厳《いかめ》しい鎧《よろい》を身にまとったやつが、弓を持っているオークたちになにやら指示を飛ばす。おっといかん。

「みんな伏《ふ》せろ！」

再び下からの矢が放たれる。こういう場合上の方が有利なはずなんだが、いかんせん数に差がありすぎる。

「やっぱりこっちから打って出た方がいいかな？」

「この戦力ですとちょっと厳しいかもしれませんね。下手すると一人二人死に戻《もど》るかもしれません」

城壁に上がってきたウェンディさんがそう答える。あ！　そう言えばまだポータルエリアの登録をしてないいじゃないか！　ってことは死に戻ると、ギルドハウス行きか？　またこの町まで歩いてきてたらもうイベント終わってるよな……。ミスったな。

さて、本気でどうしようかと考えていると、リゼルが僕の肩《かた》を叩《たた》いてきた。

「シロ君、あれ！」

「え？」

リゼルが指し示す方、右手側の空の彼方《かなた》から燃《も》え盛《さか》る火の玉が落ちてくる。あれは……！

火の玉はまっすぐに城門前に固まっていたオークたちへと直撃《ちょくげき》し、辺りに轟音《ごうおん》を響《ひび》かせて炸裂した。オークたちは驚き戸惑《とまど》いパニクっている。

火の玉が落ちてきた方へと視線を向けると、雪原の上に見慣れた六人が立っていた。彼らの背後にはトナカイが引くソリがある。あのトナカイってキラーカリブーか？

『やあ、【月見兎】のみんな。町を発見したっていうから急いで来たのに、もうイベントを始めてるのかい？　僕ら【スターライト】も混ぜてくれないかな？』

通信チャットからこれまた聞き慣れた声が聞こえてくる。間違《まちが》いない。アレンさんだ。

頼もしい援軍《えんぐん》の到着《とうちゃく》だった。


「いっくぞぉーッ！　【流星脚《りゅうせいきゃく》】！」

小高い丘から雪煙《ゆきけむり》を上げて駆け下りたメイリンさんが、まるで特撮《とくさつ》ヒーローのごとく宙を跳《と》び、先頭のオークに飛び蹴《げ》りを浴びせる。

オークの胸板を蹴って、バク宙しながらメイリンさんが地面に着地すると、その頭の上を一本の矢が跳び、蹴ったオークの眉間《みけん》に突き刺さった。

『ブゴッ⁉』

雪の積もった丘の上には弓を構えたベルクレアさんが立っていた。メイリンさんより遅《おく》れてオークの下《もと》へ駆け下りたアレンさんが、手にした剣《けん》を一閃《いっせん》する。眉間に矢を受けたオークの首が宙を舞《ま》い、身体ともども光の粒へと変わった。

「ああ、もう！　先走らないで下さいよ！　【プロテクション】！」

メイスを構えたセイルロットさんが神聖魔法《まほう》を唱える。

オークへ突撃《とつげき》していたメイリンさん、アレンさん、ガルガドさんが淡《あわ》い光に包まれた。

一時的に防御力《ぼうぎょりょく》を上げる範囲《はんい》指定の防御魔法か。

「おっらぁ！　【兜割《かぶと》り】！」

『グギャッ!?』

ガルガドさんの大剣がオークの頭上に振り下ろされる。被《かぶ》っていた粗末《そまつ》な兜が戦技の名の通り真っ二つに割れ、血飛沫を上げたオークが回転する小さな星のエフェクトを浮かべてよろめく。ピヨった。

「【アイシクルランス】！」

ジェシカさんの杖《つえ》の先から現れた大きな氷の槍が、一直線にピヨったオークへと飛んでいき、その胸を穿《うが》つ。ピヨり状態で大ダメージを受けたオークは光となって消えた。

たちまち二体のオークを倒したアレンさんたちに周りのオークが警戒《けいかい》するように後ずさる。

これは畳《たた》み掛《か》けるチャンスか？

「アレン兄ちゃん、横取りはズルいぞ！　シズカ、あたしらもいこう！」

「仕方ありませんわね。お伴《とも》します」

アレンさんたちに触発されて、ミウラとシズカが城壁からオークのところに飛び降りた。それに続けとリンカさんまで『魔王の鉄槌《ルシファーズハンマー》』を肩に担《かつ》いで飛び降りる。ああ、もう！　だから行動が早いっての！

こうなったら僕も下りるしかない。着地と同時に【加速】を発動。オークの横をすり抜《ぬ》けるようにしながら戦技を繰《く》り出す。

「【一文字斬り】」

『ガフッ⁉』

『ブゲッ！』

すり抜けながらオークたちを次々と切り裂いていく。もちろんこれで倒せるとは思っていない。別にとどめを僕が刺す必要はないのだし。

敵の間を駆け抜けながら、止まることなくすれ違《ちが》うオークども全てにダメージを加えていった。

「【ヘビィインパクト】」

『ゲギャ⁉』

僕がダメージを与えたオークをリンカさんのハンマーが襲《おそ》う。脇腹《わきばら》を横薙《よこな》ぎに殴《なぐ》られたオークが『く』の字になって吹《ふ》っ飛んでいった。オークってけっこう体格ががっしりしてるんだけどなァ……。

【加速】でオークたちを斬りつけながらアレンさんの下へと向かう。ちょうどアレンさんがオークの右脇腹を斬り裂いたと同時に、僕も同じオークの左脇腹を斬り裂いた。

「絶好のタイミングで来ましたね。近くにいたんですか？」

「東側は何も見つからなかったからね。北に捜索《そうさく》を切り替《か》えようとした時にちょうど君からのメールが来たんだよ。だからあいつに乗ってすっ飛んで来たってわけさ」

アレンさんが向けた視線の先には大きなソリを引く二頭のキラーカリブーがいた。こちらを襲ってくることもなく、大人しくしている。

「テイムしたんですか？　誰《だれ》か【獣魔術《じゅうまじゅつ》】スキルを？」

「いや、スキルじゃない。アイテムさ。ほら、首輪がついているだろう？　オークションで手に入れた『従魔《じゅうま》の首輪』だよ。レベルが高いモンスターには効きにくいし、戦闘《せんとう》には参加させられないが、乗り物にしたり、こうしてソリを引かせることができるアイテムなんだ」

なるほど。確かにキラーカリブーの首には黒光りする首輪がある。あれで従魔にしているのか。便利なもんだなあ。スライムに使ったらスライムライダーとかになれるのかな？

……スライムの首ってどこだろう？

そんなバカなことを考えながらも、襲い来るオークたちを薙ぎ倒していく。

「シロくん、あのオークがおそらくリーダーだと思うんだが」

「ですよね」

アレンさんが身体《からだ》のでかいハイオークの中でも一際大きく、凶悪《きょうあく》そうな鎧を着込んだ奴に視線を向けた。明らかにあいつがオークたちに指示を出している。群れのボス、というところか。

「あいつを倒せばこちらがだいぶ有利になると思わないかい？」

「思います」

僕らは顔を見合わせ、にっ、と笑い合う。打ち合わせもなく、まずはアレンさんが飛び出した。

「【シールドタックル】！」

『グガッ!?』

ハイオークのボスに向けて、重戦車のようにアレンさんが盾《たて》を構えて突っ込んだ。大きな体格のハイオークボスが、ガガガガガッ！　と、ダメージを受けながら後退していく。

「【分身】、【加速】」

二人になった僕は、アレンさんの左右から挟《はさ》み込むようにハイオークを強襲《きょうしゅう》し、その脇腹を切り裂いた。

『ブギャッ⁉』

「【シールドバッシュ】！」

ハイオークボスが怯《ひる》んだ隙《すき》を狙い、アレンさんが盾を使って相手の右手を叩き、武器を弾《はじ》き飛ばす。チャンスだ！

「【スタースラッシュ】！」

「【双星斬《そうせいざん》】！」

アレンさんの剣が五芒星《ごぼうせい》の形に振《ふ》り抜かれ、同じように僕の短剣《たんけん》も左右二つの小さな星を描《えが》く。僕の場合、【分身】しているので二倍の剣撃。アレンさんと合わせ、計二十五の斬撃がハイオークボスに襲いかかった。

『グギョガアッ⁉』

【分身】を引っ込める。さすがにオークどものボスだからか、なかなかにしぶとい。相手のライフゲージはレッドゾーンに突入《とつにゅう》したが、わずかなところでまだ生き残っていた。満《まん》身創痍《しんそうい》と言ったところか。しかしあれならあと一撃で倒せる！

「「とどめ！」」

剣を振り上げた僕とアレンさんの間を風切り音《かざきりおん》を上げて一本の矢が通り抜ける。スコンッ、と軽い音を立てて、それは満身創痍のハイオークの眉間へと突き刺《つさ》さり、次の瞬間《しゅんかん》光の粒《つぶ》へと変わっていった。

「「あ――――ッ⁉」」

振り向くと丘《おか》の上に弓を下ろしたベルクレアさんがいた。

「ズルいぞ、ベルクレア！」

「イベントなんだから別に経験値の横取りにはならないでしょうが。モタモタしてるのが悪いのよ」

くっ。普通、パーティでモンスターを倒した場合、とどめを刺したプレイヤーが一番多く経験値をもらうことができる。（パーティ内で大きなレベル差がなければ、だが）けれど、こういったイベントだとそれは適用されない。経験値やスキルの熟練度、アイテムドロップなどはイベント終了《しゅうりょう》時点でイベントへの貢献度《こうけんど》などが加味されてまとめて取得することになる。

だからベルクレアさんの言うことも一理あるのだが……。でもやっぱりボスの相手くらいは決めたかったなあ。

『グルガァッ！』

「わっ⁉」

「おっと⁉」

ぼけっとしていたら背後からハイオークが手斧を振り下ろしてきた。僕は身を低くして横っ飛びに躱《かわ》し、アレンさんは盾でそれを受け止めつつ流して、横薙ぎに剣でハイオークの腹を斬り裂く。

すでにダメージを受けていたのか、それだけでオークは光となって消えた。

『ブゴッ⁉　ブゴッ⁉』

『グルガッ！　グルガッ！』

「ん？」

ハイオークのボスがやられたからか、オークたちが武器を捨てて逃《に》げ出そうとしていた。それをハイオークが『戦え！』と引き止めているように見える。

「予想通り混乱しているようだね。これに乗じて殲滅《せんめつ》戦といこうか」

「了解《りょうかい》」

インベントリからマナポーションを取り出し、一気に飲む。【分身】や【加速】で三分の一あたりまで減ったＭＰが、最大値近くまで回復した。当然【分身】で失ったＨＰもポーションで回復しておく。

オークたちはすでに腰《こし》が引けているし、問題なのはハイオークだけだ。

よし、一気にやるか！

「【分身】！」

今度は四人に【分身】する。せっかく回復したHPが1／8になった。やっぱり【分身】のこのリスクはキツいなぁ。ま、それを上回る便利さだけどさ。

「【加速】！」

四人の僕はオークどもを殲滅すべく、一気に駆け出した。

◇　◇　◇

「んーと、『オークの牙《きば》』に『オークアックス』、『オークヘルム』に『オークのアミュレット』？　なんじゃこりゃ？」

教えておくれ、【鑑定《かんてい》】さん。

【オークのアミュレット】　Dランク

■オーク族のお守り。
　オークに少しだけ遭遇《そうぐう》しやすくなる。
□装備アイテム／アクセサリー
□複数効果無し／
品質：LQ（低品質《ロークオリティ》）

　オークに遭遇しやすくなる？　オークを引き寄せるってこと？　お守りって普通、難を避《さ》けるものじゃ……いや、オークのお守りだからこの効果でいいのか……？

　よくわからないからトーラスさんにでも売ろう。ランク低いし、大したものでもないだろ。

　よくわからん骨で作られたチャラチャラしたお守りをインベントリにしまう。

僕らはイベント【凶兆】を終え、報酬を確認《かくにん》していた。

小さなイベントだったのか、あまり報酬はよくなかった。イベント参加の報酬としては、称号《しょうごう》【スノードロップを護《まも》りし者】、そしていつもの『スターコイン』が十枚だ。いい加減、このコインを交換《こうかん》する場所を誰か見つけてくれんもんかね。何と交換できるかわからないうちは売るに売れないしさ。いや、売ってる奴もいるけども。

それとスキルオーブが一つ。これはみんなもらえたらしい。これも参加賞かな？　僕の手に入れたスキルオーブは【魔法耐性《まほうたいせい》・火（小）】だった。

びっみょー……。使えないわけじゃないけど、今のスキル外しても入れたいかっていうと……。

まあ、火属性モンスターを相手にするときは使えるかな。みんなもあまりいいスキルは出なかったみたいだ。

オークからのドロップもあまり目ぼしいものはない。どうしても人型のモンスターは素材のドロップより、装備品のドロップになりがちだ。だけどオークの装備って刃《は》こぼれした斧とか薄汚《うすよご》れた革鎧とかだしな。強くもないし、金にもならない。

そう考えると、『オークのアミュレット』って当たりの方なのかね？

「やっぱりこれは連鎖イベントなのかな？」

「たぶんそうね。ひょっとしたらまた襲撃《しゅうげき》があるかもしれないわ。となると、この町を離《はな》れて活動するのはあまり得策とはいえないわね」

メイリンさんの言葉にジェシカさんが考え込む。今回みたいに突発的《とっぱつてき》に次のイベントが始まってしまったら、せっかくの参加する機会を逃《のが》してしまうからなあ。

とはいえいつまでもこの町にいるわけにもいかないし。一応、ポータルエリアの登録は済ませたからいつでもギルドホームから来られるけど。

「どうせ何日かしたら他のプレイヤーもやってくるんだし、それまではこの町の周辺でレベルや熟練度上げでもしとけばいいんじゃないの？」

「まあ、そうだけどな」

リゼルの言うことももっともだ。他のプレイヤーがこの町にやってきたら、どこにいたってイベント開始の情報は入ってくるだろう。参加に間に合うか間に合わないかは別として。

イベントに参加できなかったからといって、次のエリアに進めなくなるわけでもないし、そこまでこだわらなくてもいいか。タイミングが合えば参加する、ということで。

「とうちゃーく！」

ミウラの声がして振り向くと、アレンさんたちのキラーカリブーが引くソリに乗って、ウチの年少組がやってきた。手綱《たづな》を握《にぎ》るのはセイルロットさんだ。

ウチの年少組三人（主にミウラ）が、乗りたい乗りたいと駄々《だだ》をこね、セイルロットさんが町の周りを一周してきたのである。

「シロ兄ちゃん！　ウチもこれ飼おう！」

「言うと思った……」

ソリから降りるやいなや、ミウラが開口一番に叫《さけ》ぶ。簡単に言ってくれるなあ。

「アレンさん、あの『従魔の首輪』っていくらしました？」

「一応レアアイテムだからオークションでもあまりないと思うけど……」

そう言いながらアレンさんが教えてくれた金額はそこそこするものだった。ううむ。ギルド所有のものにするなら決定権はギルマスであるレンにあるけど、あの調子だと買いそうだなあ。

楽しそうにキラーカリブーの首を撫《な》でているレンとシズカを見て僕はそれを確信する。

「まあ、買うなら早めに買ったほうがいいと思うよ」

「なんでですか？」

「他のプレイヤーが第四エリアに来《こ》たら、間違いなく僕らと同じことをするからさ。わざわざ雪中行軍する物好きはいないよ」

あ。

そりゃそうだ。他のプレイヤーだって楽をしたい。となればソリを引くのに動物を使うことを考えるだろう。【調教】や【獣魔術テイム】スキル持ちなら問題ないが、それらのスキルを持っていないプレイヤーたちはどうするか。

普通《ふつう》ならそこらの馬や犬を飼い慣らし、ソリを引かせる。しかし【調教】スキルがないと飼い慣らすのに時間がかかるし、モンスターに引かせたソリに比べるとスピードは遥《はる》かに遅《おそ》いだろう。

アレンさんたちのように『従魔の首輪』を使って、モンスターを使役《しえき》した方がいいに決まっている。

つまり『従魔の首輪』はすぐに高騰《こうとう》し、入手困難になっていくというわけで――――。

まずい。

僕はウィンドウを開き、オークションの出品物《リスト》を検索《けんさく》し始めた。

◇　◇　◇

「あ」

『ブモォッ！』

【Critical《クリティカル》 Hit《ヒット》！】の文字とともに、ズバァッ！　と、キラーカリブーの首から血飛沫が飛び散り、純白の雪原を赤に染めた。ちょっ……！　なんでこんなタイミングでクリティカルが出るかね⁉

「あーっ！　何してんだよ、シロ兄ちゃん！　倒しちゃったら捕《つか》まえられないだろー！」

後方からミウラが文句を飛ばしてくる。いや、そんなこと言ったって今のは不可抗力《ふかこうりょく》だろ！

僕ら【月見兎】は移動用のモンスターをゲットするために、第三エリアにある湾岸《わんがん》都市フレデリカでオークションに参加し、出品されていた『従魔の首輪』をなんとか二つ手に入れた。

テイムスキルを持たない僕らがモンスターを従えるには、相手を瀕死状態《レッドゾーン》まで追い込まねばならない。その後、弱ったところでこの『従魔の首輪』を使って捕獲《ほかく》しなければならないのだが……。

「これで三回目ですね……」

レンが構えた弓を下ろす。同じように隣《となり》のウェンディさんも盾を下ろした。

今回のカリブー捕獲には僕《ぼく》とレン、ウェンディさんとミウラの四人で来ている。他の三人は用があって今日はログインできないらしい。

そろそろ後続組が第四エリアに来てもおかしくないので、その前にキラーカリブーを捕獲したかったのだが、さっきから失敗続きなのだ。

それというのもうまい感じにキラーカリブーのＨＰを瀕死状態《レッドゾーン》で止めることができないからだ。キラーカリブーの瀕死状態《レッドゾーン》はかなり狭《せま》く、力加減が難しい。

ミウラの大剣やウェンディさんの剣では瀕死になる前に倒してしまいそうなので、僕の短剣とレンの矢でなんとか瀕死になるように削《けず》るつもりだったのだが……。

「まあ今のは致《いた》し方《かた》ないかと。やはりお嬢様《じょうさま》の弓矢で少しずつ削るのがよいと思われますが」

ウェンディさんがフォローしてくれた。やっぱりその方がいいか。ＨＰの半分くらいまでは僕が削り、そこからは避《よ》けまくって、その隙にレンが普通の矢で瀕死状態《レッドゾーン》まで削る、と。

【手加減】スキルがあればなあ。瀕死状態以降はダメージを与えることができない便利なスキルだ。あとは【刀術】の戦技に【峰打ち《みねうち》】ってのもあったっけか。

「じゃあ次はそれでいこうよ。でも、またキラーカリブー捜《さが》すのかあ。なかなかいないよね、キラーカリブー」

「たしかに。場所が悪いのかな？」

『スノードロップ』の町近辺に出現するモンスターは、スノーゴブリン、ビッグフット、ブリザードタイガー、ホワイトウルフ、スノーワーム、コールドバードなどだ。そしてたまーに、オークとかキラーカリブーが出てくるのだ。

実際僕らも三頭捜すのに二時間くらいかかっているし。

【気配察知】もある程度近付かないと効果がないしな……。

「遥花《はるか》……ハルなら召喚《しょうかん》やテイムした狼《おおかみ》たちに引かせるんだろうなあ」

【調教】も【召喚術】も持ってるからな、あいつ。犬ゾリならぬ狼ゾリか。

「きゅっ！」

今日はギルドホームに誰もいないので仕方なく連れてきたスノウが、雪の上で耳をぴくぴくと反応させて、一方向をじっと見つめていた。なんだ？

「あっちの方に何かモンスターがいるのではないでしょうか？」

「キラーカリブーだよ、きっと！」

「だといいんだけどな」

「とりあえず行ってみましょう」

パタパタと僕らを先導するかのように飛んでいくスノウを追っていくと、雪原の丘の上にキラーカリブーが一頭でたたずんでいた。ホントにいたよ。

「えらい！　すごいぞ、スノウ！」

「きゅっ？」

スノウの頭をミウラがなでなでする。騒《さわ》ぐなって。見つかるだろ。

さて、もう一度みんなに確認をとっておこう。

「やっぱりさっきの作戦でいく？」

「そうですね。半分まではシロ様が削り、そこからはお嬢様の矢で削る、と。私《わたくし》はお嬢様の守りに徹《てっ》しますので、シロ様は敵を引き寄せて攪乱《かくらん》して下さい。確か【挑発《ちょうはつ》】スキルを取ったんですよね？」

「うん。スノードロップのスキル屋にあったから買った。まだほとんど熟練度は上がってないけど」

モンスターの敵意を自分に向けさせる【挑発】スキルは、基本的にウェンディさんやアレンさんのような盾職など防御《ぼうぎょ》に優《すぐ》れたプレイヤーが持つスキルである。しかし【加速】の素早《すばや》さを活《い》かし、モンスターを攪乱する役目の多い僕にも使い勝手のいいスキルなのだ。

基本的に初期スキルだし、安かったので買ってしまった。このスキルがあればキラーカリブーを引き止めておくことは難しくないだろう。

「あれっ、あたしは？」

ミウラがスノウを抱《だ》きかかえながら自分を指差した。……うん、この作戦だと特にミウラの役割はない。

「……応援《おうえん》でもしててくれ」

「えー！」

ミウラが不満を爆発《ばくはつ》させるが、仕方がないだろ。

最初の一、二発くらいならキラーカリブーに当ててもいいけど、そのあと反撃《はんげき》がきたらミウラのＡＧＩ（敏捷度《びんしょうど》）じゃ躱せないと思う。レンの矢が瀕死状態に追い込むまで、ずっと攻撃《こうげき》を受け続けるわけにもいかないし、反撃したらキラーカリブーを倒しちゃうし。

結局、遠くで戦闘に参加せずにいるのが最も助かるのだ。

「とりあえず不意打ちの先制で私が戦技を放ちます。そのあとはシロさんが半分くらいまで削ってください。そこからは私が再び通常の矢で瀕死まで削ります」

「わかった」

レンが弓に矢をつがえる。キリキリと引き絞り、戦技を発動させた。

「【トライアロー】」

力強い一撃がレンから放たれた。レンの弓はその小さな身体《からだ》に合わせて作られているため、ロングボウ系であるのに小型である。だが、性能は通常のものと遜色《そんしょく》ない。

放たれた矢が途中《とちゅう》で三本の矢に変化した。

【弓の心得】から派生した【長弓術《ちょうきゅう》】の【トライアロー】は、一つの矢が三つの矢に分裂《ぶんれつ》する戦技だ。同じ弓持ちの戦技、【サウザンドレイン】の方が矢の数は多いが、一本一本の威力《いりょく》はこちらの方が強い。

「ブモォオッ⁉」

ドスドスドス！　と、三本の矢は見事外れることなくキラーカリブーに全て突き刺さった。

こちらを振《ふ》り向き、僕らを敵と判断した殺人トナカイは一直線に矢を放ったレン目掛《めが》けて突進《とっしん》してくる。

「お嬢様には指一本触《ふ》れさせません」

大盾を持ってレンの前に立ちはだかったウェンディさんが正面から重戦車のようなキラーカリブーの突進を受け止めた。

以前と同じように、ウェンディさんは【不動】スキルによって吹き飛ばされることはないが、その勢いによって後退してしまう。ここからは僕の仕事だ。

「【十文字斬《ぎ》り】」

「ブモッ⁉」

縦横の二連撃がキラーカリブーの横腹に決まる。これで終わりじゃないぞ。僕は片手に持つ『双氷剣《そうひようけん》・氷花』を素早く腰の鞘《さや》へと戻し、ウエストポーチから十字手裏剣《しゆりけん》を取り出して、後退しつつキラーカリブーへ向けて連続で投擲《とうてき》した。

「ブゴゴッ！」

「こっちだ、トナカイ」

肩のあたりに十字手裏剣を二つ受けたキラーカリブーが怒《いか》りを滲《にじ》ませて、今度は僕の方へと向かってくる。もうちょい削ってもいいか。

キラーカリブーの吐《は》く凍《こお》りつく息を躱し、通常の攻撃をしつつも、さらに【蹴撃】による蹴りを加えてダメージを与《あた》え続ける。戦技を放ってもよかったのだが、またクリティカルなんて出たら目も当てられない。

よし、こんなもんか。

すでにキラーカリブーのHPは1／2以下になりつつある。ここからはレンの仕事だ。【挑発】を使いつつ、回避《かいひ》に専念しよう。

僕がキラーカリブーの攻撃を躱す隙間《すきま》を狙《ねら》って、レンの通常矢が飛んでくる。うまいことレンが狙いやすいようにキラーカリブーを誘導《ゆうどう》しつつ、攻撃を躱さなければならない。

正直めんどい。

十分以上も同じことを繰り返し、ついにキラーカリブーのHPはレッドゾーンへと突入した。

「今だ、シロ兄ちゃん！」

わかってるって。【月見兎《つきみうさぎ》】のギルドシンボルが刻まれた『従魔の首輪』をインベントリから取り出し、キラーカリブーの首に当てる。それだけでシュルッ、と首輪はキラーカリブーの首に嵌《はま》った。どうだ？

首輪が嵌った瞬間、キラーカリブーの動きがピタリと止まる。時間にして一秒二秒だろうか、まるで剥製《はくせい》のようになっていたキラーカリブーが再び動き出すと、あれほど僕らへ向けていた敵意が綺麗《きれい》さっぱり消えていた。

「いやったーっ！」

「やりましたね！」

雪をかき分けてミウラとレンが駆《か》けてくる。その二人にも動じることはなく、首輪の嵌ったキラーカリブーはおとなしくしていた。

おそるおそるレンがキラーカリブーに手を伸《の》ばす。背中を触《さわ》られてもキラーカリブーは気にした様子もなくそこにたたずんでいた。

「大丈夫《だいじょうぶ》みたいだな」

先ほどの攻撃性《こうげきせい》が嘘《うそ》のようにおとなしい。これが『従魔の首輪』の力か。

レンとミウラがなでなでとキラーカリブーを撫でまくるが嫌《いや》がる気配は全くない。登録したギルドメンバーには絶対服従の効果があるのだ。ホント、戦闘などには参加させられないってのが惜《お》しい。レンが傷付いたキラーカリブーに【回復魔法】をかけていた。

「さて、この調子でもう一頭捕まえましょうか。スノウ、お願いします」

「きゅっ！」

ウェンディさんの言葉にスノウが元気に返事をする。え、もう？

アレンさんの話だと、一パーティを乗せたソリを快適なスピードで走らせようとしたら、やはりキラーカリブーは二頭必要らしい。だからもう一頭というのはわかるけれども、立て続けにってのはどうだろう……。

大変だよ？　主に僕が。十分以上も攻撃を躱し続けるのはそれなりに気を遣うんだぞ……。

そんな僕の主張が受け入れられることもなく、有能なスノウさんによって次のキラーカリブーもあっさりと見つかった。そして繰り返される捕獲作戦。

しんどかったけど、なんとか二頭のキラーカリブーを従魔として従えることができた。

ミウラとレンがそれぞれのキラーカリブーの背に乗ってご満悦《まんえつ》だ。

「従魔の方はこれで大丈夫ですね。あとはソリですか」

「ソリって売ってませんよね？」

「探せばあるかもしれませんが、モンスター用ではないかと……。それにＮＰＣの作ったものより、【木工】スキル持ちのプレイヤーに作ってもらったほうがなにかと便利かと思います」

【木工】スキルでソリが作れるのか。まあ、難しい構造ではないからできるのかな。しかし七人乗りとなるとかなりの大きさだから高くつくかもしれないなあ。

それに知り合いで【木工】スキルの持ち主というと……。

「センスのないエセ関西人と、極度の人見知りの二人しかいないな……」

リンカさんも【木工】スキルを持ってはいるが、熟練度はそこまで高くない。武器の加工用に取っているレベルなのだ。槍《やり》や斧《おの》などの柄《え》は木製のも多いし。

だからソリなんて大きなものを頼《たの》むならトーラスさんかピスケさんなんだが……どっちも問題がある気がするぞ。うーむ。

いや、トーラスさんに頼んで変なソリを作られるよりは、ピスケさんの方がまだマシな気がするな。トーラスさんはデコトラみたいな派手なソリを作りそうだし。

うん、ピスケさんにしよう。

僕はアドレスからピスケさんの名前を引っ張り出して連絡《れんらく》を取った。

「なぜあんたがここにいる……？」

「ご挨拶《あいさつ》やなあ。大型のソリを作るいうから手伝いに来たったのに。というか、おもろそうやから手伝わせてぇな」

「あ、あの、れ、連絡をもらったとき、隣にいたんです……」

申し訳なさそうにピスケさんが犬耳と尻尾《しっぽ》をうなだれさせながら謝《あやま》る。いや、ピスケさんのせいじゃないけどさ……。

ギルドホームのある【星降る島】には許可を与えられていない者は来ることができない。一応、トーラスさんにも許可は出しているから来ることができてもおかしくはないのだが。

「おおー！　そのトナカイがキラーカリブーっちゅうやつか！　シロちゃんらは先に第四エリアに行けてええなあ。まあ、わいらも来週には行くけれども」

砂浜《すなはま》でキラーカリブーに乗っているレンとミウラを見てトーラスさんが声を上げた。

さっきから考えていたのだが、雪原のモンスターがこんな陽射《ひざ》しの強いところにいても大丈夫なのかね？　弱ったりしないいんだろうか。

……ま、ゲームだしいいか。この島は陽射しは強くてもそれほど暑さは感じないしな。

ウェンディさんがレンたちの乗る二頭のキラーカリブーを眺《なが》めながら注文内容を口にする。

「あの二頭が引けるソリが欲《ほ》しいのです。だいたい八人から十人が乗れるくらいの大きさで」

「そらまたデカいなあ。ちょっとした大型ワゴン並みや。結構な素材が必要になってくるで」

「そ、そ、素材が粗悪《そあく》なものだと、キラーカリブーの引く力に、た、耐《た》えられない、かもしれません。かなり頑丈《がんじょう》な木材が必要です」

その回答を予想できてた僕は、インベントリから一本の木を取り出して砂浜にゴロンと横たえる。

【怠惰《たいだ》】の第六エリア、『翠竜《すいりゅう》の森』で手に入れた木材だ。まあ、切り倒《たお》したのはスノウだけどさ。

【マルグリットの原木】　Aランク

■特定の場所でしか育たない樹木、マルグリットを切り倒したもの。
かなり硬《かた》く、強度と耐久性《たいきゅうせい》に優れている。
□木工アイテム／素材
品質：S（標準品質《スタンダード》）
【鑑定済】

「なんじゃこりゃあ⁉」

「え、え、え、Aランクの木材⁉」

二人とも目を見開いて砂浜に転がる木を見つめていた。リンカさんに【鑑定済】にしてもらったので、【鑑定】しなくてもこの木の詳細《しょうさい》がすぐにわかったのだろう。

「またどえらいモンを……さすが『調達屋』やで……」

いや、単にエリアボス戦のためにみんなの武器を作ったやつのその余りなんだけどね。

「これと同じのが何本必要ですかね？」

「え？　あ、ああ……せやな、この大きさなら……三、四本もあれば」

「そ、そうですね。それだけ、あれば、作れると思いますが」
三、四本か。幸いこれは『翠竜の森』のポータルエリア近くにあったから、それぐらいならすぐに取ってこられるな。じゃあ後でスノウを連れて……。あ。
「そういえば、コレって伐《き》るの大変だったんだけど、加工できるんですかね……？」

スノウのギロチンでやっと伐ることができたのだ。そんな硬さの木を加工してソリになんてできるのか？

「せやな、まずリンカにAランクの加工用道具を作ってもらわんといかんか。手斧《ておの》にノコ、ノミにカンナあたりを。これはわいらも普通に欲しいからお金は自分で出すで」

「あっ、ぼっ、僕も欲しいです……！」

Aランクの大工道具ってとこか？　僕も自分で伐採《ばっさい》する用にAランクの手斧《ハンドアックス》は欲しいかな。Aランク鉱石ならいくつかあるし、リンカさんの『魔王の鉄鎚《ルシファーズハンマー》』なら簡単に作れるだろう。あいにくと今日はお休みだが。

「ほなら、今日はキラーカリブーの鞍《くら》でも作ろか。こう見えてもわい、【革細工《かわざいく》】のスキルも持ってるさかい。手綱とかもあった方が嬢《じょう》ちゃんたちも乗りやすいやろ」

「確かに。おいくらで？」

ウェンディさんとトーラスさんがウィンドウを開いて交渉《こうしょう》を始めた。ソリを引かせてそれに乗るんだから鞍はいらないんじゃ？　とも思ったが、あって困るものではないしな。

採寸をするためにレンたちのところへトーラスさんが歩いていったが、キラーカリブーを撫でようとして突き飛ばされた。

あー、ギルドメンバーじゃないプレイヤーにはそう簡単には懐《なつ》かないんだっけ？　でもアレンさんのところのキラーカリブーはレンたちに懐いてたけど。子供の純真さと大人の汚《きたな》さを見分けるのかねえ。

おっと、そうだ。

「ピスケさん、あの子たちの入る馬小屋……いや、トナカイ小屋？　を増設してもらえますか？」

「え？　あ、ああ、はい！　はい、だ、だ、大丈夫です！　できます！」

ピスケさんはギルドホームの端《はし》の方に相変わらずのスピードで馬小屋を建て始めた。あれならすぐにできあがるだろう。

さて、僕はAランクの木材を伐採しに行くか。三、四本だし、こちらもすぐに終わるだろ。

「スノウ、おいで」

「きゅっ！」

スノウのギロチン頼《だよ》りというところが締《し》まらないが。

◇　◇　◇

「どや！　これがわいらが精魂《せいこん》込めて作り上げた超快適万能滑走船《ちょうかいてきばんのうかっそう》、ムーンラビット号や！」

「うぁ……」

発言どおりのドヤ顔で完成したソリを披露《ひろう》したトーラスさんだったが、その隣にいるピスケさんはもうひたすらに頭を下げていた。おそらくトーラスさんに押《お》し切られてこのデザインにしたのだろう。

僕らの目の前にあるそれは、一応形状としてはソリの部類に入るのだろうが、見た目がどう見ても……。

「うさぎですねえ」

「うさぎですわね」

「うさぎだ！」

年少組が砂浜に置かれたそれを見て、それぞれに口を開く。いや、確かに【月見兎】というギルド名からするとふさわしいとも言えなくもないけれども。

遠目に見ると、トナカイが大きな白い兎を引いているようにも見える。ご丁寧《ていねい》にちゃんとマフラーまでしてら。

「アロハの旦那《だんな》、これはどういうことですかねえ？」

「え？　【月見兎】の特徴《とくちょう》を全面に出したんやけど。これならめっちゃ目立つやろ。間違《まちが》いなく新しく第四エリアにきた奴《やつ》らの話題の的やで？」

ダメだ。この人の中では目立つ＝いいことになってる。この手の人種にはおそらく話してもわかってもらえない。目立たなくていいのに……。

大きさとしては大型のワゴンほどもあるそれは、ソリというかまるで兎のバスのようだった。ウサバスだ。天井《てんじょう》もあるしな……。

本当のバスのようにスライド式のドアから中に入ると、意外や意外、なかなかに快適そ

うな空間が広がっていた。

「シートには『幸運兎の毛皮《こううんうさぎのけがわ》』を使《つこ》うとる。品質のええのを選んだからフカフカやろ？」

『幸運兎の毛皮』……ああ、第二エリアとかにいるフォーチュンラビットから獲《と》れるあれか。確かに触り心地《ごこち》はいいいな。座《すわ》り心地もなかなかだ。

「ねえねえ、これ動かせないのかな？」

「雪やないけど、この砂浜でも一応は滑《すべ》れると思うで。砂の抵抗《ていこう》があるから遅いやろうけどな」

「ちょっと待って、走らせる気？」

トーラスさんの言葉を聞くや否《いな》や、ミウラは素早く前部座席に座り込み、二頭のキラーカリブーの手綱を取ってしまった。

「それいけっ！」

二頭のキラーカリブーが走り出す。このキラーカリブーは『従魔の首輪《じゅうまのくびわ》』の効果で、【月見兎】のギルドメンバーの言うことなら素直《すなお》に従ってくれるのだ。

砂浜ではやはり砂の抵抗があるのか、そのスピードは僕らが走るスピードとさほど変わらなかった。

ミウラの操《あやつ》るキラーカリブーは蛇行《だこう》しながら島をぐるりと一周する。スピードが出てないからか、それほど揺《ゆ》れもしない。

「どや。ロールスロイスとまではいかんけど、なかなかの乗り心地やろ？」

「そうですね。でもうちの車より私はこっちの方が好きです！」

「そうかそうか。レン嬢ちゃん、いいセンスしとるで！」

トーラスさんがケラケラと笑っているが、レンの言う『うちの車』ってのは、おそらくそのロールスクラスの車だと思うぞ……。

停《と》まったウサバスから降りると、レンたちはキラーカリブーの二頭に駆け寄り、体を撫でてごくろうさまと労《ねぎら》っていた。

「さて、これで我々は機動力を手に入れたわけですが」

ウェンディさんが、ピッ、とマップウィンドウを開く。ピンチアウトしながら、第四エリアの大まかなマップを表示した。

「マップを見ていただければわかりますが、第四エリアは特殊《とくしゅ》なエリアだと思われます」

「他エリアに続くルートがあるってことだね」

リゼルの言葉にウェンディさんが小さく頷《うなず》く。

今までの各領国は、それぞれ第一エリア、第二エリアと順番に繋《つな》がっており、他に繋がるエリア（シークレットエリアは除く）はなかった。

だがマップを見る限り、この第四エリアは二つのルートが存在する。【怠惰】の第四エリアには、同じ【怠惰】の第五エリアへと続くルートと、お隣の【嫉妬《しっと》】の第五エリアへと続くルートがあるのだ。

そしてその【嫉妬】の第五エリアは当然ながら同じ【嫉妬】の第四エリアへと繋がる。

これがどういうことを意味するか。

つまり、それぞれの第四、第五エリアを抜《ぬ》けることで、全ての領国へ行き来することが可能になるということなのだ。

今まで別の領国で遊んでいたプレイヤーたちが一緒《いっしょ》に楽しむことも、他の領国のイベントを楽しむこともできるというわけだ。

これについてはいろんな攻略《こうりやく》サイトで噂《うわさ》にはなっていた。マップを見れば一目でわかるしな。

これにはけっこう期待している人たちが多かったが、僕の場合【セーレの翼《つばさ》】というスキルがあったので、そこまでではなかった。

「とりあえずどちらの門を突破《とっぱ》することを目標にするのか、ということですが……」

「今までの道のりを考えると、どっちも楽に突破はできそうにないけどねぇ……」

苦笑いをしながら返したリゼルにリンカさんもコクリと頷く。その門を守るボス……あるいはその門を開けるためのアイテムを持つボスがいる可能性は高い。

「というか、今の強さでは絶対に負ける。第四エリアに入ってからあまり戦ったりしてないし。まずはレベル&スキルの熟練度アップ、それに装備を新調しないと」

「だよねえ」

リンカさんのごもっともな意見に今度は僕が頷く。

まずはこの辺りのモンスターにも遅《おく》れをとらないくらい強くならないとなあ。

◇　◇　◇

僕らが第四エリアに来てから十日ほどがたった。

【怠惰】第四エリアの町【スノードロップ】は、僕ら以外のプレイヤーも何人かちらほらと見られるようになったな……と思ったら、あっという間にたくさんのプレイヤーがやってきて賑《にぎ》やかになった。あの雪の降る静かな町が嘘みたいだ。

「第二エリアの【ブルーメン】、第三エリアの【フレデリカ】の時もそうだったよ。攻略《こうりゃく》法《ほう》が見つかるというか……。誰《だれ》かがエリアボスを突破すると、その人たちと似たようなパーティ、近いレベル、スキル構成とかがちゃんとしていればクリアできたりするからね。そしたらあっという間に後続組が押し寄せてくる。先行パーティの恩恵《おんけい》なんて僅《わず》かなものさ」

とは、ここまでずっと一番乗りのアレンさんの弁。

この数日僕らは順調にレベルとスキルの熟練度を上げていた。

僕はレベル35に、レンはレベル36、ウェンディさんはレベル37、ミウラはレベル35、シズカもレベル35、リゼルはレベル37、リンカさんはレベル38になった。

みんな種族が違《ちが》ったり、取得スキルの要素がいろいろあるから、パラメータはかなりバラバラである。ミウラのHPやSTR（筋力）なんか僕よりも上だし、リゼルのINT（知力）なんて僕の二倍近くあるしな。

まあ、AGI（敏捷度）では僕が勝ってるけどさ。

「完成した」

「できた？」

僕らのギルドホーム【星降る島】にあるリンカさん専用の第二工房《こうぼう》で、僕は新武器が出来上がるのを待っていた。いや、新武器というのは正しくない。もともと持っていた武器を強化してもらっていたのだ。

僕の今まで装備していた『双氷剣・氷花《ひょうか》』、『双氷剣・雪花《せっか》』だが、この第四エリアとは相性《あいしょう》が悪い。ほとんどのモンスターが氷属性の抵抗値《ていこうち》が高く、あまり特殊効果《とくしゅこうか》が発動しないし、威力も落ちる。

当然だが、雪原のモンスターに効くのはやはり火属性だ。そこで、サブウェポンの『双《そう》焔剣《えんけん》・白焔《びゃくえん》』と『双焔剣・黒焔《こくえん》』を改良してもらっていたのだ。

もともとの武器を強化すると耐久性が下がって壊《こわ》れやすくなるのだが、そんなにすぐ壊れるものではないし、あと二、三回は耐えられると思う。

「ん。『双焔剣・白焔改《びゃくえんかい》』と『双焔剣・黒焔改《こくえんかい》』」

ゴトッ、と工房にあるテーブルの上に置かれるふた振《ふ》りの短剣《たんけん》。

【双焔剣・白焔改】　Xランク
ＡＴＫ（攻撃力《こうげきりょく》）＋１０６
耐久性18／18

■炎《ほのお》の力を宿した片刃《かたは》の短剣。
□装備アイテム／短剣
□複数効果あり／二本まで
品質：S（標準品質《スタンダード》）
■特殊効果：
　15％の確率で炎による一定時間の追加ダメージ。
【鑑定済《かんてい》】

【双焔剣・黒焔改】　Xランク
ATK（攻撃力）＋106
耐久性18／18
■炎の力を宿した片刃の短剣。
□装備アイテム／短剣
□複数効果あり／二本まで

品質：S（標準品質《スタンダード》）
■特殊効果：
15％の確率で炎による一定時間の追加ダメージ。

【鑑定済】


攻撃力という面で見ると、『双氷剣・氷花《ひょうか》』、『双氷剣・雪花《せっか》』とあまり変わらない。耐久性も元の双焔剣《そうえんけん》より低くなっている。特殊効果の％は上がっているが。

しかしこのエリアなら双氷剣よりこっちの方がダメージが通りやすい。これからの戦いで大きく活用できるはずだ。

生まれ変わった双焔剣を手に取り、軽く十字に振ってみる。うん、違和感《いわかん》はない。

「よし、じゃあ試《ため》し斬《ぎ》りに、」

「キタキタキタキタ、ついにキタ――――ッ！」

行こうかな、と言いかけた僕を遮《さえぎ》って、リゼルがドアをぶち破らんばかりに飛び込んできた。騒がしいなあ。なんなんだ、いったい？

「ついにきたよ！　くぅ～、この時をどれだけ待ちわびたか！」

「大袈裟《おおげさ》だなあ。で？　なにがきたんだ？」

「もう〜。シロ君、公式サイトくらい毎日毎時間チェックしなよ。乗り遅れるよ？」

チッチッチッ、とリゼルが指を振る。なんだろう、ちょっとイラッとするぞ。いいから早く言えい。

「なんと！　来月にとうとう大型アップデートが来るんだよっ！　ジョブシステムの実装！　これでもう職無《フリーター》しじゃないっ！」

拳《こぶし》を天に突《つ》き上げてリゼルが吠《ほ》える。僕らはフリーターだったのか。初めて知った。

ジョブシステム……職業か。確かに『DWO《デモンズ》』には職業はない。称号《しょうごう》としての職業はあるが、僕らはみんな外からやってきた『冒険者《ぼうけんしゃ》』という位置付けだ。

パラメータや装備から『戦士タイプ』や『魔法使《まほうつか》いタイプ』などと呼ばれたり、自称《じしょう》『騎士《きし》』、自称『商人』などがいたりするが。隣のリンカさんも自称『鍛治師《かじ》』だ。

「ほらほら、見て見て！　ジョブの一部をもう公開しているの！」

「へえ」

リゼルがウィンドウを開き、僕《ぼく》らの目の前に公式サイトを表示してきた。僕とリンカさんは首を伸ばしてそれを覗《のぞ》き込む。

「『剣士《フェンサー》』、『防衛者《ディフェンダー》』、『魔術師《ソーサラー》』、『商人《マーチャント》』、『武闘士《グラップラー》』……いろいろある」

「必要なパラメータや資格、称号、所持スキルなんかによってなれる職業は変わってくるのか。職業にも熟練度があって、そのレベルに応じた特殊スキルがいろいろ使える、と」

リンカさんと僕は公式サイトに発表されたばかりのページを熟読する。

職業に就《つ》くことによって、パラメータ、スキルの熟練度上昇《じょうしょう》が変化するのか。より特化できるわけだ。職業スキルってのは、種族特性と同じようなもんか。

「一度就いた職業から転職することはできるのかな？」

「できるみたいだよ。ただ数日の無職期間が必要みたいだけど。それにその職業の熟練度は半減されちゃうっぽい。別の職業になったら当然だけど、前の職業の職業スキルは使えなくなるらしいね」

無職期間って。職業安定所《ハローワーク》でも行ってるのだろうか。

熟練度が半減されてしまうってのは新しい職業に就いたら前職の腕前《うでまえ》が落ちるって感じだろうか？

「ひとつの職業をずっと続けていると、さらにその上の上級職に転職できる可能性もあるかもしれない。『鍛治師』もさらに上があるはず。……『上級鍛治師』とか『マイスター』とか」

「あるね、絶対！　でなきゃ面白《おもしろ》くないよ！　あ、あと特殊な職業なんかもあって、条件が満たされたときに転職可能の表示がされたりするんだって！」

なるほど、レア職業《ジョブ》なんてのもあるってことか。まあ、ゲーム攻略に有用な職業かはわからないんだろうけど。

「『忍者《ニンジャ》』とかあるかも」

「絶対に転職《ジョブチエンジ》しませんから」

「もったいない……」

リンカさんがなにやら言ってるが、スルーする。僕は別に忍者プレイをしたいわけじゃないのだ。【分身】とか【気配察知】、【加速】に【投擲】とかそれっぽいスキルばっかり持ってるけどさ……。

「ジョブシステムだけじゃないよ！　それぞれの領国に『コロッセオ』が開設されるの！　プレイヤー対プレイヤー、プレイヤー対ＮＰＣの戦いが観《み》られるんだよ！」

「別に今までだって【ＰｖＰ】があったじゃ……、ああ、ランキングとか賞金システムがあるのか」

勝ち上がっていけば賞金が入り、ランキングが上がる。より上のステージで戦えればさらに賞金がアップするのか。

「地下競技場で勝ち抜いた猛者《もさ》たちだけが地上コロッセオの大舞台《おおぶたい》で戦えるらしいよ。燃えるねぇ！」

「剣闘士《けんとうし》かよ」

別に囚《とら》われの身ってわけじゃないだろうけど。まあ、参加希望者が多いとどうしてもふるい分けしないといけないのかな。バトルマニアたちが集まりそうだ。

あのＰＫギルド『バロール』のギルマス、ドウメキあたりが嬉々《きき》として参加しそうではある。だけど賞金首も参加できるのかな？　参加規定は特にないみたいだけど。

「あ、とうとう交換所《こうかんしょ》ができるみたい」

「え？」

リンカさんの示したところを覗き込むと、今まで使い道のなかった謎《なぞ》アイテム『スターコイン』がやっと使用できるらしい。やっぱり一定の枚数でレアアイテムと交換という形のようだな。交換所はコロッセオの中に開設されるようだ。確か僕は百枚くらい持っているけど、どんなものと交換できるのかな。ちょっと楽しみではある。

大型アップデートか。確かにワクワクするな。僕はどんな職業《ジョブ》に就けるんだろう。

【怠惰（公開スレ)】雑談スレその421

001：リング
ここは【怠惰】の雑談スレです。有力な情報も大歓迎。大人な対応でお願いします。

次スレは>>950あたりで宣言してから立てましょう。

過去スレ：
【怠惰】雑談スレその1～420

014：イチノスケ
まだかまだかまだかまだかまだかまだかまだかまだか

015：ルブラム
楽しみすぐる

016：デンデン
俺、このアップデートが終わったら『暗黒神官』にジョブチェンジするんだ……

017：ミッチー
>>016
またニッチなところをw

018：ソーゴ
なれるジョブがあるといいけど

019：フリーガ
こっちでもニートは嫌や……

020：クルト
>>018
無意味にスキルを付け替えすぎて、どれもこれも低いと碌な職に就けないかもな

021：ソーゴ
>>020
現実と同じかよ
どうせ器用貧乏だよ

022：ヴェラス
ジョブってつまりはパラメータ補正のついたスキル付きの称号ってことであってる？

023：アラーム
>>022
大雑把だなあ

024：ミッチー
>>022
パラメータ補正だけじゃなくて、熟練度の成長率補正もある
『無職』と『剣士フェンサー』じゃ【剣術】スキルの熟練度の上がり方が変わってくるんだと

025：ルブラム

じゃあなにかい？
無職のままだと強くなれないのかい？

026：クルト
なれないことはないだろうけど、時間がかかるな
というか、強くなってから無職になりゃいいだろ

027：デンデン
>> 026
働いたら負けかなと思ってる

028：ミダム
無職でレベルを上げていけば、最終的に急成長をみせて最強のジョブになるに違いないんだ
『無職ニート』は大器晩成型なんだ

029：エリカ
なぜおまいらは無職にこだわる……

030：ミッチー
>> 028
言っとくけどニートと無職は違うからな？
ニートは親なんかに依存して働く気のない奴
無職は働く気があっても仕事の見つからない人だ

031：ソーゴ
普通に『ニート』というジョブがありそうで怖い
ログインしてもなにもせず、ぶらぶらしてたらなれるんじゃなかろか

032：ヴェラス
というか、本当になにもジョブチェンジしてないと『無職』ってジョブなの？

033：アラーム
>> 031
ちなみにニートは34歳までを指すらしいぞ

034：クルト
>> 032
わからん
一応設定では俺たちは外界から来た『冒険者』となっているから『冒険者』が基本ジョブかもしれない

035：ミダム
>> 033
マジで！？
やった、俺ニートじゃない！

036：フリーガ
早く00：00にならんかな。

037：ガラ
>> 035
おっさん、ゲームやってないで仕事探せよ……

038：ソーゴ

まあ最低でも『剣士フェンサー』や『戦士ファイター』、『魔術師ソーサラー』、『聖職者クレリック』とかならなれるんじゃないの？
……なれるよね？

039：クルト
基本職というか、一般のＮＰＣが就いている職ならそんなに難しくはないと思うけど、問題は特殊職レアジョブだよな

040：デンデン
>> 039
『暗黒神官』とか？

041：ティリス
>> 039
『勇者』とか『魔王』とか？

042：ルブラム
『勇者』はないんじゃね？
俺たち一応魔族だし
『デモンズ』ワールドオンライン、やで？

043：エリカ
『魔王』ならなれる可能性がある？

044：レイ
あるかなあ
それぞれの領国にもう『魔王』っているんじゃないの？

045：フリーガ
【色欲】の領国に『魔王：アスモデウス』とか？

046：イチノスケ
>> 045
それだとおれのとこ『魔王：サタン』じゃねーか

047：ソーゴ
>> 045
うち『ベルゼブブ』だな
【暴食】
蝿かよぉ

048：ヴェラス
『魔王』を倒したら『魔王』になれるとか？

049：ガラ
>> 048
別に魔王さん悪いことしてへんやんけ……
倒すとかヒドイ

050：フジムー
>> 048
俺が魔王になったら領国の男はぱんつ一丁、女はハダカだ

051：デンデン

『魔王』は無理でも『四天王』とかなら……なんとかならんか

052：フリーガ
>> 050
黙れデブ

053：ルブラム
>> 050
訴えるぞヒゲｗ

054：イチノスケ
>> 050
腹をわって話そう

055：フジムー
デブでヒゲはえてたらだめなのかよ

056：アラーム
魔王にはなれんが、魔神にはなれそう

057：ソーゴ
魔神の方がつえーじゃねえか

058：フリーガ
とかなんとか言ってるうちに１分前だゼ！

059：イチノスケ
祭りじゃ――――ッ！！！！

060：デンデン
すてたすういんどおぷーん！

061：ソーゴ
レアジョブあったら報告よろ！

062：ミダム
思ったよりあった！
五つある

063：クルト
『戦士ファイター』、『旅人トラベラー』、『釣り師フィッシャーマン』、『木こりランバージャック』……
『木こりランバージャック』……？
いや、確かに船を造るのにメチャメチャ木材を伐採したけどさ……。

064：ヴェラス
>> 062
おいら四つ

065：エリカ
>> 063
才能があると判断された

066：フリーガ
『墓荒らしトゥームレイダー』……

……これって墓石をハンマーで砕いてたからか？

067：ミッチー
>> 066
バチあたりめ

068：アラーム
>> 066
だとしたらクラスチェンジは難しくなさそうだが
ジョブスキルあんの？
どんなんよ

069：ソーゴ
『剣士フェンサー』『戦士ファイター』、『旅人トラベラー』、『農民ファーマー』……
ザ・普通

070：フリーガ
>> 068
んと、【死者への冒涜】
アンデッドから得る素材が増える……が、アンデッドからのヘイトが集まりやすい

071：ティリス
>> 070
びみょ

072：ルブラム
>> 070
んー、【神聖魔法】スキル持ちならなんとか？

073：レイ
自分の中だと『剣士フェンサー』かなぁ
ジョブスキル【剣熟練】……
剣に限り、攻撃力が上昇
なんていうか、フツー……

073：クルト
『剣士フェンサー』っておそらく【剣術】スキル持ってればなれるジョブだろ？
そんなもんじゃね？

074：レイ
『剣士フェンサー』でもずっとそのジョブを続けていれば、きっと『剣匠ソードマスター』とかになれる！
かもしれない

075：イチノスケ
カオティックに進めばきっと『魔剣士ダークフェンサー』に……

076：フジムー
他に珍しいジョブ出たやついる？

077：タマフツ
俺、『船乗りセーラー』って出た
ＮＰＣの船長に気に入られてるからかな

078：アラーム
ＮＰＣ要素によって出るジョブもあるっぽい？
弟子とかになれば『〇〇見習い』とか

079：ミッチー
>> 078
ちゃんと条件が満たされていれば『見習い』は付かないみたいだぞ
逆に言えば条件が満たされてなくてもなにかの弟子になればジョブに就ける

080：デンデン
>> 078
マジで？
どっかの騎士に弟子入りすれば『騎士見習い』になれるん？

082：ルブラム
まさかＶＲで就活することになろうとは

083：ガラ
すぐ転職するけどな！

084：エリカ
情報が揃わないと目指す職も見つからないなあ

085：イチノスケ
仕事に縛られるな
俺たちは自由だ！

086：ミダム
職が決まりそうだ
母ちゃんが喜ぶ

087：ヴェラス
初期職だからか結構みんなカブってるよね

088：ティリス
>> 086
(´Д`;)

089：ソーゴ
>> 086
泣くと思うぞ

090：アラーム
おいら『召喚術師サモナー』になれるな

091：ガラ
おいら『獣人愛護者ケモナー』になれるな……

092：トーラス
なんでわい『闇商人ブラックマーチャント』やねん……
真っ当な商売しとるがな
納得いかん

093：クルト

>> 091
ちょっと待て
ネタかマジかどっちだ？

094：デンデン
>> 092
出所不明の変な商品とか売ったんじゃね？

095：タマフツ
>> 092
カッコいいじゃん、『闇商人ブラックマーチャント』

096：トーラス
心当たりあったわ……
まあ普通の『商人マーチャント』もあるからえええけど……

097：レイ
なんか【強欲】の方では『撮影師カメラマン』って出たやついるらしいぞ

098：ヴェラス
>> 097
ＳＳスクリーンショット撮りまくってたのかな？

099：ティリス
何を撮っていたのか気になる

100：アラーム
このゲームちゃんと下着まで設定できるからな……

101：レイ
>> 100
なぜパンチラ写真だと決めつけるｗ

102：イチノスケ
そういや下着姿で町を歩いているやつって見ないな
できないんだっけ？

103：ミッチー
>> 102
できないわけじゃないよ
だけどすぐ警備兵に捕まる
犯罪だからね
一回でオレンジ、数回繰り返すとレッド
お尋ね者コース

104：フジムー
>> 102
捕まるぞ

105：フリーガ
そんなレッドネーム落ちは嫌だな……

106：ミッチー
さらに『前科者』の称号に加え、『露出趣味』の称号を獲得

107：デンデン
>> 103
水着ならおｋ？

108：ルブラム
>> 106
え、マジで？
それ外せないの？

109：クルト
>> 107
町中はアウト
外なら可
下着は外でもダメだけど

110：レイ
>> 108
犯罪で得た称号だから外せない

111：ガラ
誰かビキニアーマー造ってくれ
それなら鎧カテゴリーだろ？

112：トーラス
>> 111
いや、造った奴はおるで？
ただ、誰も着なかったってだけで
防具としては使えんからなあ

113：イチノスケ
ビキニアーマーを装備したら『女戦士アマゾネス』に転職できるかもしれんぞ
女性プレイヤーにはぜひ挑戦していただきたい

114：ミダム
>> 113
それな

115：ヴェラス
ビキニアーマーとか鎧じゃないだろ……

116：エリカ
>> 113
ゲスい

117：ティリス
>> 113
引くわぁ

118：ソーゴ
めっちゃ守備力の高いビキニアーマーなら装備してくれるんじゃね？
生産職はなにをしているんだ

119：タマフツ

ビキニアーマーなら町中を歩けると？

120：アラーム
>> 118
どうやったらあれで守備力が高くなるのか

121：レイ
英語圏では『メタルビキニ』って言うらしいぞ

122：エリカ
>> 121
激しくどうでもいいわ

123：クルト
>> 121
向こうでは『ビキニの鎧』ではなく、『金属のビキニ』ということか
あくまでビキニなんだな
防具ではないと

124：ミッチー
>> 118
実際に守備力の高いビキニアーマーを造ろうとしたら、まず素材がかなり高ランクじゃないとダメだし、防御力ＵＰの付与が付かないと使い物にならない
見た目だけのコスプレ装備ならすぐにできるが

125：フリーガ
ネタ装備として着るプレイヤーも出ると思うけどな

126：ティリス
男って馬鹿ばっか

127：エリカ
あんたらモテないでしょ
ＤＴどもめ

128：イチノスケ
……ひていもこうていもしない

129：クルト
>> 128
いかん！
それは認めてるぞ！

130：ミダム
あ、俺に『魔術師ソーサラー』があったのはそーゆー……

131：ティリス
ホント馬鹿ばっか

・
・
・

DWO:04:07　コロッセオ

【Game World】

「なんだぁ、シロ兄ちゃん結局『忍者《ニンジャ》』に転職しなかったのか。つまんないの」

「つまるとかつまらないとかそういう問題じゃない」

ミウラのがっかり、といったセリフに反論する。勝手なこと言うない。なんで僕《ぼく》がお前を楽しませるために望まない転職をしなきゃならんのだ。

「だよねぇ。間違《まち》がいなくレアジョブなのにもったいない。見たかったなぁ、シロくんの『忍者《ニンジャ》』。ぶーぶー」

『魔術師《ソーサレス》』に転職したリゼルもつまんないオーラを出してくる。うるさいなあ。

ちなみにリゼルのジョブは男だと『魔術師《ソーサラー》』になるが、読み方が違《ちが》うだけで同じ職だ。

「シロさんの職《ジョブ》は『双剣使い《デュアルフェンサー》』……でしたか？　【短剣《たんけん》】系のスキルを持っていればなれる普通《ふつう》の基本職ですよね？」

「普通が一番だよ」

シズカがウィンドウを開いて、検証サイトのジョブ欄《らん》を見ている。彼女《かのじょ》は『薙刀使い《グレイバー》』になった。

僕の『双剣使い《デュアルフェンサー》』は、【短剣】系、つまり両手に武器を装備できるなら誰でもなれる職業ジョブだ。ジョブスキルは【双剣熟練】。その名の通り双剣に限り攻撃力《こうげきりょく》が上がるという、地味なスキルだ。『剣士《フェンサー》』の【剣熟練】の武器違いバージョンである。

ちなみにジョブスキルはそのジョブ固有のものであるため、スキルスロットを消費しない。

「なぜ『忍者《ニンジャ》』にならなかったのですか？」

「……『忍者《ニンジャ》』の方が絶対に面白《おもしろ》いのに」

『防衛者《ディフェンダー》』に転職したウェンディさんが尋ねてくる。迷うことなく『鍛治師《メタルスミス》』に転職したリンカさんもリゼルたちと同じくつまんないオーラを出していた。

「まず『忍者《ニンジャ》』になると、光属性の装備ができない。さらにMND《マインド》（精神力）とLUK《ラック》（幸運度）の基本値が下がる。最後に忍者になんてなったらまたなにか言われる。以上」

レアジョブは別に強い職というわけではなく、珍しい職、という位置付けだ。確かに他の職と違った能力やスキルが備わっているけどさ。『忍者』なら【忍術《にんじゅつ》】スキルとかな。

正直【忍術】スキルは面白そうなんだけど、基本値のダウンはいただけない。MND《マインド》（精神力）が下がれば魔《ま》法攻撃《ほうこうげき》のダメージは増すし、LUK《ラック》（幸運度）が下がればモンスターの標的になりやすくなり、アイテムのドロップ率も下がる。

どちらも僕は決して高い方ではない。これ以上下がるのは嫌だった。

つまり僕としては『忍者《ニンジャ》』にそれほど魅力《みりょく》を感じなかったということだ。

「僕のことはもういいだろ。それよりレンの方は決まったのか？」

「あうー……」

「まだみたいですわ」

苦笑《くしょう》するシズカの向こうにテーブルに突《つ》っ伏《ぷ》しているレンがいた。頭の上にスノウが乗っているけど大丈夫《だいじょうぶ》か。

レンの前にはジョブチェンジをするためのジョブウィンドウが開かれて並んでいる。

「『裁縫師《シームストレス》』か、『神官《プリーステス》』か、『射手《アーチャー》』か……。どれにしたらいいんだろう……」

『きゅっ？』

頭の上にスノウを乗せたまま、レンが難しい顔をしてウィンドウとにらめっこをしている。

「悩《なや》んでも仕方ないじゃん。ゲームなんだから好きなのにすればいいのに」

「ギルマスとしてはパーティの連携《れんけい》や役割も考えないといけないの！」

さっさと『大剣使い《ブレイダー》』になったミウラの発言に、レンが、があっと吠《ほ》えた。

「回復役としては『神官《プリーステス》』になって回復量や基本値を底上げしておきたいし、遠距離《えんきょり》攻撃《こうげき》役としては『射手《アーチャー》』のジョブスキル【射程延長】は捨てがたいし……」

「個人としては『裁縫師《シームストレス》』が気になる、と」

「たぶん、いえ絶対に裁縫系ジョブの入口なんですよね……。『テーラー』とか『ドレスメーカー』とかそっち方向の。すごく興味あるんですけど、『裁縫師《シームストレス》』になると、ＳＴＲ（筋力）や、ＭＮＤ（精神力）の基本値が落ちるんです。ＤＥＸ（器用度）とかは上がるんですけど……」

『裁縫師《シームストレス》』……男性だと『裁縫師《シームスター》』となるらしいが、【裁縫】スキルをメインに活《い》かすなら、うってつけな職業《ジョブ》だと思う。

「副業システムって実装されないんでしょうか……」

再びレンがテーブルに突っ伏して、ため息をつく。

「気が早いなあ。別に『裁縫師《シームストレス》』になったとしても、弓が装備できなくなるわけじゃないし、回復だってできるんだろう？」

「まあ、そうですけど……。でも今より確実に弱くなっちゃいます」

そこか。それが気になっていたんだな。パーティとしては、レンは回復役と遠距離攻撃役を担《にな》っている。明らかに戦力ダウンになることを危惧《きぐ》していたのだ。真面目な子だからなぁ。

「別に僕らは強さを求めてこのゲームをしてるわけじゃないし、そこらへんはみんなでカバーするよ。それにこれから上級職とかに進んだら、僕らも同じようになにかが能力ダウンになるかもしれないし。お互《たが》い様《さま》さ」

「そうだよ。レンちゃんがやりたいようにやるのが一番だよ」

リゼルが僕の言葉に続いてレンに励《はげ》ましの声をかける。おい、さっきの僕のときと態度が違わないか……？

ジト目で睨《にら》む僕を無視してリゼルが言葉を続けた。

「ほら、みんなもこう言ってるし。レンちゃんの好きなのにしたらいいよ」

「お嬢様《じょうさま》も楽しまなくてはみんなでゲームをしている意味がありません。この世界では無理することはないのですよ？」

「うん……。ありがとう」

ウェンディさんにも言葉をかけられ、レンが微笑《ほほえ》む。『この世界では』ってとこが気になるけど。現実では無理してるんだろうか。まだ小学生なのにな……。お嬢様だし、なにかと悩みがあるのかもしれない。

「同じお嬢様なのになあ……」

「なにが？」

「いや、なにも」

能天気そうな蘭堂《らんどう》グループのお嬢様から僕は視線を外した。

「決めました！　『裁縫師《シームストレス》』になります！」

勢いよく宣言したレンが、ジョブウィンドウの【裁縫師《シームストレス》】をタッチする。再度確認《かくにん》のウィンドウが表示され、【ＹＥＳ】をレンがタッチすると、彼女は淡《あわ》い光のエフェクトに包まれた。

『【裁縫師《シームストレス》】にジョブチェンジしました』というメッセージとともにレンから光が消える。

『裁縫師《シームストレス》』レンの誕生だ。

「『裁縫師《シームストレス》』のジョブスキルってなんだっけ？」

「【高速縫製《ほうせい》】だよ。製作時間が短くなるの」

ミウラの質問にレンが答える。というか、ソロモンスキル【ヴァプラの加護】で普通よりも速く作れるのに、さらに速くなるのか。

ま、とりあえずこれで僕ら【月見兎《つきみうさぎ》】は、全員がジョブチェンジを終えた。まとめると、

■シロ：『双剣使い《デュアルフェンサー》』
■レン：『裁縫師《シームストレス》』
■ウェンディ：『防衛者《ディフェンダー》』
■ミウラ：『大剣使い《ブレイダー》』
■シズカ：『薙刀使い《グレイバー》』
■リゼル：『魔術師《ソーサレス》』
■リンカ：『鍛冶師《メタルスミス》』

である。

『忍者《ニンジャ》』のように、職業によって装備が縛られる場合もあるが、大抵《たいてい》のジョブの装備基準はスキルによる基本パラメーターによるものだ。

だから『大剣使い《ブレイダー》』という職業であるにもかかわらず、ミウラはハンマーを装備するこ

とができるし、『裁縫師《シームストレス》』という職業であるレンが回復魔法を使うことも弓矢を装備することもできる。

しかしあくまで『できる』であって、やはり効果はそれを本職メインにしているプレイヤーには劣《おと》るものとなってしまう。ここらは致《いた》し方《かた》ない。

さらにジョブにも熟練度ゲージがあって、そのジョブを極《きわ》めるとスキルと同じく☆がつくらしい。この☆付きのジョブやスキル、パラメーターによって、新たなジョブが解放される……んじゃないかとの噂《うわさ》だ。ここらは検証待ちだな。

確かに『剣士《フエンサー》』と『魔術師《ソーサラー》』で『魔法剣士《マジックフエンサー》』とかありそうだしなぁ。でも『剣士《フエンサー》』と『魔術師《ソーサラー》』って必要パラメーターがまったく違うから、かなり大変だと思うけど。剣士系と魔法系のスキルを育てていかないとパラメーターも伸《の》びないだろうしな。

「あれ？」

「どした？」

ジョブウィンドウを確認していたレンが首を傾《かし》げて、新たに開いたウィンドウを見ている。個人ウィンドウは許可がなければ他人には見ることができない。ただの半透明《はんとうめい》ウィンドウにしか見えないのだ。なにかを読んでいるようだけど。

「【スターライト】からです。『コロッセオ』の出場はどうするのかって』

「出場？　なんのことだろう？」

「いえ、あの、気がつかなかったんですけど、運営からギルマス宛《あて》にメールが来ていました。『コロッセオ』実装記念ということで、各ギルドから一名、代表で出場できるんだそうです。もちろん無料で」

レンが赤い顔をして申し訳なさそうにつぶやく。さっきまで悩みまくってたからな。仕方ないか。

「『コロッセオ』って、地下の予選だか通らないとダメなんじゃなかったっけ？」

「今回は予選なし、地上だけでの試合らしいです。だからギルドから各一名にだけ招待状が。ソロの人は参加できないみたいです」

リゼルの質問にレンが答える。なるほど。それでもけっこうな参加者がいると思うが。

『コロッセオ』は町や都の中にあるのではなく、各エリアのフィールドに建設されているらしい。あいにくと第四エリアの『コロッセオ』は見つかっていないが、第三エリアの『コロッセオ』は湾岸《わんがん》都市フレデリカから少し離《はな》れた小島に現れた。

問題はこの島……というか、『コロッセオ』には立ち入り制限がないということだ。つまり、普通なら町に入ることのできないレッドネームも入ることができる。

もちろん、町と同じく『コロッセオ』ではＰＫすることができないため、安全ではあるのだが。

レッドネームのプレイヤーも『コロッセオ』の試合に参加できるということだけど、賞金首が堂々と姿を現すかというと難しいよな。間違いなく賞金稼《かせ》ぎに狙《ねら》われるし。

まあ、賞金稼ぎの方も賞金首が『コロッセオ』にいるうちは手が出せないのだけれど。

「それで、誰が参加しますか？　私はパスしますけど……」

レンはもともと戦闘《せんとう》タイプのスキル構成じゃないし、『裁縫師《シームストレス》』にジョブチェンジしたことでさらに基本能力値が下がっている。出場したところで勝ち目は薄《うす》いだろう。

「あたし！　あたしが出る！」

鼻息荒《あら》く真っ先に手を挙げたのはミウラだった。まあ確かにお前さんは戦闘向きだけど。

隣《となり》のシズカはミウラとは真逆の冷静さでレンに質問を投げかける。

「その試合って年齢《ねんれい》制限はないのですか？」

「えっと……。大丈夫みたい。普通の【ＰｖＰ】形式、【ダイイングモード】でやるみたいだよ」

【ダイイングモード】……ＨＰが1だけ残るアレか。

「十位まで賞金も賞品も出るみたいだけど……。優勝すると『王者《チャンピオン》』のジョブにジョブチェンジできるみたいだね」

「なにそれカッコいい！」

ミウラの目がキラキラと輝《かがや》きだした。そうかあ？　っていうか、チャンピオンって職業なのか……？

「特殊《とくしゅ》スキルが使えるジョブみたいだけど、条件があって『コロッセオ』で1位をキープしてないとダメみたい」

なるほど。まさしく『王者』でいなければならないのか。転落すればその恩恵《おんけい》を失う、と。

しかし『コロッセオ』はエリアごとにひとつあるっぽいから、数人……他の領国を入れたら数十人の『王者《チャンピオン》』が存在することになるけど、いいのかね？

「一年に一度、その中から『王者の王《グランドチャンピオン》』を決めるみたいです」

「『王者の王』ってなんだよ……」

言わんとしていることはわかるけど。

しかしそうなるとそのジョブはかなりのレアジョブだな。なんせ各領国に一人……いや、領国の垣根《かきね》がなくなればこのゲーム中にたった一人のジョブってことになる。

ゲームバランスを崩《くず》さないようにするなら、ジョブスキルなんかはそこまで強くはないかもしれない。だけど間違いなく唯一《ゆいいつ》のジョブだ。これは争奪戦《そうだつせん》になるよなあ。毎月のイベントとしては盛り上がりそうだ。ランキングも出るしな。

「【スターライト】からはガルガドさんが出るみたいです」

「およ？　アレンさんじゃないんだ」

ちょっと意外だな。【スターライト】といえば【怠惰《たいだ》】では有名なギルドで、その代表といったらアレンさんが真っ先にくるのに。

「ガルガドのおっちゃんなら何度も戦ってるから戦い方はわかるよ！」

「いや、ガルガドさんと当たるかどうかはわからないし、ガルガドさんと戦ってミウラの勝率は二割あるかないかだろ……」

フンスフンスと自己主張してくるミウラを落ち着けとなだめる。同じ【鬼神族《オーガ》】で大剣使いのガルガドさんとミウラは、よく星降る島の砂浜《すなはま》で【ＰｖＰ】をしているが、勝率はガルガドさんの方が圧倒的《あっとうてき》に高かったはずだ。

「っていうかミウラでいいのか、みんなは」

「私《わたくし》はあまりそういったことに興味がないので」

「右に同じく」

ウェンディさんに続いてリンカさんも辞退のようだ。

「私《わたくし》もあまり目立つような場にはちょっと……。遠慮《えんりょ》しておきますわ」

「私は興味があるけど、『魔術師《ソーサレス》』で勝ち抜《ぬ》くのは難しいかなぁ……。私のスキル構成って、多人数戦をメインにしてるから、一対一の対人戦だと厳しいんだよね？」

微笑みながら辞退したシズカに対し、リゼルはむむと残念そうに唸《うな》る。

確かに魔法使《まほうつか》い系はよほど特化しないと一対一の戦いだと難しいと思う。詠唱《えいしょう》中に攻撃《こうげき》されるからな。【召喚術《しょうかんじゅつ》】とかで護衛獣を召喚して、相手の攻撃を防ぎつつなんとか、ってところか。

「シロさんは？」

「僕も目立つのは苦手なんでパスかな……」

「じゃあ、あたししかいないじゃん！　レン、申請《しんせい》しておいて！　あたし出るから！」

「う、うん、わかったよ」

結局【月見兎】の代表出場者はミウラとなった。本人が出たいって言うんだから、ま、いいか。優勝はさすがに無理だろうけど、いい思い出になるんじゃないかな。

おっと、そういえば『スターコイン』の交換所《こうかんじょ》がコロッセオの中にあるんだっけか。僕が持っているのは百枚ちょっとだけど、何と交換できるんだろ？

◇　◇　◇

「おおー……。思ったよりデカいなあ……」

第三エリアの都、湾岸都市フレデリカ。そこから少し離れた小島に現れたという『コロッセオ』を眺《なが》めて、僕は一人つぶやいた。

見た目的には、まさにローマのコロッセオに似ている。しかしマップで見る限り、ローマのコロッセオのように楕円形《だえんけい》ではなく真円に近い。

外観は白い大理石のように輝き、すでに多くの人々が群がっている。プレイヤーも多いが、ＮＰＣも多いなあ。

「ミウラのやつ迷子にならなきゃいいけど……」

「大丈夫ですよ。マップがありますし、ミウラちゃん、そういうの得意ですから」

僕のつぶやきにレンが微笑みながらそう返してくる。

トーナメント参加者は別の入場口から入るらしく、ミウラだけは僕らと別行動だった。チャットはできるので、何かあったら連絡《れんらく》が来るとは思うが。

「よう、【月見兎】のみんな。久しぶりだな」

「あ、ギムレットさん。お久しぶりです。【カクテル】のみなさんも来てたんですね」

立ち止まっていた僕らに声をかけてきたのは、以前お世話になったギルド【カクテル】の面々だった。【地精族《ドヴェルグ》】のギムレットさんがギルマスを務めるギルドである。

ギムレットさんの後ろには【妖精族《アールヴ》】のカシスさん、【魔人族《デモンズ》】のキールさん、【夢魔族《サキュバス》】のマティーニさん、【夜魔族《ヴァンパイア》】のダイキリさんがいた。

「あの元気な嬢《じょう》ちゃんがいねえな。試合に出場するのか？」

キールさんが僕に尋ねてくる。この人、黒ローブにとんがり帽子《ぼうし》といういかにもな魔法使いルックなんだけど、どっちかというと生産職なんだよな。【錬金術《れんきんじゅつ》】とか持ってるし。

「ミウラが、というか、ミウラしか出場希望者がいなかったんですけどね。そちらは……」

「ああ、うちはミモザが……って、そっちは会ったことねえか。【拳闘士《グラップラー》】のミモザってやつが出場するんだ」

【拳闘士《グラップラー》】か。【スターライト】のメイリンさんみたいなスタイルで戦うのかな。ミモザってのもたぶんお酒の名前なんだろう。

「ま、メインは『スターコイン』の交換だったんだけどね」

「あ、もう交換したんですか？　なんかいいのありました？」

僕の質問に【カクテル】の面々はうーん……と渋面《じゅうめん》を作った。え、どういうこと？　戸《と》惑《まど》っていると、苦笑しながらダイキリさんが答えてくれた。相変わらず渋《しぶ》いオジサマキャラだなあ。

「いえ、いいアイテムや珍《めずら》しい武器や防具、その他、使えるスキルオーブなどはありました。けれど『スターコイン』が足りなくて。さらに言うなら、今『スターコイン』ってかなり高く売れるんですよ。手持ちのコインを売って、そのお金で強い武器とか作れるんじゃないかって……」

「これからプレイヤーが増えるって考えるとコインの数は増えて価値は下がっていくだろ？　売るなら今か……ってな」

そんなに高騰《こうとう》しているのか。町での初回ＮＰＣイベントならほとんど貰《もら》えたりしたけど。まだ序盤《じょばん》のプレイヤーならお金が必要だろうし、クエストで手に入れても売っちゃう人も多いかなあ。

「ま、結局俺たちはもう少し様子見ってことにした。交換する物のラインナップも定期的に変わるらしいし、それならガクンとコインの値が下がることもないかってな」

キールさんの言う通り、交換する品物が定期的に変わって、欲《ほ》しい人がそのたびに現れるなら、コインの需要《じゅよう》はずっとあるか。

みんなが欲しいものがポンと出れば、いきなり跳《は》ね上がることもありうるけど。

とりあえず物を見てみないことには話にならない。【カクテル】のみんなと別れ、僕らはマップにある交換所へと向かった。

交換所はコロッセオの外壁《がいへき》に埋《う》まるようにいくつかのカウンターが設置されており、中にはＮＰＣのお姉さんたちがいる。まるで宝くじ売り場だな。すでに何人ものプレイヤーがカウンターに並び……並んでない、な、あんまり。あれ？　カウンター近くであちこちたむろはしているけど。

「どうやらコインの売買をしているようですね」

「ああ、そういうことか」

ウェンディさんの言葉がストンと腑《ふ》に落ちる。ここなら高く買ってくれるもんな。あと一枚足りない！　とかなら少々高くても買うかもしれんし。

「シロさん、こっちに交換してもらえるリストがありますわ」

「お、どれどれ」

シズカの指差す方の壁《かべ》には、まるで受験合格者の掲示板《けいじばん》のごとく、数多くの交換リストが書かれていた。多いな！

ＳＳ《スクリーンショット》を撮《と》れば自分のウィンドウにデータとして落とせるので、そちらで見ることにする。えーっと、武器防具は装備できるものに分けて、と。スキルは一応全部目を通すか。

何に使うかわからんスキルも多いなあ。

「……【バカ舌】ってなに？」

「不味《まず》いものでも平気で食べられるスキル……でしょうか？」

なるほど、【バカ舌】か。レンの言う通りかもしれない。でも使い道あるかぁ？　あ、不味いポーションを飲むのに便利か。ううむ、人によっては嬉《うれ》しいスキルかもしれない。どうしてもあの味がダメって人もいるらしいからなあ。

運営への希望が多かったのかもしれん。だったら美味《うま》くて効果の高いポーションレシピを出せとも思うが、そういったレシピを苦労して見つけたプレイヤーからすれば、不公平に感じるかもしれない。

「しかしどれもこれもけっこうスターコインが必要だなあ。手持ちで交換できそうなのっていうと……」

ううむ。武器や防具は珍しいのがあるけど、使えるかというと微妙《びみょう》なのが多いかなあ。このレベルだったらリンカさんに作ってもらった方が強いし。ネタ装備としては面白いのが多いけどな。

「『グレートハリセン』とかミウラちゃんが好きそう」

「ですわねえ。完全なネタ装備ですけども」

ハリセンねぇ。お嬢様もお笑い番組とか観《み》るんだな。……番組だよな？　パーティーとかで直《じか》に呼んでたりしないよね？

この武器はなぜかヒットすると、叩《たた》いた音が大きく打撃音《だげきおん》として響《ひび》く効果があるらしい。確かに面白武器だな。

「私は『ライトストーン』と交換する。自由に光る武器を作ってみたい」

リンカさんはやはり素材か。光る『だけ』の特性が加わる鉱石……。使い方によってはカッコいい装備ができるか？　かなり派手な気がするけど、目立ちたい人にはうってつけかもしれない。

ああ、【楽器演奏】ってスキルはいいかもな。【楽器演奏（金管）】とか【楽器演奏（弦《げん》）】とか分かれているけども。

あれ、でもこれって楽器を手に入れてないと意味ないのか？　楽器が売っているのって見たことなかっ……こっちもスターコインでも買えるのかよ。

ウェンディさんは楽器に興味があるようだ。

「ギルドハウスにピアノとかいいかもしれませんね」

「あ、家具類とかインテリアもあるよ」

リゼルの言う通り、アイテムのところには家具類やインテリア、小物類がたくさんあった。むむっ、炬燵《こたつ》か……！　ちょっと惹《ひ》かれるが、僕らの拠点《きょてん》である『星降る島』には必要ないかも……。

こうして見ると、『スターコイン』で交換できるものは、あまり強力ではないが持っていると楽しめるものが多い気がする。

ここにあるのはスタートプレイヤーでもコインさえあれば手に入る物だから、あまり強すぎるのはダメなのかもな。

「アクセサリーもいろいろとあるんだな……」

「くくっ、『ウサミミ』とかお前にピッタリじゃねぇのか？」

「それは前にレンが作ったのがあるし、僕には必要な……」

い、と言いかけて、いつの間にか隣に立っていた黒い鎧《よろい》を装備した男に僕は目を見開く。

「よお。久しぶりだな、ウサギマフラー」

「お前っ……！」

思わず身構える。

そこに立っていたのは頬に刀傷を負った、赤髪《あかがみ》の大男。顔には相変わらずの無精髭《ぶしょうひげ》とニヤニヤとした人を食ったような表情が張り付いていた。

黒い重鎧《じゅうよろい》にはギルドマークの単眼。ＰＫギルド『バロール』のギルマス、ドウメキであった。その後ろには奴《やつ》のギルドメンバーである黒ローブの【夢魔族《インキュバス》】グラスと、褐色《かっしょく》の【妖精族《アールヴ》】アイラもいる。

ウェンディさんが、レンを守るように前に出る。僕も腰《こし》を低くして、すぐに動けるような体勢に移行した。

「おいおい待てよ、ここじゃ戦闘はできねえのは知ってるだろ？　何もしねえよ」

「……なんか用か？」

「知り合いの顔が見えたから挨拶《あいさつ》しようと思っただけだろ？　そんな態度だと社会に出た時に苦労するぜ？」

ＰＫをやっている奴にそんなことを言われたくはないが、このゲームではＰＫも認められている以上、それも一つの楽しみ方だ。迷惑《めいわく》ではあるし、他人の恨《うら》みを買うだろうが、そのリスクを背負ってまで決めたプレイスタイルを貫《つらぬ》くならば、他人がどうこう言うのは筋違《すじちが》いである。

だが、それと好き嫌《きら》いは別だ。少なくとも僕は仲良くしたくない相手である。

「……なんか用か？」

「くくっ、まあいいさ。それはそうとお前さん、試合には出んのか？」

「……いや、出ない。あんまり見世物にされるのは好きじゃないんでね」

「ちっ。リベンジできるかと思ったんだが、アテが外れたか」

ドウメキがおどけたように肩《かた》をすくめる。ってことはこいつは出場するのか。ミウラの奴大丈夫《だいじょうぶ》かな……。

「まあいい。いずれ借りは返すからよ。それまで他のＰＫに狩《か》られるんじゃねえぞ。俺様まで弱いとか思われるのはムカつくからな」

「勝手なこと言うな。そっちこそせいぜいここを出てすぐにＰＫＫされないようにしなよ。周りのプレイヤーもあんたが誰《だれ》かわかっているみたいだからな」

僕らの周りにいる何人かのプレイヤーが、さっきからこちらをじっと監視《かんし》している。おそらくこいつにかけられた賞金狙いのプレイヤーだろう。

コロッセオでは闘技場《とうぎじょう》以外の戦闘が許されていない。もしドウメキたちに対して、攻撃や捕縛《ほばく》に類する行動をとった場合、逆にペナルティが発生することもありえる。最悪、仕《し》掛《か》けた方が犯罪者としてオレンジネームに落ちる可能性だってあるのだ。

だから彼《かれ》らはドウメキたちがコロッセオを出る瞬間《しゅんかん》を狙っているんじゃないかと推測する。もちろん、ドウメキたちもなにか対策はしていると思うけど……。

「おい、ドウメキ。急がないと参加者の入場に間に合わなくなるぞ」

「アンタ負けた相手に絡《から》むのやめなさいよね。ちっさく見えるわよ?」

「うるせえなあ。わかったっての」

後ろから飛んできたグラスとアイラの声にドウメキが苦々しく答えた。

「んじゃな。首を洗って待ってろや、ウサギマフラー」

呵々《かか》と笑いながら『バロール』の面々が僕らの前から去っていく。それに伴《ともな》い、周りにいたプレイヤーたちもぞろぞろと遠巻きにドウメキたちを囲みながら消えていった。

「変なのに目を付けられたねえ、シロ君」

「まったくだ」

リゼルの言葉にため息交じりで返す。不幸中の幸いなのは、ただPKをするのではなく、正面から戦って僕を倒《たお》したいと思っているところか。少なくとも不意打ちや暗殺的なことはしてこないだろう。PK相手にそれがどれだけ信用できるかと言われると難しいが。

「あっ、【月見兎】のみんなだ。おーい!」

聞き覚えのある声に振《ふ》り向くと、遠くで【スターライト】のメイリンさんが手を振っていた。後ろにはアレンさんら【スターライト】のギルドメンバーも勢揃《せいぞろ》いしている。こういうイベントの会場でだと、知り合いによく会うなあ。

僕らを見ていたジェシカさんが小さく首をかしげる。

「あら？　ミウラちゃんがいないわね。ああ、そっか、出場者だっけ」

「僕らはてっきりシロ君が出るもんだと思っていたんだけどなあ」

いや、それはこっちも同じですが。てっきりアレンさんが出るものかと。っていうか、ガルガドさんとドウメキが当たったらどっちが勝つかな？

【重量軽減】のスキルを持ち、重装備でありながら素早《すばや》いドウメキの方が有利か？　でもガルガドさん、【カウンター】の上位スキル【フルカウンター】とかも持ってるからなあ。タイミングさえ合わせることができれば、吹《ふ》っ飛ぶのはドウメキの方だ。

「そういえばアレンさんは何のジョブに？」

「僕は普通に『従騎士《スクワイア》』になって、そこからすぐに条件を満たしていたから『騎士《ナイト》』になったよ」

早っ。もう上のジョブになったのか。

ジョブによっては条件により、さらに上のジョブになれる場合がある。しかしこの条件が簡単なものもあれば難しいものもあるわけで。

『従騎士《スクワイア》』……つまり見習い騎士から『騎士《ナイト》』へのジョブチェンジ条件は、単に一定値以上のパラメータと規定のレベルを超《こ》えていて、あるイベントをこなせばなれるらしい。

ちなみにジョブはネームプレートなどに表示はされないため、他のプレイヤーに知られることはない。だけどそれを見抜《みぬ》くスキルもあるとか。ま、あくまで噂だけど。

教えてもらった他の【スターライト】メンバーのジョブは、メイリンさんが『拳闘士《グラップラー》』、ジェシカさんが『魔術師《ソーサレス》』、ベルクレアさんが『射手《アーチャー》』、ガルガドさんが『大剣使い《ブレイダー》』、んでセイルロットさんが『神官戦士《バトルプリースト》』だ。

セイルロットさん以外は言ってみれば珍しくないジョブである。

「言ってみればこれらは一次職だからね。普通のジョブの方がおそらく次の選択肢《せんたくし》が多いと思うんだ。下手な方向にいくとすごく無駄《むだ》な育て方をしてしまう可能性もあるからね」

と、発言した人が、ちょい変化球の『神官戦士《バトルプリースト》』を選んだセイルロットさんだ。どういうつもりなん？

「いやあ、私の場合は『神官戦士《バトルプリースト》』の次ってなんだろうって興味からね。うまくいけば『聖騎士《パラディン》』になれるかなあ、って希望もあるけど」

「うーん……。どっちかというと、それはアレンさんのルートっぽいけどなあ」

「いや、僕《ぼく》は『聖職者《クレリック》』系の魔法《まほう》スキルを取ってないからね。『聖騎士《パラディン》』は難しいんじゃないかなあ」

まあ、『聖』騎士ってぐらいだから聖属性の魔法とかを使えないとなれないのかもしれないけど。

僕らの会話に興味を持ったのか、リゼルが口を挟《はさ》んできた。

「特殊な転職には何か特別なアイテムが必要かもしれないよ？　『聖騎士』だと『聖剣《せいけん》』とか」

「『聖剣』か。どこかにありそうだけど……」

「シロお兄ちゃんです！」

「シロお兄ちゃんなの！」

「わあっ⁉」

突然《とつぜん》後ろから大きな声をかけられ、驚《おどろ》いてビクッとなってしまった。この声は……！

振り向くと、可愛《かわい》らしい狐耳《きつねみみ》と尻尾《しっぽ》を生やしたノドカとマドカの子狐姉妹《こぎつねしまい》が立っていた。

相変わらず巫女《みこ》さんのような姿である。え？　なんで君たちこんなとこにいるの⁉

「こんにちはです！」

「こんにちはなの！」

「ああ、こんにちは……じゃなくて！　なんで二人がここに？」

僕がそう問いかけたとき、二人の後ろに別の人物が立っているのに気がついた。

ウェンディさんと同じくらいの、僕より歳上《としうえ》と見える女性プレイヤー。短めのポニーテールにした黒髪《くろかみ》の頭からは動物の耳がピョコンと飛び出している。

【セリアンスロープ】か。ノドカやマドカと同じ狐かな？　半袖《はんそで》和服の上に胸鎧《むねよろい》、腕《うで》には手甲《てっこう》、脛当《すねあ》てに草鞋《わらじ》。腰には大小の刀を差している。紺地《こんじ》の袴《はかま》から飛び出した尻尾で、狐ではなく猫《ねこ》の【セリアンスロープ】だということがわかった。黒猫《くろねこ》さんだ。

おそらくジョブは『侍《サムライ》』。この格好で『侍《サムライ》』じゃなかったら『なんで⁉』とツッコミたい。

ネームプレートはＯＮになってないらしく、視線を向けてもポップしない。

目が合ったが、相手は無表情。ちょっと冷たい雰囲気《ふんいき》を醸《かも》し出しているが、美人である。

でもどこかで見たような……？

「ミヤコちゃんを案内してます！」

「ミヤコちゃんを案内してるの！」

ミヤコちゃん？　ってこの【侍《サムライ》】のお姉さんか？

「ミヤコちゃんはミヤビ様の妹さんです」

「あたしと同じ。妹さんなの」

あ、ミヤビさんの妹さんなのか。……猫ですけど？

あれ、このゲームってＮＰＣの種族ってどうなってんの？　狐と猫が姉妹《しまい》？　狐ってイヌ科だったよーな……。お父さんが猫でお母さんが狐の【セリアンスロープ】とか？　というか、マドカが妹だったんだな……。

とりあえず挨拶しとこう。お姉さんにはお世話になっているしな。

「初めまして、シロです。ミヤビさんとこの子たちにはいろいろとお世話になりまして……」

「……ャ……。ょ……ぉ……」

「えっ？」

ミヤコさんがなんと言ったのか聞き取れなくて思わず聞き返してしまった。その瞬間、ビクッとなったミヤコさんが、石のようにカチンと固まる。

「ミヤコちゃんは『ミヤコです。よろしくお願いします……』って言ったです！」

「言ったの！」

「あ、そうなんですか……？」

ちら、とミヤコさんを見ると、こくこくと無表情で頷《うなず》いている。なんだろう、お姉さんとタイプが違《ちが》いすぎて反応できない。ズケズケとものを言うミヤビさんに対し、ミヤコさんの方は思いっきり人見知りなタイプに見える。あれだ、ピスケさんと同じタイプだ。

「ミヤコちゃんは知らない人と話すのがちょと苦手なのです。だからあたしたちが付いてきたです」

「参加申し込みするの。ミヤコちゃん強いの」

え、参加申し込みって、ミヤコさんが出場するのか？　ＮＰＣ枠《わく》もあったのか。ははあ、それでこんなにＮＰＣが多いんだな。

「あら、なら急いだ方がいいわよ。そろそろ受付終了《しゅうりょう》時間だから」

ジェシカさんがウィンドウの時計を見ながら教えてくれた。

それを聞いたミヤコさんの尻尾がピーン！　と立ち、オロオロと挙動不審《きょどうふしん》になる。表情の変化はあまりないが焦《あせ》っているのだろうか。っと、そんな場合じゃないな。

「受付ならここを真《ま》っ直《す》ぐに行った先です。早く行って下さい」

「あ……！」

「『ありがとうございます！』って言ってるです！」

「言ってるの！」

ミヤコさんは両脇《りょうわき》にノドカマドカ姉妹をガシッと掴《つか》むと、その場から一瞬《いっしゅん》で消えた。え!?

「は、速っ!?」

ベルクレアさんの声に目を向けると、受付の方向の遥《はる》か先にミヤコさんが走り去る後ろ姿があった。嘘《うそ》だろ、一瞬であんなところまで……！

「シロ君と同じ【加速】スキル持ちか……？」

「いえ、たぶんあれって【加速】よりも速いわよ。私の【鷹《たか》の目】でも初動しか見えなかったもの」

「私も見えませんでした……」

ベルクレアさんとレンは【鷹の目】を持っている。これは遠視スキルであると同時に、動体視力を跳ね上げて、動いているものを確実に捉《とら》えるようにできるスキルなのだ。

その【鷹の目】でも捉えられないって……。どんな速さだよ。

「むむ……！　どんなスキルかはわからないけど、単発的なスキルっぽいね。シロ君の【加速】のような能力なら受付までずっと走っていくはずだ。だけどあの人はあそこまで高速移動してそのあとは普通《ふつう》に走っている。連発はできないんじゃないかな」

……確かに。セイルロットさんの言う通り、決められた距離《きょり》だけを一瞬で移動するスキルなのかもしれない。それでもとんでもないスキルだが。

「こりゃあ、ミウラに勝ち目はないかなあ」

ミウラの戦闘スタイルは僕のような高速で手数を打ち込むタイプに弱い。相手の動きを読めなければカウンターを叩き込むこともできないからな。

ちなみにガルガドさんと僕が【ＰｖＰ】をした時は、ガイアベアのように地面の石を爆《ばく》砕《さい》されて、移動を阻害《そがい》され、ぶっ飛ばされた。どんなパワーだよ。

「僕らもそろそろ観覧席に行こうか」

アレンさんの言葉に僕らはぞろぞろと連れ立って歩き出す。ふと、リゼルがいないことに気付いた僕が振り返ると、彼女《かのじょ》はその場でボーッと立ちつくしていた。

「……なんで『星斬《き》り』が？　嘘でしょ……！　『帝国《ていこく》』はいったいなにを……？」

「リゼル？」

「え!?　あ、ああ！　ミウラちゃんの応援《おうえん》だね！　早く行かないと！」

「あ、や、うん？」

リゼルが慌《あわ》てて走り出し、僕を追い抜いてレンたちに追いつく。

『星斬り』？　『帝国』？　なんのことだろ……リゼルが掛《か》け持ちしている新しいゲームかな？

ゲームは『DWO《デモンズ》』以外よくわからないからなあ。ま、いいや。僕は『DWO《デモンズ》』だけで充分《じゅうぶん》だ。

僕もミウラ（とついでにガルガドさん）を応援するためにみんなの後を追った。

◇　◇　◇

「一瞬かよ……」

シーンとした観客席に、誰かがつぶやいた声がやけに大きく響いた。

しかしそれも一瞬のことで、次に湧《わ》き上がったのは今日一番の歓声《かんせい》。万雷《ばんらい》の拍手《はくしゅ》が武闘《ぶとう》場の勝利者へと降り注ぐ。

それにビクリと驚いた黒猫の【獣人族《セリアンスロープ》】である『侍《サムライ》』の女性は、慌てた様子で小さくぺこりとお辞儀《じぎ》をしてからそそくさと舞台《ぶたい》を後にした。

隣に座《すわ》るアレンさんが話しかけてくる。

「今の見えたかい？」

「動きはまったく。刀を抜いたのはなんとか。【居合】スキルですかね？」

「【居合】か。確か星二つのレアスキルだな。タイミングを合わせることにより、一撃《いちげき》の攻撃力《こうげきりょく》を数倍に跳ね上げるスキル……だっけ？　セイルロット？」

「ええ。だけど私はそっちより、やはりあの速さが気になります。一瞬にして相手の懐《ふところ》まで移動した……。おそらく【縮地《しゅくち》】じゃないかと」

「【縮地】？」

聞いたことないな。レアスキルかな。前の席で唸っているセイルロットさんに尋《たず》ねてみる。

「【縮地】スキルは極《きわ》めて短い距離という制限はありますが、A地点からB地点へと一足飛びに移動できるスキルらしいです。私が聞いた話ではメイリンと同じ拳闘士《グラップラー》の人が使ってたようですね。【嫉妬《しっと》】の領国でのことですけど」

A地点からB地点へとって、それじゃまるでワープじゃないか。どうやって勝てばいいんだよ。

おそらく僕の【加速】のように、大きくMPを消費するタイプのスキルだと思うけど……。

もしそうなら乱発はできないはず。そういった意味では【居合】との相性《あいしょう》はバッチリなんだろうな。

一撃必殺。それに特化したスタイルなんだ。となると……。

「HP勝負《たいりょく》かな」

「ですかね。防ぐことができないのなら受けるしかない。『肉を切らせて骨を断《た》つ』ってやつか。僕にはできそうにないなあ」

紙装甲《そうこう》だしな。僕がそう呟《つぶや》くと、後ろにいたリゼルが口を挟んできた。

「私ならウォール系の魔法を乱発して【縮地】の発動を邪魔《じゃま》するかな……。直線的な動きしかできないなら、だけどね」

ふむ。そういう手もあるか。本当に空間を歪《ゆが》めてワープしているのでなければ、移動線上に壁が現れたらぶつかるよな。相手が自分に向かってくるのならどう移動してくるかはわかるし。

「私なら地面を凍《こお》らせて踏《ふ》み込めなくするわね。あれだけの速度だもの。急には止まれないと思う」

後ろを向いたジェシカさんの言葉を受けて、地面に張られた氷に転ぶ、ディフォルメチックなミヤコさんが脳裏《のうり》に浮《う》かんだ。ちょっとオモロイ。確かに迂闊《うかつ》に踏み込めなくはなるか。

「一撃だけダメージを防いでくれるアイテムって確かありましたよね？」

「ああ、『鉄鋼魚のウロコ』だね。物理ダメージなら一回だけ防いでくれるよ。アイテムは壊《こわ》れてしまうけどね。だけどこの試合は装備アイテムは不許可だからなあ。その能力が付与《ふよ》された盾《たて》もあるって話だけど……」

んん？　それってば発動すると壊れるけど、物理ダメージならなんでも一回だけ防いでくれる盾ってこと？　それって盾っていうのか……？　いや、攻撃を防ぐんだから盾か。だけど毎回壊れるのは痛いなあ。

『鉄鋼魚のウロコ』のほうを何個も持てばダメージを一切《いっさい》受けないんじゃ？　とも思ったが、このアイテムは複数持つと干渉《かんしょう》し合い効果が発動しないんだそうだ。そんな都合よくはいかないいか。

「ガルガドは僕らの中で一番ＶＩＴ（耐久力《たいきゅうりょく》）とＨＰが高い。一撃くらいなら防げるんじゃないかと思うけど……」

「ただ、種族スキルの【狂化】を使えなくなりますね。アレは攻撃力を増幅《ぞうふく》する代わりに守備力を下げる諸刃《もろは》の剣《けん》です。使ったあとのクールダウンが致命的《ちめいてき》になる」

アレンさんとセイルロットさんがそんな会話を交《か》わす。【鬼神族《オーガ》】の種族スキル【狂化】か。ミウラも同じ【鬼神族《オーガ》】だ。相性が悪いよな。ミウラの場合、ガルガドさんほどＶＩＴ（耐久力）とＨＰは高くないだろうし。ま、それでも僕らの中では一番なんだけど。

「ミウラには分が悪いかなぁ。かち合わないことを祈《いの》るばかり……」

か、と言いかけていた僕に、眩《まぶ》しいばかりの光と轟《とどろ》くような爆音《ばくおん》が襲《おそ》いかかった。

思わず視線を闘技場へと戻《もど》すと、ぷすぷすと煙《けむり》をあげながら、対戦していた片方が黒コゲのエフェクトをまとってバッタリと倒れる。なんだ？　何が起こった？

「おいおい、また一撃かよ……！」

どこからかそんなつぶやきが聞こえてくる。ミヤコさんの次の試合も始まってすぐに終わったらしい。

闘技場に立つその少年プレイヤーは、身体《からだ》にバチバチと小さな雷《かみなり》をまとって佇《たたず》んでいた。

【夢魔族《インキュバス》】の特徴《とくちょう》である腰から生えた蝙蝠《こうもり》のような小さな羽《わ》と、悪魔《あくま》のような尻尾が見える。

上着のフードを被《かぶ》った少年の手にはナックルのような武器が握《にぎ》られていた。『拳闘士《グラップラー》』なんだろうか。

隣《となり》のアレンさんがふむう、と息を吐《つ》く。

「あれが『雷帝《らいてい》』か。初めて見たけど、凄《すさ》まじい雷だね」

「『雷帝』？　有名なプレイヤーなんですか？」

「……なんというか、シロ君は僕らの知らないいろんな情報を見つけてくるのに、誰でも知っている情報を知らないよね……。掲示板とかは見ないのかい？」

「はあ……。前に変なこと書かれていたから、極力見ないようにしてます」

忍者《にんじゃ》だの、ウサギマフラーだの、ハーレム野郎《やろう》とか爆発《ばくはつ》しろとかな。ＰＫするとかまであったぞ。気分悪くなったのでそれからは見てない。

「『雷帝』ってのは通り名でね。【夢魔族《インキュバス》】のソロプレイヤーなんだ。見ての通り、雷を操《あやつ》り、それでいて接近戦を得意とするスタイルなんだよ」

「雷を操るってことは魔法スキル持ちの『拳闘士《グラップラー》』なんですかね？」

僕が疑問を呈《てい》すると、それに答えてくれたのはアレンさんじゃなくジェシカさんだった。

「たぶん違うわ。確かに魔法スキルには雷属性の魔法もある。だけど『雷帝』の使っている雷を纏《まと》うような魔法はないの。おそらくあれは雷単体の、別のレアスキル……ひょっとしたらソロモンスキルなのかもしれないわ」

「なるほど。あれ？　そういやソロプレイヤーってこの大会に参加できないんじゃ？」

「蛇《じゃ》の道は蛇《へび》。そこはなんとでもなるわ。一時的に他ギルドに入ってもいいし、知り合いに登録だけしてもらって幽霊《ゆうれい》ギルドを立ち上げてもいいし。そういうのを募集《ぼしゅう》する掲示板もあるしね」

そうなのか……。面倒《めんど》そうだけど、そこまでして出場したかったのかね。『雷帝』とはいうが、見た目は小柄《こがら》な少年だ。ひょっとして中学生なのかもしれない。こういったイベントには燃えるお年頃《としごろ》なのかな？

その後も試合は順調に進んでいき、とうとうミウラの番になった。

「ミウラちゃーん！　がんばれーッ！」

「ミウラさん！　がんばって下さいませ！」

同級生でもあるレンとシズカから力一杯《ちからいっぱい》の声援《せいえん》が飛んでいく。と、同時に、

「ガルガド！　あんた負けなさい！」

「ミウラちゃんに怪我《けが》させたら、あたしが許さないぞ！」

「負けろーッ！」

前に座るジェシカさん、メイリンさん、ベルクレアさんのヤジが対戦相手に飛んでいく。

……ちょい酷《ひど》くない？

そう。ミウラの一回戦の相手はギルド【スターライト】のガルガドさんであった。なんというかツイてないなあ。

お互《たが》いに【鬼神族《オーガ》】で『大剣使い《ブレイダー》』。しかも個人的には何回も対戦している相手。やりにくいのかやりやすいのか。

「やあっ！」

試合開始の合図と同時に飛び出したのはミウラ。上段に大剣を振りかぶったまま突っ込んでいく。

現実ならあんな重い武器を持ってダッシュなどとてもできない。小さなミウラがそれをやると、リアルでもゲームなんだなぁ、とあらためて実感する。

だんっ！　と、ミウラが自分の身長の二倍以上も飛び上がり、振りかぶった大剣をガル

ガドさん目がけて打ち下ろす。

「【ジャンプ斬り】！」

「っとぉ！」

振り下ろされた大剣を、同じく大剣で受け止めるガルガドさん。打ち合った重い金属音が闘技場に鳴り響く。

【ジャンプ斬り】は正確には戦技ではない。コンボ技と言われる、通常あるいは補助スキルから戦技スキルへと繋《つな》いだ時に発生する、タイミングが難しい高度な技だ。あの場合、【ジャンプ】から【パワースラッシュ】だな。

僕の【加速】からの【一文字斬り】もコンボ技である。ちなみに【ジャンプ斬り】ってのは正式名称《めいしょう》ではない。掲示板などで勝手にプレイヤーたちが言い出し、それが定着したってだけなんだと。

「しょっぱなから飛ばしてんな、ミウラ嬢《じょう》ちゃん！　なら、こっちも手加減しねぇぜ！……おらあっ！」

「わっ⁉」

ガルガドさんが受け止めた大剣をミウラごと跳ね上げる。バランスを崩《くず》したミウラが空中に浮かび、その下のガルガドさんが大剣を下段に構えた。

「【昇龍斬《しょうりゅうざん》】！」

「くっ！」

斬り上げられた大剣がミウラを襲う。なんとか身体を捻《ひね》り、直撃《ちょくげき》は避《さ》けたものの、ミウラの小さな身体がかすっただけで回転して吹っ飛んだ。

そのまま地面に落ちるかと思いきや、ミウラは猫のように身体を反転させて着地。と同時に力強く地面を蹴《け》り、低姿勢のまま大剣を横に構えて再びガルガドさんへと突っ込んでいく。

「【ソードバッシュ】！」

「【剛剣突き《ごうけんづ》】！」

構えていたミウラの大剣の腹に、タイミングを合わせたようにガルガドさんの突きが放たれる。いや、合わせたように、じゃない。合わせたんだ。

【Ｃｏｕｎｔｅｒ Ａｔｔａｃｋ！】の表示とともにガルガドさんの【カウンター】スキルが発動する。

「うわっ!?」

押《お》し負けたミウラが突進《とっしん》した時の倍の勢いで吹っ飛ばされていく。武闘場から飛び出してしまうと場外負けだぞ。

「こんにゃろ……！　唸《うな》れ！　『スパイラルゲイル』！」

飛ばされながらミウラが大剣を背後に突《つ》き出すと、その場に突如《とつじょ》強風が巻き起こり、真横に吹っ飛んでいたミウラが竜巻《たつまき》に巻き込まれるかのように上空へと飛ばされていった。

「なんだぁ!?」

ガルガドさんが突然巻き起こった竜巻に目を見開く。上空高くには吹き上げられたミウラ。おお、飛んだなぁ。

「ミウラちゃんって魔法スキル持ってたっけ？」

「違う。あれは武器自体の付与効果。アレンの『メテオラ』と同じ」

ジェシカさんの疑問に、飛ばされたミウラを見上げながらリンカさんが答える。【月見《つきみ》兎《うさぎ》】の武器は全部リンカさんが造っている。当然あのミウラの大剣もリンカさん作だ。

「新作、暴風剣『スパイラルゲイル』。強力だけど……コントロールができてない」

「だよねえ。あれ、風を操って飛んでいるわけじゃないよね。飛ばされているだけで……」

苦笑いをしながらリゼルも空を見上げてつぶやいた。

武器を造るとき、稀《まれ》に特殊《とくしゅ》な能力が付くことがある。本来ならかなり低い確率であるのだが、【付与《ふよ》宝珠《ほうじゅ》】という課金アイテムを使えば１００％の確率でなんらかの能力が付与されるのだ。（【付与】スキルを製作者が使用しても武器能力は付くのだが、付与できるものはその本人の熟練度に左右されてしまう）

しかしこの『付与宝珠』、なにが付与されるかは全くのランダムで、望んだ能力が付くとは限らない。一種のギャンブルのようなものだ。

この『付与宝珠』と同じ能力を、リンカさんが使う（所有者は僕だが）『魔王の鉄鎚《ルシファーズハンマー》』は持っている。改めて考えると、タダで毎回『付与宝珠』を使えるというのは、とんでもないメリットだよな……。

しかし、なにが付与されるかランダムなのは変わらない。

結果、ミウラは強力な付与能力を手に入れたのだが、全く自分の戦闘《せんとう》スタイルに合わない武器を手に入れたわけで。……ホント、もったいない。

風が弱まり、ミウラが落下し始める。おいおい、大丈夫《だいじょうぶ》か？　あのまま落下したら大ダメージだぞ。

「【大っ、回転、斬り】！」

ミウラが大剣を振りかぶり、そのまま縦回転に回り始めた。なんだありゃ？　通常の【大回転斬り】は大剣を横に一回転し、周囲を薙《な》ぎ払《はら》う戦技だ。縦にも回転できたのか。

「なるほど。戦技をぶちかませば落下のダメージはある程度軽減されるし、逆に落下の勢いをダメージに上乗せできる。ミウラ君は初めからこれを狙《ねら》って……？」

「いやあ、無いと思いますよー……」

アレンさんがなにやら感心しているが、あれは苦《くる》し紛《まぎ》れに発動させただけ……あるいは本能で閃《ひらめ》いただけと僕は見た。

「あっ⁉」

ミウラの身体が赤い燐光《りんこう》を放ち、レンが思わず声を上げる。あれは【鬼神族《オーガ》】の種族スキル、【狂化】発動のエフェクトだ。

【狂化】は一時的に防御力《ぼうぎょりょく》を下げ、攻撃力を大幅《おおはば》に上げるスキルである。絶大な攻撃力を得ることができるけど、そのあとのクールタイムは防御力がガタ落ちになるのだ。ガルガドさんに当たる直前のタイミングで使うとは……賭《か》けに出たな。

ドガァンッ！　と大きな破壊《はかい》音を響《ひび》かせて、ミウラが武闘場に激突《げきとつ》する。舞《ま》い上がった砂煙《すなけむり》で見えないが、ガルガドさんに当たったのか？

いや、当たったのならこんな破壊音はしない。これは武闘場の床石《ゆかいし》を砕《くだ》いた音か？　となるとやっぱり躱《かわ》された……。

「うわぁっ⁉」

次の瞬間、ガキャッ！　と剣がぶつかる音がして、砂煙の中からミウラが場外へとバウンドしながら吹っ飛んでいった。あらー……。負けたか。
モニターウインドウに映る表示はＫＯなので、場外負けじゃない。普通にＨＰが無くなっての負けだ。（ダイイングモードなのでＨＰ１は残ってるが）
【狂化】を使ってしまったので大ダメージを食《く》らってしまったのだろう。惜《お》しい。ミウラの戦技が決まっていたら勝てたかもしれないな。
試合はガルガドさんの勝利。しかし小さな少女の全力を出したファイトに会場からは惜しみない拍手が送られていた。

「う、う、う～っ……！　負けちゃっただぁ～！」

「残念だったね……。うん、また頑張《がんば》ろう？　元気だそうよ、ね？」

リゼルにしがみつくようにして顔を埋《うず》め、ミウラが泣きじゃくっている。よほど悔《くや》しかったのかなあ。慰《なぐさ》めにならないかもしれないけど、僕も声をかける。

「勝負は時の運。負けたのは仕方ないよ。リゼルの言う通り、またこの次に頑張ればいいさ。これで終わりってわけじゃないんだし」

「そうだよ！　ミウラちゃん！　次、頑張ろう！」

「ええ。大事なのは不撓不屈《ふとうふくつ》の精神ですわ。頑張りましょう、ミウラさん」

不撓不屈って……。難しい言葉を言うね、シズカさん……。

みんなに励《はげ》まされ、しばらくするとミウラもだいぶ落ち着いてきたようだ。レンに渡《わた》されたハンカチで涙《なみだ》を拭《ぬぐ》っている。もう大丈夫かな。

「安心して、ミウラちゃん！　ガルガドのやつは後で私たちが懲《こ》らしめてやるから！」

「そうだよ！　あたしが鉄拳《てっけん》制裁する！」

「私も弓矢で蜂《はち》の巣にしてやるわ！」

同じように【スターライト】のお姉様方が励ましてくれたが、それは過激すぎやしませんかね。ガルガドさん、大丈夫だろうか……。

◇　◇　◇

「おいおい、なんだよ⁉　なんであんなの着てあんな動きできんだよ⁉　おかしくね⁉」

「ちょっと待て！　素手《すで》で大剣を受け止めるとか……！　いや、素手……じゃないのか？」

「虎《とら》さん、かわいい！」

武闘場では冗談《じょうだん》のような戦いが繰《く》り広げられていた。

苛立《いらだ》った顔をして両手に持った大剣を操るのはＰＫギルド『バロール』のギルマス、ドウメキ。

それに対峙《たいじ》してファイティングポーズをとるのは、真っ白な虎の着ぐるみ。頭が大きく三頭身のくせに、様になっている。

「この着ぐるみ野郎……！　ちょこまかと逃《に》げやがって……！」

「吾輩《わがはい》、あまりＨＰは多い方ではないんでね」

ドウメキが繰り出した横からの大剣を真白き虎が飛び上がって躱した。そのままくるりと横に半回転しながら、ドウメキの後頭部に踵蹴《かかとげ》りを放つ。

「のやろ……ッ！」

その蹴りをドウメキもギリギリで躱し、体勢を崩しながら闘技場《とうぎじょう》を転がり、相手から離《はな》れた。

着地した虎の着ぐるみは、ドウメキ目掛《めが》けて突進し、大きな両拳《こぶし》をまるでマシンガンのように撃《う》ち付けている。左右に手にした大剣でドウメキが防戦。ガンガンと金属がぶつかる鈍《にぶ》い音が武闘場に響き渡った。

「やっぱりレーヴェさん、あの下にガントレットとか装備してんのかなあ？」

「たぶんそうだと思うよ。あの着ぐるみってコートとかと同じ上着装備だから。下にどんな装備しているかわからないってやりにくそう」

ミウラが漏《も》らした疑問にレンが答える。あの動きからしてそんなに重い装備はしてないと思うけど、どこが防具で守られているかわからないと攻《せ》めるのは難しそうだ。

「あの着ぐるみにはそんな狙いが……？　これは盲点《もうてん》でしたね……」

「いや、単に好きで着てるって言ってましたけど」

なにか深読みしそうだったセイルロットさんに一応説明しておいた。会うたびにレーヴェさんは別の姿になっているな。何着持ってるんだろ。

「つらあッ！　【大切断】！」

「むっ⁉」

ドウメキが戦技を放つ。両手から放たれるダブル【大切断】だ。あれ、ズルイよなあ。

ドウメキは【重量軽減】のスキルで、武器や装備の重さを軽くできる。それにより STR《ストレングス》が低くても重い大剣を二つ装備できたり、重鎧を装備していても素早く動くことができるのだ。

両手持ちであっても武器の種類としては双剣《そうけん》ではないので、双剣の戦技は使えない。だが、大剣の戦技なら左右どちらからでも出せるらしい。当然、それにかかるST《スタミナ》などは二倍消費するが。

レーヴェさんがバックステップで左右同時の【大切断】を躱す。そしてそこから一気に高く宙へと飛び上がり、くるりと前に回転して、斜《なな》め四十五度の角度で不自然な軌道《きどう》を描《えが》きながら戦技の蹴りを放つ。

「【流星脚《りゅうせいきゃく》】！」

「ちっ！」

自分へ向けて落ちてくるレーヴェさんの蹴りを、地面に突き刺《さ》した大剣をクロスさせガードするドウメキ。

バッ！　と、両者が離れ、距離を取って再び対峙する。

普通、大剣職と格闘《かくとう》職ってこんなに撃ち合いにはならないんだけどな。

HPの高い大剣職を手数の多い格闘職がいかに削《けず》り切るか、あるいはひらりひらりと躱す格闘職に、いかに大剣職が大ダメージを当てるか、そこが焦点《しょうてん》になってくる……はずなんだが。

まあ僕と戦った時、ドウメキのやつは大剣を装備していたけど、スキル構成は格闘職に近かったからな。意外と同タイプの対戦なのかもしれない。

その後もガンガンと撃ち合うスタイルの戦いが続いた。防御《ぼうぎょ》をしていても互いに少しずつHPが削られていく。

「けっ、まどろっこしい……！【二連斬《にれんざん》】！」

「むっ……！」

ドウメキの両手が閃く。【二連斬】は剣術《けんじゅつ》スキルをカンストすると覚える戦技だ。その名の通り二回攻撃《こうげき》。短剣《たんけん》スキルだと【アクセルエッジ】で四回攻撃だけどね。

僕《ぼく》の持つ【二連撃】と同じような能力だが、あちらは戦技でこっちはスキルだ。

向こうはST《スタミナ》を消費することとか、こっちはランダム発動でとかいろいろ違いはあるけど、どちらかというと【二連斬】は双剣スキルの【十文字斬り】に近い。描く軌跡《きせき》は『十』ではなく、『X』だが。

それが左右同時、合計で四回の斬撃がレーヴェさんを襲った。身体の中心線を主にガードして防いだが、白い虎の着ぐるみは所々が裂《さ》かれ、その下の防具がわずかに覗《のぞ》いていた。

「その中身を全部晒《さら》してやるぜ、着ぐるみ野郎！」

「野郎扱《あつか》いかい……。ま、この姿じゃ仕方ないけどね」

レーヴェさんがバックステップで距離を取り、腰《こし》を落として右手を前にスッとドウメキに翳《かざ》した。

するとレーヴェさんの身体に燐光がまとい始めた。なんだ？　あれもなにかのスキルか？

次第《しだい》に光が強くなっていく。まるでなにかをチャージしているかのような……。

「けっ！　なんだかわからねえが、やらせるかよ！　【剛剣突き】！」

ドウメキが同時に左右の大剣を一点に集中させるように突き出す。

これは決まった、と思わせるほどの突きだった。しかしドウメキの突き出した両剣は、レーヴェさんを捉えることはできず、虚《むな》しく宙を突く。

「なっ……!?」

フッ、と消えたように見えたレーヴェさんが、いつの間にかドウメキの横に現れる。

そのまま一瞬にして距離を詰《つ》め、ドウメキの脇腹《わきばら》にレーヴェさんの掌《てのひら》が触《ふ》れたと思いきや、次の瞬間《しゅんかん》、爆発するかのような轟音《ごうおん》とともに相手《ドウメキ》は数メートルも吹《ふ》っ飛んでいった。

ドウッ、とそのまま場外へとドウメキが落ちる。

『プレイヤー1、場外。勝者、プレイヤー2。ギルド【ゾディアック】所属、レーヴェ』

勝者を告げるアナウンスが流れると、会場に割れんばかりの歓声が響き渡った。

「うわあ！　なにあれ、すごい！」

「【チャージ】……いや、違うな。【チャージ】にはあんな燐光エフェクトはない。別のレアスキルか？」

はしゃぐミウラとブッブツと分析《ぶんせき》を始めるセイルロットさんの声が聞こえてきたが、僕は別のことで頭がいっぱいだった。

今のレーヴェさんの動き。スピードや威力《いりょく》は違うが、僕はあの動きを以前に見たことがある。

星の降るような夜に、時間の止まった砂浜《すなはま》で……僕は見た。

忘れるはずがない。砂でできた謎《なぞ》のゴーレムを倒《たお》した仮面スーツの怪人《かいじん》を。

技の癖《くせ》というものは人それぞれで、同じ技でも個人によって一人一人違う。技を繰り出す時に、ＶＲのサポートを受けたとしてもやはりどこか違ってくるのだ。腕《うで》をわずかに下げるとか、重心移動のテンポとか。

今の動きはあの時に見た仮面スーツの動きにかなり酷似《こくじ》していた。同じ流派だとしてもあんなに似るものだろうか？

僕の中でレーヴェさん＝仮面スーツの怪人という図式が成り立ちつつある。これって……。

「シロさん？」

「えっ？　あ、なに？」

思考の海に沈《しず》んでいた意識がレンの声により急浮上《きゅうふじょう》する。武闘場の上ではボロボロのレーヴェさんが立ち去ろうとしていた。この試合は試合中でなければ装備の変更《へんこう》も許される。あの着ぐるみも装備の一つだとすると、また次は違う着ぐるみで登場するんじゃないかな。

あの夜のことをレーヴェさんに聞いてみるべきなのだろうか？　いや、藪《やぶ》をつついて蛇が出る可能性もある。

っていうか、仮面スーツの怪人がレーヴェさんなら確実に出る。あの時にかけられた催《さい》眠術《みんじゅつ》？　みたいなものをまたかけられてしまうに違いない。最悪、かけても無駄《むだ》だと判断されたら消されるかも……。

「シロさん、大丈夫ですか？」

「え？　あ、ごめん。ちょっと考え事してたもんだから」

再びレンに声をかけられて、僕は頭からおっかない考えを追い出した。よし、やっぱり全力でスルーしよう。僕はなにも知らない。それでいいのだ。

心配そうに覗き込むレンの頭を撫《な》でて、もう大丈夫と安心させる。

「レーヴェさん、すごかったですね。あの着ぐるみも可愛《かわい》かったですし」

「そうだね」

中身は地球外生命体かもしれないとレンに言ったら冗談だと思われるだろうか。それとも呆《あき》れられるだろうか。

いや、このことは口にしない方がいいな。秘密を知ったとなれば、レンまで標的にされる可能性だってあるわけだし。

うん。やはり黙《だま》っておこう。僕は再び正面に視線を戻し、始まった次の試合に集中することにした。

◇ ◇ ◇

「ちょっと食べ物買ってくるよ」

ただログインしているだけでも空腹は感じる。空腹になってしまったら、座っているだけでＨＰが減ってしまうからな。なにか食べないと。

インベントリに食べ物はしまってあるが、こういうところでしか食べられないものを食べるってのもいいと思い、僕は席を立った。確かコロッセオの中や外に露店《ろてん》とかあったよな。しばらく知り合いの試合もないし、今のうちにちょっと買ってこよう。

「シロ兄ちゃん、ついでにホットドッグ買ってきてー」

「あ、私はクレープ頼《たの》むねー。苺《いちご》のやつ」

「私《わたくし》は冷たい玉露《ぎょくろ》をお願い致《いた》しますわ」

「リンゴ飴《あめ》」

「あたしはフィッシュバーガーで」

「私はレモンティーを頼むわね」

「じゃあ私は焼きそばを……」

多い多い！　なんでうちのメンバーだけじゃなく、【スターライト】の人たちまで注文してんのさ！

「そこはほら、【調達屋】だから」

「上手《うま》いこと言ったつもりですか……」

にししと笑うメイリンさんにツッコミを入れつつも、メモウィンドウにリストを作る。

シズカの玉露とかリンカさんのリンゴ飴って売ってんのか？　まあいいや、ともかく買ってこよう。

観覧席から離れ、通路を抜《ぬ》けて階段を降り、コロッセオの外に出る。ＶＲとは思えないほどの燦々《さんさん》とした光が太陽から降り注いでいたが、不思議と暑さは感じない。

コロッセオの外には屋台がずらりと並び、今回のお祭りイベントに乗じて、プレイヤーたちも店を出しているようだった。売っているものは飲食類だけじゃなく、武器や防具、ポーションなどのアイテムや果てはここでスターコインと交換《こうかん》したと思われるアイテムまで売っている。当然、馬鹿みたいな金額が付いていたが。

「さー、いらはい、いらはい！　安いで、安いでー！　あの有名造形師によるオリジナルロボが木製モデルで登場や！　なんと完全変形して飛行形態にもなるんやでー！　コロッセオ実装記念に定額の二割引や、持ってけドロボー！」

胡散臭《うさんくさ》い聞き覚えのあるエセ関西弁に目をやると、アロハシャツにサングラスをした、カッコも胡散臭い【妖精族《アールヴ》】の青年が、ハリセンを叩《たた》きながら商売に汗《あせ》を流していた。

「なにやってんですか、トーラスさん……」

トーラスさんの横には手伝いに駆《か》り出されたのか僕らのギルドホームを建ててくれたピスケさんもいる。人見知りの彼《かれ》に客商売は辛《つら》いのか、座って客とは視線を合わせないように商品管理をしているが。

「おおっと、シロちゃんやないか！　どや、買《こ》うていかんか、これ！　男の子なら憧《あこが》れるやろ！」

グイッと、木で作られたロボットを渡される。いや、ズッシリとして確かにカッコいいけど……。おお、こんな風に変形するんだ。へー、ブースターとか細かいところも動くんだな……。

「なかなか……いいですね」

「せやろ！　さすがシロちゃんやで！　これな、簡単な差し込み式で作れるんや。色も自分で塗《ぬ》れるし、武器セットもあるから好みにカスタマイズできるんやで！」

「へえ、それはすごいですね」

「すごいやろ！　買って損はないで！　まいどあり！」

「どうも。……って、いや、買わないですよ!?」

「ちっ」

危ない。うっかり買わされるところだった。そもそもこれ結構な値段だぞ!?　正直言って高い！

「こんな値段で売れるんですか？」

「作ってるやつがプロのモデラーやさかいな。その金額ならめっちゃ安い方やで。リアルの方やったら出すとこ出せばン十万はするからなあ」

「げっ⁉」

そんなにすんの……⁉　あれ、これって買っといた方がいいのか……？

「こっ、これっ！　三つ下さい！」

「へい、まいどありー！」

「えっ⁉」

僕の横にいた客のプレイヤーが商品に驚《おどろ》きつつ、三つも買っていった。うそお⁉　なんで三つも⁉　おんなじのですよ⁉

「なに言っとんのや。複数買うのは常識やろ」

「じょ、常識、です」

トーラスさんだけじゃなくピスケさんまで。あれ、僕がおかしいの……？

「鑑賞《かんしょう》用、改造用、パーツ組《く》み換《か》え用、壊れた時用、布教用、保存用とかいろいろ必要やろ。あとこいつ、一応量産型って設定やし」

「いや、そんな設定知らんから。いくら量産型だといっても同じの買って揃《そろ》えるってのは……」

「わかっとらんなあ、シロちゃん。量産型ってのは揃えてこそ華《はな》！　1号機、2号機……

機体ナンバーが違《ちが》うだけで、それは全く別の機体なんやで！　そこに搭乗員《とうじょういん》の趣味《しゅみ》とか性格に合わせた特性を少し出すだけで、その機体の個性が出てくるもんなんや。そこが作り手の腕の見せ所ってやつやないか！　これは美学や！」

熱く語り出したトーラスさんの横でピスケさんがこくこくと頷《うなず》いている。はあ、そうなんですか……。よくわからん。

「あそこだ！　いたぞ、こっちこっち！」

「え？」

後ろを振《ふ》り返ると、鬼気迫《ききせま》る表情でこちらへと爆走《ばくそう》してくるプレイヤーたちがいた。えっ、なになに⁉

「兄ちゃん、三つくれ！」

「こっちもだ！」

「押すな馬鹿野郎《ばかやろう》！」

「順番、順番にやでー！　お一人様三個までや！　おおきに！」

あっという間にトーラスさんの店に詰め寄ったプレイヤーたちが商品を手に金を出してくる。ウィンドウで交換すればいいのにと思ったが、こういう多人数で品物を渡す場合、現金化した方が早いのかもしれない。

巻き込まれたくないので僕はそこを離れた。しかし量産型とか言ってたくせに、一人三つまでってのはどうなんだろう？

くっ、やっぱり僕も一体買っておけばよかったかな……。

「シロお兄ちゃんです！」

「シロお兄ちゃんなの！」

悔《く》やむ僕の背中に幼い子供の声が投げられる。あれっ、ノドカとマドカじゃないか。

狐耳《きつね》と尻尾《しっぽ》を揺《ゆ》らして巫女《みこ》さん姿の双子《ふたご》がこっちを見ている。

「二人ともどうした？　えーっと、ミヤコさんの応援《おうえん》をしないでいいのかい？」

試合に出場する選手は基本的に一人だ。付き添《そ》いなどは不可で控《ひか》え室《しつ》には入れない。だからてっきり二人は観客席でミヤコさんの応援をしているのだと思ったんだけど。この子たちも買い物かな？

「シロお兄ちゃんを応援しに来たです！」

「応援しに来たの！」

うん、元気いっぱいなのは微笑《ほほえ》ましいが、応援ってなに？　僕は出場者じゃないよ？

「そろそろです！」

「そろそろなの！」

「そろそろ？」

そろそろってなにさ。まったく話が通じないんだけれど。どうしたもんか。

「さん！」

「にぃ！」

「いち！」

ちょっと……なに、そのカウントダウン。なんかわからないけど不安になるからおやめなさいよ。

「「ぜろ!!」」

「それやめて、って……うおわっ!?」

次の瞬間、ふっ、と足下《あしもと》がなくなり、僕は落下するような感覚に襲《おそ》われた。しかしそれも一瞬《いっしゅん》で、すぐにふわりとした浮遊《ふゆう》感に包まれる。

「え、なになになに!?」

果てしなく真っ白な空間が目の前に広がる。なんだ!?　なにかのバグか？

まるで水中にいるかのように身体《からだ》が浮《う》いたまま、うまく動かせない。ジタバタともがくと少しは動けるが……。

不意に【気配察知】がなにかの存在を僕に告げる。振り向くとそこには白い天馬《ペガサス》に乗った髪《かみ》の長い少年が立っていた。青白い仕立てのいい服を着て、まるで王子様のようだ。

「誰《だれ》……？」

白い肌《はだ》に青い眼《め》、サラサラの金髪《きんぱつ》。まったく見たこともないはずなのに、なぜか知り合いに会ったような感覚がある。誰だ？　名前がポップしないけど、プレイヤーか？　それともＮＰＣか？

少年がふっと笑う。

『気をつけて』

「え？」

少年の声が聞こえたと思ったら再び暗闇《くらやみ》になり、僕は落下する。ちょ、だからなにー!?

落ちていく感覚だけが延々と続き、やがて暗闇を抜けたと思ったら、地面に背中から叩きつけられた。

「ぶっ!?」

長い間落下したように思えたが、一メートルほどの高さから落ちたようだ。ダメージはほとんどない。

っていうか、どこだここ……？

空は青く澄《す》み渡っているが、見渡《みわた》す限りの荒野《こうや》。それだけならまだよかったが、地面の至るところには様々な剣《けん》や槍《やり》、斧《おの》や刀などが突き刺さり、まるで墓標のようだ。

絶対にコロッセオではない。いったいどうなってる？　まさかポータルエリアでもないのに【セーレの翼《つばさ》】が勝手に発動したとか？

「きゃう⁉」

呆然《ぼうぜん》としながらも立ち上がった僕の前に、突然《とつぜん》女の子が落ちてきた。うわっ、なんだ⁉

「えっ、レン？」

「あいたた……。シロさん？　えっ、ここどこですか？」

驚きの表情で、レンが座《すわ》ったままキョロキョロと辺りを見回す。なんでレンまでここに……。

「どわっ⁉」

「きゃっ⁉」

「ひゃっ！」

「……っ⁉」

「えっえっえっ⁉」

どさどさどさどさっ！　と僕らの周りに四人の人物がレンと同じように落ちてくる。驚くべきことに、そのうち三人までが僕の知り合いのプレイヤーだった。

「なっ!? どっ、どこだここは!?」

「ガルガド!? あんた試合は!?」

お互《たが》いに顔を見合わせ、目を見開いている男女はギルド【スターライト】のガルガドさんとジェシカさん。

「ここは……」

呆然と佇《たたず》む銀髪《ぎんぱつ》で白いゴスロリ装備に水色のローブを羽織った少女。腰には細身の剣を下げたこの少女はギルド【六花《りっか》】のアイリス。一度、トーラスさんの店で出会い、Aランク鉱石を売ってあげたプレイヤーだ。

そして最後の一人は誰あろう、先ほどまでいたコロッセオで派手な雷《かみなり》をまとい戦っていた【雷帝《らいてい》】である。

「………」

無言で立ち上がった【雷帝】は辺りをキョロキョロと見回している。パーカーの大きなフードを被《かぶ》っているのでいまいち表情がわからないな。

【月見兎】の僕とレン、【スターライト】ガルガドさんにジェシカさん、【六花《りっか》】のアイリス、そして【雷帝】……。六人が突然わけのわからない空間フィールドに拉致《らち》された。あれ? そういやこのメンツって……。

「おい、シロ！　ここはどこだ？　なんで俺《おれ》たちはこんなところに？」

「いや、僕にもさっぱり……。コロッセオの外でノドカとマドカの二人と話してたら突然ここへ……」

ガルガドさんが僕に尋《たず》ねてくるが、僕にだってなにが起こっているのかわからない。ジェシカさんがマップウィンドウを開き現在地を確認《かくにん》している。

「ダメね。ここはシークレットエリアみたい。第何エリアなのかもわからないわ」

僕はちょっと気づいたことを確認するため、ジェシカさんの横にいたアイリスと【雷帝】の二人に声をかけた。

「ちょっと聞きたいことがあるんだけど。アイリス……と、ええと、そこの【雷帝】君……」

「…………ユウ」

僕が声をかけると【雷帝】君の頭上に【ユウ】と名前がポップした。ネームプレートをONにしてくれたらしい。ユウ君、ね。わかった。

「ユウ君とアイリス、君らひょっとして『ソロモンスキル』を持ってないかい？」

スキル構成を他人が探《さぐ》るのはあまり褒《ほ》められた行為《こうい》ではない。しかしどうしても確認しておきたかった。僕が気づいたのはこの中で六人中、四人がソロモンスキルを持っていること。これが偶然《ぐうぜん》だというならちょっとできすぎている気がしたのだ。

ソロモンスキルを持っている者がここへ呼び込まれた……。そう考えるほうが自然に思える。

僕の言葉を聞いたアイリスが目を細め、腕を組む。

「……持っていたとしても私があなたたちに教える必要があるのかしら？　スキル構成はプレイヤーの切り札にもなり得る。そんな情報を、」

「Aランク鉱石、役に立った？」

「うっぐ……!?」

アイリスの表情が引き攣《つ》る。彼女《かのじょ》には以前、貴重なAランク鉱石を売ってあげた。その腰にぶら下げている細剣《レイピア》はその鉱石で作った剣だろ？　にこやかに微笑む僕にアイリスは、はあっ、とため息をつく。

「持ってるわ。私のは【クロケルの氷刃《ひょうじん》】。どんなスキルかはさすがに教えられないけど」

やっぱりか。なんとなく名前でどんなスキルかわかるけど、まあ僕の【セーレの翼】のように、単純にそれだけではあるまい。

「ユウ君も？」

「…………持ってる。ボクのは【フルフルの雷球】」

「え、ちょっと待って、シロ君。ってことは、ここにいる全員がソロモンスキルを持っているってこと？」

「みたいですね」

ジェシカさんに僕は小さく頷く。僕ら四人もソロモンスキルを持っているというその言葉に、アイリスもユウ君も驚いているみたいだった。

僕の【セーレの翼】、レンの【ヴァプラの加護】、ジェシカさんの【ナベリウスの祝福】、ガルガドさんの【ヴァレフォールの鉤爪《かぎづめ》】、アイリスの【クロケルの氷刃】、そしてユウ君の【フルフルの雷球】。

全員がソロモンスキルを持っている。これが偶然なはずがない。

「おそらく僕らはソロモンスキルを持っているからここへ呼び寄せられた……。でもなんで……」

『ゴガァァァァァァッ!!』

「ッ⁉」

僕らの思考をぶった斬《ぎ》るように、辺りに突然大地を震《ふる》わすような咆哮《ほうこう》が響き渡る。

振り向くと、荒野の向こうから巨大《きょだい》なモンスターがこちらへ向けて悠然《ゆうぜん》と歩いてくるのが見えた。

黒い毛並みと大きな体躯《たいく》、たてがみと尻尾が蛇《へび》で、赤く光る目を持つ犬の頭が二つ。双《そう》頭《とう》の黒犬だ。

「オルトロス……！」

「オルトロス？」

「ギリシャ神話に出てくる双頭の魔犬《まけん》よ。ケルベロスの弟で、英雄《えいゆう》ヘラクレスが退治した怪物《かいぶつ》」

ケルベロスなら知ってる。ジェシカさんが説明してくれた通り、黒犬のモンスターに視線を合わせると、その頭上に【オルトロス】とネームプレートがポップして、すぐに消えた。

『グルガァアアァァァァァァッ!!』

オルトロスは再び大きな咆哮を上げると、まっすぐに僕らへと向けて飛びかかってきた。

DWO:04:08　荒野の魔獣

【Game World】

『グルガアァァァァッ!!』

耳が痛くなるほどの咆哮をあげて、僕らへと飛びかかってきたオルトロスが、右前脚《まえあし》の爪《つめ》をガルガドさんめがけて振り下ろした。

「いきなりかよッ……!?」

大剣《だいけん》を盾《たて》のように寝《ね》かせ、その腹でガードしたガルガドさんだったが、オルトロスの一《いち》撃《げき》に堪《た》え切れず、身体が宙に浮いてしまった。

そしてそのまま吹っ飛んで地面へと落ちる。なんてパワーだ。

「【一文字斬り】！」

僕は瞬間的《しゅんかんてき》に【加速】を使い、駆け抜けるようにオルトロスの前脚を戦技で斬りつける。

『双剣使い《デュアルフェンサー》』となり、ジョブスキル【双剣熟練】を手に入れたことにより、攻撃力《こうげきりょく》は以前より上がっている……はずなんだが、オルトロスは僕のつけた傷などなんでもないかのように、正面にいたアイリスへと向けてその爪を振るった。

「くっ！」

襲いかかる爪を後方へ飛んで躱《かわ》し、アイリスが腰から細剣《レイピア》を抜いた。青白い刀身が冷気のエフェクトを放つ。氷属性か。

「【ペネトレイト】！」

後方へ飛んだアイリスが着地と同時に今度は前方へと飛ぶ。【ペネトレイト】はうちのシズカもよく使うが、薙刀術《なぎなた》だけじゃなく細剣術でも使えるんだな。

戦技による力を込めた突《つ》きの一撃がオルトロスの前脚に突き刺さる。しかしこれもダメージを受けたそぶりも見せずに、オルトロスは口から炎《ほのお》を吐《は》いた。

その炎は正面にいたアイリスに襲いかかる。

「⁉　っ、『クロケル』！」

オルトロスから抜いたレイピアをヒュン、とアイリスが上へと一閃《いっせん》させると、彼女の前に瞬時《しゅんじ》にして氷の壁《かべ》が現れ、炎からの直撃《ちょくげき》を防いだ。

しかしその氷の壁はあっという間に炎によって溶《と》けてしまう。なんとかその間にアイリスは横へ退避《たいひ》していたが、あの炎のブレスはヤバいだろ……。

クロケル……確か彼女のソロモンスキルは【クロケルの氷刃】。あれがその能力なのだろうか。

『シャアアァァァァッ！』

「おっとぉ!?」

余計なことを考えていた僕にオルトロスの尻尾が牙《きば》を剥《む》く。蛇の頭をしたその尻尾は軽くアナコンダほどの太さがあり、それが意思を持った別のモンスターのように襲いかかってくるから面倒《めんどう》だ。

手にした双焔剣《そうえんけん》『白焔改《びゃくえんかい》』と『黒焔改《こくえんかい》』で斬りつけて、そこから一時退避しようとした時、パチッ、と空気が帯電したように弾《はじ》けた。え、これって……！

「【雷槍《らいそう》】」

そう呟《つぶや》いたユウ君の手のひらからズバンッ！　と稲妻《いなずま》が走る。その一撃はオルトロスに直撃し、ついでにその周囲へいた僕らへも稲妻を撒《ま》き散らした。危なっ！

「ちょっ！　なにしてんのよ！　気をつけなさいよね！」

僕と同じく巻き込まれかけたアイリスがユウ君に文句を言うが、彼はどこ吹く風《かぜ》と聞き流し、今度は手のひらを上にかざすと、そこにバスケットボール大の雷の塊《かたまり》を発生させた。

「え、ちょっと……！」

「まさか……！」

「【雷球】」

嫌《いや》な予感がした僕とアイリスは急いでオルトロスから離《はな》れる。次の瞬間、ユウ君の手から放たれた雷の玉がオルトロスへと炸裂《さくれつ》した。

『グルガアァッ!?』

さすがにこれは堪えられなかったのか、オルトロスが唸《うな》りを上げて一歩後退する。しかしそれも一瞬で、すぐさまオルトロスは自分にダメージを与《あた》えたユウ君へとヘイトを移し、駆け出していく。

「【アイスバインド】！」

『ガッ!?』

横から放たれたジェシカさんの魔《ま》法《ほう》がオルトロスの足を凍結《とうけつ》させる。それを力任せにバキバキと壊《こわ》していくオルトロス。少しの足止めにしかならないのか。

「【サウザンドレイン】！」

今度は後方からレンの放った矢の雨がオルトロスへと降り注ぐ。その間に倒れていたガルガドさんがオルトロスへと接近し、高く跳躍《ちょうやく》して大剣を振りかぶった。

「【大切断】！」

『シャアアアァッ！』

勢いよく振り下ろされた大剣を、鞭《むち》のようにしなった尻尾の蛇が弾く。空中でバランスを崩《くず》したガルガドさんはなんとか着地したが、その間にオルトロスは【アイスバインド】の呪縛《じゅばく》から脱出《だっしゅつ》し、後方へ飛んで逃《に》げた。くそっ。

『ゴガァアアァァッ！』

再びオルトロスは炎のブレスを吐き、首を振って広範囲《こうはんい》に撒き散らす。僕らはダメージを受けつつもそれを全力で避《よ》け、オルトロスから距離《きょり》を取った。

「ちょっとあんた！　さっき私たちを巻き添《ぞ》えにしようとしたでしょ！」

「……別に。勝手に避けると思った。避けられないタイミングじゃなかったし」

「この……！」

アイリスがユウ君へ食ってかかる。確かにさっきのは避けられないタイミングではなかった。しかし一声かけてもよかったんじゃないかとも思う。

「っていうか、お兄さんたち出し惜《お》しみしているの？　みんなソロモンスキル持ってるんでしょ？」

睨《にら》みつけるアイリスを無視して、訝《いぶか》しむような目を僕に向ける。どうやら彼は僕らが手を抜いていると思っているようだった。心外だな。

「あいにくと私たちのソロモンスキルはあなたたち二人のような直接的な戦闘《せんとう》スキルじゃないのよ。悪いけど期待しないで」

「……そう」

僕の代わりにジェシカさんが答えると、ユウ君は興味をなくしたかのように視線をオルトロスへと戻《もど》した。なんというか、ドライな子だな……。

ガルガドさんのアイテムドロップ率が上がる【ヴォレフォールの鉤爪】は知っているが、ジェシカさんの【ナベリウスの祝福】がどんなスキルなのか僕らは知らない。

ジェシカさんの言う通りなら、戦闘で活躍《かつやく》するスキルじゃないようだ。

『ゴルガアァァァッ！』

「来るぞッ！」

オルトロスが真《ま》っ直《す》ぐにこちらへと駆けてくる。僕らは散開して逃げたが、オルトロスはユウ君へと狙《ねら》いを定め、その身を宙へと躍《おど》らせた。

「……ッ、【雷装】」

ユウ君の両腕《りょううで》に装備された黄金のガントレットが雷を纏《まと》う。彼はバチバチと帯電しながら、迫《せま》り来るオルトロスに対して拳《こぶし》を固めた。

『グラアッ！』

「【剛昇拳《ごうしょうけん》】」

ユウ君をひと飲みにせんとばかりに大きく口を開いたオルトロスは、その鋭《するど》い牙を外され、喉元《のどもと》に雷を帯びた一撃を食《く》らう。

「っ……⁉」

軍配はユウ君に上がったかに見えたが、拳を食らわせた右腕《みぎうで》が、無数に生えた蛇の鬣《たてがみ》にがっしりと絡《から》め取られている。

オルトロスはそのまま軽く地を蹴《け》り、首から地面へとダイブした。

「ぐふ……ッ！」

グシャっと、リアルなら内臓が破裂《はれつ》してもおかしくないほどの衝撃《しょうげき》。くっ、大丈夫《だいじょうぶ》か⁉

さすがにあれだけでHPが0になるとは思えないが、僕《ぼく》のように紙装甲《そうこう》ならあり得る。

「【ファイアボール】！」

『ブグアッ⁉』

ユウ君を押《お》し潰《つぶ》したオルトロスの横《よこ》っ面《つら》に、ジェシカさんの放った特大の火の玉がぶち当たる。

オルトロスが立ち上がった瞬間《しゅんかん》、ユウ君が蛇の鬣から離れ、地面に落ちた。

「【加速】！」

僕はオルトロスの脚《あし》の間をくぐり抜けるように駆け抜けて、倒れたユウ君を拾い上げる。

そしてそのまま大回りをして、レンの下《もと》へと彼を運んだ。

「【ハイヒール】！」

レンが覚えたばかりの中回復魔法を発動させる。彼女はあまりMPが高い方ではないので、序盤《じょばん》でのこの【ハイヒール】は痛いが、この際仕方がない。

「大丈夫ですか？　動けます？」

「……別にハイポーションとか持ってたのに」

回復魔法をかけられたユウ君がレンの視線を外しながら立ち上がる。いや、助けてもらったのにその言い草はないだろう。レンが戸惑《とまど》っているじゃないか。お礼の言葉くらいあるだろう、普通《ふつう》。

僕が一言文句を言おうかとすると、

「……でもありがとう」

「あ、はい」

ぼそりと素っ気なく、ユウ君の口から感謝の言葉が漏《も》れ、僕は開きかけた口をパクパクとさせてしまう。……なんだ、普通に言えるじゃんか。

「……そっちのお兄さんもありがとう」

「いや、まあ……うん」

……悪い子じゃないのかな？　ちょっと人とのコミュニケーションが苦手……というか取り方がわからないっぽいけど。

「えっと……ユウ君はパーティプレイの経験は？」

「ない。ずっとソロ」

それはそれですごいな……。第二エリアのボスであるブレイドウルフとか、一人で倒《たお》したってことか。

「ちょっと！　突っ立ってないで手伝いなさいよ！」

オルトロスの攻撃《こうげき》を凌《しの》ぎ続けるアイリスから怒号《どごう》が飛んできた。おっといかん。立ち話している場合じゃなかった。

『シャアアアッッ！』

オルトロスの尻尾である大蛇《だいじゃ》の口から、紫色《むらさきいろ》の霧《きり》のようなものが辺りに噴出《ふんしゅつ》される。もうもうと立ち込めた紫色の霧は辺りに広まり、視界を薄《う》っすらと染める。

ピコン、と音がして自分のＨＰを見ると、ごく僅《わず》かだが減っていた。

「毒霧か⁉」

大きなダメージが付与《ふよ》されるものではないようだが、こう広範囲ではキュアポーションなどで毒を消してもまた食らってしまう。それなら……。

僕はインベントリから特製の毒消し飴を取り出して口に含《ふく》んだ。

この飴は毒消しの効果を持続させる効果がある。舐《な》めている間、毒を回復し続けるので、毒の沼地《ぬまち》などでも普通に活動できるのだ。

僕の行動を見て、レンも自分のインベントリから渡《わた》してあった毒消し飴を取り出して口に投げ込んだ。

僕は小さな小瓶《こびん》に入った残りの飴をユウ君に手渡《てわた》す。

「……これは？」

「毒を無効化する飴だよ。ユウ君も舐めるといい」

僕が説明すると彼は目を見開いて驚いていた。正確には無効化しているわけじゃないんだけどね。毒を食らっても瞬時に解毒《げどく》しているってだけで。

ユウ君は小瓶から取り出した深緑の飴を無造作に口の中へと放り込んだが、しばらくしてあまり豊かではない彼の表情がぐにゃりと辛そうに歪《ゆが》んだ。

「に、がい……」

「だろうねぇ。毒消し草をぎゅっと濃縮《のうしゅく》させたものだから。ま、良薬口に苦しって事で」

今思ったが、【バカ舌】スキルがあればかなり苦い回復飴とか毒消し飴でも舐めていられるんじゃなかろうか。まあ、それだけのために戦闘スキル枠《わく》をひとつ使うのも贅沢《ぜいたく》な気もするし、回復ったって限度があるからな。それ以上の攻撃を受けたら回復も追っつかないし。

ガルガドさんたちも飴を舐めたようで問題なく動いていた。アイリスもジェシカさんからもらったようだ。

『ゴガァアアアァアァアッ！』

オルトロスが火炎《かえん》放射器のように二つの口から炎を吐く。毒霧の中、ジェシカさんが【アイスウォール】、アイリスが【クロケルの氷刃】で作り上げた、似たような氷壁《ひょうへき》でそれを防いでいた。おっと、ヤバい！

「【加速】！」

僕は最大速度でオルトロスへと迫り、インベントリから閃光弾《せんこうだん》を取り出して【投擲《とうてき》】でその片方の顔面目がけてぶん投げた。

「みんな目をつぶって！」

閃光弾がオルトロスの顔面に当たると同時に爆発《ばくはつ》し、眩《まぶ》しい光が周囲に炸裂する。

『グルギュアァァァッ!?』

視界を奪《うば》われたオルトロスがその場で暴れまくる。ジェシカさんたちはその隙《すき》にオルトロスの射程範囲《はんい》外《がい》へと退避した。

「【トライアロー】!」

後方からレンの放った矢が三つに分かれてオルトロスを襲い、躱すことのできない黒い巨犬《きょけん》はその三つの矢すべてを全身に受けた。

と、後方に数歩下がったオルトロスが、その二つの頭を太陽へと向け、怒《いか》りの咆哮を上げる。

『グルオオオオオオォォォォォォォォッ!』

『ゴルガアアアアァァァァァァァァァッ!』

大気を震わせる衝撃波《しょうげきは》がダブルで僕たちを襲った。身体が硬直《こうちょく》して動くことができない。

これって……ブレイドウルフと同じ【ハウリング】か!

僕らの中で誰一人《だれひとり》動くことができなかった。僕とレンは【耳栓《みみせん》】スキルを持ってないし、ガルガドさんたちも持っていたって【耳栓】なんて特殊《とくしゅ》なスキルを常に装備スロットに入れているわけがない。

『グルルァァ……』

オルトロスは目が回復してきたのか、僕らの方へと視線を向ける。こちらも【ハウリング】の呪縛から逃《のが》れ、動けるようになったが大きなチャンスを逃してしまった。

【カクテル】のキールさんに『炸裂弾《さくれつだん》』を作ってもらっとくべきだったな……。

『ルガァッ！』

オルトロスが前脚の爪で宙を切り裂《さ》く。その爪の先から四本の衝撃波がまるでサメの背ビレのように地面を抉《えぐ》りながら飛んできた。

「今度は【ソニックブーム】かよッ!?」

ガルガドさんがぼやきながら、飛んできた衝撃波を防御《ぼうぎょ》する。

【剣術《けんじゅつ》】スキルにある【ソニックブーム】、【刀術】スキルにある【風刃】など、中距離《ちゅうきより》まで斬撃が届く戦技はいくつかあるが、今のはそれにそっくりだった。

爪を収めたオルトロスが再び空へと首を向ける。

『オォオオオオォォォォォォォォオォッ！』

『アァアアアアァァァァァァァァァァッ！』

「また……ッ！」

【ハウリング】による再度の硬直。その直後、オルトロスが猛《もう》スピードで僕らに向かって突進《とっしん》してきた。

「ぐはっ⁉」

レンをかばったガルガドさんが吹《ふ》っ飛ぶ。

怖っ。あの巨体《きょたい》に体当たりを食らったら僕なんか一撃でやられるぞ。躱せないことはないけど、攻撃に転じられない。これじゃジリ貧《ひん》だ。

「パワーもスピードもブレイドウルフとは比べ物にならないわ……。まず、あの機動性を削《そ》がないと話にならない」

アイリスの意見に僕も賛成だ。しかしどうやってあの動きを止める？　バインド系の魔法も一時的で、すぐに脱出されてしまうし……。

「地道に足を狙って動きを削《けず》っていくしかないかしら……。あるいはステータス異常を付与させる……」

ステータス異常……？　あっ……それがあったか！　そうかそうか！　それなら！

「【分身】！」

「えっ⁉」

驚《おど》くアイリスをよそに僕は【分身】で四人に分かれる。インベントリから各自『それ』を取り出して、オルトロスへと【加速】で一気に近づいていった。

『ガルガァッ！』

再び爪のソニックブームが四人の僕へと向けて放たれる。しかし【見切り】の上位スキル【心眼】を持ち、【加速】状態の僕ならそれを躱すことは不可能ではない。

オルトロスへと近づいた僕は、持っていた『それ』……リンカさんが作り、ポイズンジエリーの猛毒《もうどく》を付与してくれた毒撒菱《どくまきびし》をジャラジャラと地面にバラ撒いた。

『ガアッ！』

「おっと」

噛《か》み付いてくるオルトロスの牙を躱す。撒菱のダメージはほぼないも同じ。オルトロスはなんの躊躇《ためら》いもなく撒菱の上を動き回って僕に一撃を食らわせようと追いかけてくる。

オルトロスの脚は大きく、さらに四つ脚だ。ドウメキの時とは比べ物にならない量の撒菱がザクザクと刺《さ》さっていく。

『ガガッ⁉』

「おっ⁉」

オルトロスに紫色の毒のエフェクトが発生する。よしっ！　さすがにあれだけの判定回数を重ねればヒットもするか。毒霧のお返しだ。

相手も毒持ちモンスター、ＨＰは大して減らないかもしれないが、毒のダメージを受けるたびにごく僅かだが、動きが止まる。今までのスピードでは動けないだろ。

「動きが鈍《にぶ》くなったわ！」

「今だ！」

「いく」

明らかに動きに精彩《せいさい》を欠き始めたオルトロスを見て、アイリスとガルガドさん、それにユウ君が前に飛び出した。

逆に僕は【分身】を解除して後方へと下がる。もう限界。ＨＰもＭＰもレッドゾーンに突入《とつにゅう》しそう……。

「まずっ」

相変わらず不味《まず》いハイポーションを三本一気に続けて飲む。僕はＨＰが少ないからこの程度でいいが、ＨＰ多いジョブとかは五、六本飲まなきゃレッドゾーンからは全快しないっぽい。

そろそろハイポーション以上の回復ポーションが見つからないかなあ。【調合】持ちはなにやってるんだ。……ま、僕もその一人だけどさ。

続けてハイマナポーションも一気に飲む。こちらは二本でいい。だけどハイポーションと同じく酷《ひど》い味だ……。

「気持ち悪っ……」

気分は最悪だ。だけどＨＰ・ＭＰともに全快した。ＳＴ《スタミナ》も減っているが、スタミナポーションで回復させるほどじゃない。戦技は初手の【一文字斬り】しか使ってないからな……。

『グルガアァッッ！』

オルトロスが毒のエフェクトをまとわせながら、ガルガドさんたちへ向けて爪を振《ふ》るう。しかしそこには先程《さきほど》までの鋭さはなく、ガルガドさんたちは鈍くなったオルトロスの爪をなんとか躱しながら攻撃を加えていた。

オルトロスの足元には僕のばら撒いた毒撒菱《どくまきびし》がたくさん転がっている。戦っているみんなもそれをずっと踏《ふ》み続けているが、毒消し飴のおかげで毒に冒《おか》されてもすぐさま飴の効果で消えているはずだ。

オルトロスは先程のように【ハウリング】を放とうとするが、途中《とちゅう》で動作が止まる。数秒間に一度、喰《く》らわせた毒がオルトロスにダメージを与える。毒自体のダメージはヤツに耐性《たいせい》があるため微々《びび》たるものだ。しかしそのたびに一瞬《いっしゅん》だけオルトロスの動きがビクリと止まるのだ。

ポイズンジェリーの毒に含まれる麻痺《まひ》効果だな。動きが止まるそのタイミングを狙ってアイリスの戦技が閃《ひらめ》いた。

「【スタートラスト】！」

『ギャオアッ⁉』

まるでマシンガンを放ったように、オルトロスの横腹に五芒星《ごぼうせい》の穴が刻まれる。剣術の【スタースラッシュ】や双剣術《そうけんじゅつ》の【双星斬《そうせいざん》】と似たような技だが、速さがケタ違《ちが》いだ。

しかもそれだけではなく、突いた穴から徐々《じょじょ》に凍《こお》りついていってるぞ。【凍結】効果か。

ソロモンスキル【クロケルの氷刃】の能力かな。

『ゴアアァッ！』

「おっと！」

オルトロスが左右の口から周囲に向けて炎を吐き出す。その熱のせいか、傷口から広がるかと思っていた【凍結】が止まった。

「まだまだ終わらないわよ！【フロストノヴァ】！」

アイリスが地面に細剣《レイピア》を突き立てると、海を泳ぐ鮫《さめ》の背ビレのように、氷の衝撃波がオルトロスへ向けて走っていく。そしてそれがオルトロスにヒットしたと思った瞬間、爆発《ばくはつ》的《てき》な冷気が辺りに広がり、地面から大きな霜柱《しもばしら》のようなものが瞬時にしていくつも現れた。

知らない技だ。ソロモンスキル派生の戦技かな？

『ブッ、グガッ⁉』

あっという間に霜柱に囚《とら》われたオルトロスが動きを止める。その瞬間を狙い、詠唱《えいしょう》をしていたジェシカさんの魔法が発動した。

「【フレア】！」

オルトロスの周囲にソフトボール大の小さな光の玉が無数に現れる。そのうちの一つが爆発したかと思ったら、連鎖《れんさ》反応するかのように他の光の玉も次々と爆発し、オルトロスを灼《や》いていった。

『ギャオルアァァァッ⁉』

まるで爆竹《ばくちく》のような爆発の嵐《あらし》が過ぎ去ると、砕《くだ》かれた氷とともに、ぶすぶすと煙《けむり》を上げているオルトロスが僕らの目の前に立っていた。かなりのダメージを与えたとは思うが、まだHPは半分も減ってはいない。

「【パワーショット】！」

「『ギャワンッ⁉』

飛来した銀の矢がオルトロスの右の頭に深々と突き刺さる。レンか。

突き刺さったのは普通の矢ではない。リンカさんに作ってもらった金属製の矢だ。威力《いりょく》は高いが飛距離《ひきょり》は落ちるし、射るのにも時間がかかるシロモノだが、木製の矢とは違って特殊な使い道もある。そのひとつが――――。

「【百雷《ひゃくらい》】」

ユウ君の言葉とともに、天空から降り注いだ無数の雷霆《らいてい》が、突き刺さったレンの矢に全て落ちる。すなわち、オルトロスの片方の頭に。

『ガ、ガ、ガッ！』

全身を痙攣《けいれん》させて、オルトロスが白目を剥く。そのタイミングで高く飛び上がったガルガドさんの大剣が矢を受けたオルトロスの右の頭に振り下ろされる。

「【兜《かぶと》割り】！」

『ギャヴァアアアッ！』

右頭から血飛沫《ちしぶき》が上がる。白目を剥いたまま、舌を出して力なく右の頭がガクンと意識を失った。頭上にはピヨピヨとヒヨコのエフェクトが回っている。ピヨったか。

連続した五つの戦技攻撃を受けたのだ。さすがに耐《た》えられなかったとみえる。

あれ、僕だけ参加してない……。い、いや、毒撒菱《どくまきびし》撒いたの僕だし？　実際には六連続攻撃ってことで。うん。

『グルオガァァァァァァッ！』

「おっと！」

オルトロスは残った左頭の口から盛大《せいだい》な火炎を吐き、同時に後方へと飛び下がった。追撃《ついげき》をしようとしていたガルガドさんたちが、炎に阻《はば》まれてその場に立ち止まる。

よし、相手のHPが半分を切った。悪くない感触《かんしょく》だ。このまま押していけば——。

「なかなかどうして。やりますわね、皆《みな》さん」

そんな声とともにどこからか、パチパチと遅《おそ》めのテンポで拍手《はくしゅ》が聞こえてきた。辺りを見回すが誰《だれ》もいない。だけど今、確かに女性の声が……。

「あそこ！」

アイリスが自分の細剣《レイピア》をほぼ頭上に翳《かざ》す。

その剣の先の空に、一人の女性がまるで空中に腰掛《こしか》けるように足を組んで浮遊《ふゆう》していた。真っ白な衣服に青い軽鎧《けいよろい》を身につけた金髪《きんぱつ》ロングの女性だ。青い目に白い肌《はだ》……どっちかというと可愛《かわい》い系ではなく美人系だな。両腰《こし》には黄金の鞘《さや》に納められた剣が二本ぶら下がっている。

しかし一番目についたのは、そのプレイヤー……いや、NPCなのかもしれないが……彼女の背中から生えていた真っ白な二対の翼《つばさ》である。

『DWO《デモンズ》』には翼の生えた種族というものも存在する。【獣人族《セリアンスロープ》】での鳥種族、『バードマン』がそれだ。

しかしこの種族は通常時はもとより、獣化《じゅうか》しても空を飛ぶことはできない。敏捷度《びんしょう》や攻撃力が一時的に跳《は》ね上がるだけだ。

目の前に浮《う》かんでいる女性は紛《まぎ》れもなく、空を飛んでいるが、翼の力で飛んでいるわけではないのかもしれない。翼が羽ばたいてないし。なにかのスキルか……？　見た目だけはまるで天使だが。

「少し皆さんを見くびっていたようです。この子で充分《じゅうぶん》と思ったのですけれど、私の読みが浅かったようですわ」

女性が未《いま》だに少しふらつくオルトロスの方を見下ろして言葉を紡《つむ》ぐ。

「あんたは誰だ？　俺《おれ》たちをここに呼び込んだ張本人か？」

大剣を構えたまま、ガルガドさんが誰何《すいか》する。空中にふわふわと浮遊したままの女性はその場で立ち上がり、優雅《ゆうが》にお辞儀《じぎ》をしてみせた。

「私はサラ。厳正なる【監視者《ウォッチャー》】の一人……と、いっても下《した》っ端《ぱ》ですけれども」

そう言いながら天使の女性が自嘲《じちょう》するような仕草で肩《かた》をすくめる。

「【監視者《ウォッチャー》】……？　『DWO《デモンズ》』のGM《ゲームマスター》かしら？」

「GMが出てくるってことは、これってやっぱりバグなの？」

ジェシカさんとアイリスの質問にサラと名乗った天使は首を小さく横に振る。

「我々は【監視者】であり、【管理者】ではありません。そこをお間違《まちが》いなきよう」

「……よくわからねえが、オルトロス《そいつ》を俺たちにけしかけたのはアンタか？　なんだってこんなことをする？」

「それにお答えする権限を私は持ち合わせておりません。本来ならば黙《だま》って見ているだけのつもりでしたが、上からのご要望がございまして。申し訳ありませんが、少しだけ修正を加えさせていただきますわ」

サラが片方の腰から剣を抜《ぬ》き放つ。黄金の鞘から現れたその剣は刀身まで黄金の輝《かがや》きを放っていた。

「【限界突破《ブレイクスルー》】」

黄金の剣から光の矢が放たれる。真っ直ぐにオルトロスへと突き刺さった光の矢は、燐《りん》光《こう》となって双頭《そうとう》の巨犬を包んでいった。

『グルァァァァ……！』

光に包まれたオルトロスが変化していく。くたっとしていた右の頭が息を吹き返し、その毛並みが炎を帯びて真っ赤に彩《いろど》られていった。

爪と牙が鋭く伸《の》びて、全身の筋肉が盛り上がり、大きさが増した。両首にある蛇《へび》の鬣《たてがみ》が活発にうねうねと動く。

ＨＰは回復していない。しかし僕が与えた毒のエフェクトは消え去ってしまっている。

「おいおい、そんなのアリかよ……！」

『『グルガァアアァアァアァッ!!』』

二つの頭が同時に空へ向けて咆哮《ほうこう》を上げると、強い衝撃波と炎がオルトロスを中心に放たれ、僕らは派手に吹っ飛ばされた。

と同時に尻尾《しっぽ》の蛇が今度は毒霧ではなく、赤い霧を撒き散らした。周囲に火の粉が舞《ま》い、辺り一面が火の海になる。地面へと叩《たた》きつけられた僕はなんとか立ち上がったが、周囲の変化に思わず舌打ちをしてしまった。

「シロさん、これって……」

「ああ……。こりゃマズいな……」

近くにいたレンも気がついたようだ。

これは【フィールド形成】だ。ウィンドウに浮かぶフィールド表示が【灼熱《しゃくねつ》】になっている。第四エリアの【極寒《ごっかん》】と同じく、このフィールドにいるだけでダメージを受けてしまう。ダメージ自体はごく少ないものだが、地味にキツいぞ……。

僕は装備していた『氷炎のブレスレット』を青から赤へと切り替《か》える。

トーラスさんの店で買ったこのアクセサリーは、【耐寒《たいかん》】効果だけではなく【耐熱《たいねつ》】効果もあるのだ。効果は25％のフィールドダメージを防ぐ。つまりダメージはみんなの3／4ですむ。

幸いなことに『DWO《デモンズ》』では【耐寒】装備は【灼熱】フィールドでもマイナス効果にはならない。でなきゃマフラーもコートも脱《ぬ》がなきゃならなかった。

みんなのHPを見てみると、アイリスだけは変化がなかった。どうやら【耐熱】効果のアイテムかスキルを持っているらしい。

おそらくスキルの方だと思う。ソロモンスキル【クロケルの氷刃《ひょうじん》】の派生能力だろうか。便利だなあ。

『ゴガアッ！』

炎をまとったオルトロスがこちらへ向けて駆《か》け出した。その視線が真っ直ぐ捉《とら》えるのは正面にいたユウ君だ。

「っ、【雷槍《らいそう》】……！」

ユウ君の構えた二本の指先から轟音《ごうおん》とともに雷《かみなり》の槍《やり》が放たれる。真っ直ぐ飛んでいったそれはオルトロスに突き刺さるかに思えたが、双頭の炎犬が吐き出した炎に相殺《そうさい》されて霧《む》散《さん》してしまう。っ、危ない！

「【加速】！」

一番近い場所にいた僕はフルスピードで彼《かれ》に駆け寄り、強引《ごういん》に抱《だ》き上げて、本当にギリギリのタイミングでオルトロスの体当たりを躱した。

怖っ⁉　マフラー掠《かす》ったって！　【見切り】の上位スキル【心眼】がなかったら確実に食らってた！

さっきも思ったが、ユウ君は軽く、簡単に抱き上げることができた。ＶＲでのアバターは、ある程度太らせたり痩《や》せさせたりという設定ができるが、それは見た目だけで、体重自体はそのままである。

つまり彼は実際にもこれくらい軽いというわけで。ちゃんと食ってんのか？

体当たりを躱《かわ》されたオルトロスは地面を削りながら勢いよく止まり、今度は二つの口から大きな火の玉を二発連続でこちらへ放ってきた。

「くっ……！」

再び【加速】を使い、ユウ君を抱き上げたまま、背後で二回の大爆発《だいばくはつ》を起こす火球から離脱《りだつ》する。この野郎《やろう》、調子に乗ってからに……！

「【フロストノヴァ】！」

バキィンッ！　と、アイリスの放った大きな氷柱が地面からオルトロスを襲《おそ》う。しかし、一瞬早くそれを察知したオルトロスはそこから飛び退《の》いて回避《かいひ》してしまった。

オルトロスの意識があちらに向いたことで、僕は足を止める。【加速】の連続発動はキツい。回復したMPがもう無くなってしまった。

またマナポーションを飲まなくては。あと何本残ってたっけ……。

「あ、あの……。お、下ろして……」

「え？　あっ、ごめんね」

僕の腕《うで》の中で恥《は》ずかしそうに俯《うつむ》くユウ君を地面へと下ろす。そりゃ男の子がお姫様抱《ひめさまだ》っこは恥ずかしいわな。申し訳ない。

僕はユウ君を下ろして、インベントリからハイマナポーションを取り出して一気飲みする。うぐう、不味い。

さらに【灼熱】効果で減ったＨＰ分もポーションを飲んで回復させておく。うぐう、不味い。

「あ、ありがと……」

「ん？　ああ、どういたしまして」

赤くなったユウ君に小さな声で礼を言われた。なんだ、やっぱりいい子じゃないか。テレ屋なだけらしいな。【夢魔族《インキュバス》】特有の悪魔《あくま》のような尻尾が所在無げに揺《ゆ》れる。これって自由に動かせるのかな……？

「ユウ君は……」

「ユウでいい。……その、君付け嫌《きら》いだから」

「わかった。ユウはハイマナポーションの予備はあと何本ある？」

「二本。これ飲んだらもうあと何回かしか撃《う》てない」

ユウはインベントリから僕と同じようにマナポーションを取り出して一気に飲んだ。苦味を我慢《がまん》するように顔を顰《しか》める。やっぱり不味いよな。

顔を顰めながらユウはオルトロスを睨み、ぼそりと呟《つぶや》いた。

「尻尾……」

「え？」

「あの尻尾。まずあれを切るべき。あれが火の粉を撒《ま》いて【灼熱】のフィールドを維持《いじ》している」

あ、オルトロス《あっち》の尻尾か。

……なるほど、確かに時々火の粉を撒いてら。このままじゃジリジリとHPを削られていくだけだし、幸いオルトロスの意識はガルガドさんとアイリスの方へ向いている。

「真後ろからじゃ蛇に気付かれるから、側面から接近してぶった斬《ぎ》るか。……【加速】！」

せっかく回復したMPを使い、全速力でオルトロスの側面から尻尾の蛇へと接近する。

気付かれる前に宙へと飛び上がり、戦技を発動させた。

「【ダブルギロチン】！」

『ギュアラララァァァ⁉』

完全に不意をついてやった。振り下ろした左右の双剣《そうけん》が尻尾の蛇を両断する。断末魔《だんまつま》の声をあげた蛇の頭が地面へと落ち、光の粒《つぶ》となって消滅《しょうめつ》した。

『ッ、ガァアァァアッ！』

尻尾を斬られたオルトロスが反転し、僕へとその爪《つめ》を振り下ろした。瞬間的《しゅんかんてき》に【加速】を使い、逆にオルトロスの前へと出て、脇《わき》の下を潜《くぐ》り抜ける。

「【雷装】」

僕と入れ替わるように今度は両手のガントレットに雷をまとわせたユウが飛び込んでくる。

「【虎砲《こほう》連撃】」

『ガッ、ガフッ⁉』

放たれた左右の拳のラッシュを横腹に受けて、オルトロスが後退する。そこへドスドスドスッ！　とレンの放った【トライアロー】が突《つ》き刺さった。

そのタイミングでジェシカさんとアイリスからの攻撃が飛ぶ。

「【アイスバインド】！」

「【フロストノヴァ】！」

『グルアァァァッ⁉』

地面からこれでもか、とばかりに伸びてきた氷にオルトロスが絡め取られる。よしっ、完全に動きを封《ふう》じ込めたぞ！

だが、それも束《つか》の間《ま》、バキバキと足下《あしもと》の氷に亀裂《きれつ》が入る。

「逃すかよ！　【狂化】！」

ガルガドさんが【鬼神族《オーガ》】の種族特性スキル【狂化】を発動させながら、大きく跳《と》び上がる。

「【大切断】ッ！」

振り下ろされた大剣《たいけん》がオルトロスの背骨にベキベキと食い込む。これは痛い。

【狂化】は防御力《ぼうぎょりょく》を捨てて攻撃力《こうげきりょく》を大幅《おおはば》にアップさせるスキルだ。つまりガルガドさんにとっては乾坤一擲《けんこんいってき》の一撃《いちげき》である。

しかしガルガドさんがオルトロスに与《あた》えたダメージは、残りＨＰがレッドゾーンに突入した途端《とたん》にガクンと落ち、削り切るまでにはいかなかった。ＨＰがレッドゾーンに突入すると防御力が上がるのか⁉

「シロ！　いけえっ！」

ガルガドさんがバランスを崩《くず》して地面に落下しながら叫《さけ》ぶ。ここまでやったんだ。出し惜《お》しみする理由はない。

「【分身】！」

瞬時《しゅんじ》に八人まで分身する。以前は七人までしかできなかったが、ＨＰの最大値も上がり、八人に分かれても僕のＨＰはレッドゾーンまでギリギリ届かないですむ。

【加速】を使わずに一気に分かれた全員でオルトロスを取り囲む。いくぞ！

『【双星斬】！』

左右連続で描《えが》く五芒星の十連撃が八方向から放たれた。繰《く》り出された八十もの斬撃がオルトロスを切り刻んでいく。

『『ガアアアアアァァァァァアアッッ‼』』

全身に十六もの星を刻まれたオルトロスが断末魔のような咆哮を上げた。周囲に飛び散る火の粉と血飛沫のエフェクト。

真っ赤に染め上げられた地面に、ズズン、と地響《じひび》きを立てて倒れるオルトロス。そのＨＰはすでに残ってはいなかった。倒せた……か？

それに答えるようにオルトロスの体が光の粒となって消えていく。

ボスを倒した時に鳴る、いつものようなファンファーレはなく、僕《ぼく》らに送られたのは怪《あや》しげな天使からの拍手だけだった。

「お見事です。他の方々はすでに全滅《ぜんめつ》したり、まだ戦っていますのに、なかなかにお速い」

「他の……？　他にも誰かこんな戦いをさせられているの？」

上空で僕らを見下ろすサラという天使を睨《にら》みつけながら、ジェシカさんが尋《たず》ねる。

「この領国ではあと一組だけですが。他の領国を含めても皆さん二番目の速さですよ。失礼ですがこれは予想外でした」

なんかよくわからないが馬鹿にされているのかね？　僕らにオルトロスを仕向けたというこいつも敵の可能性は高い。僕らは警戒《けいかい》を解かずに、武器を構えたままサラと対峙《たいじ》していた。

「予想外か何か知らねえが、これで俺たちの勝ちってことか？」

「ふふ。勝ちも負けもないのですけれど。あくまでこれはサンプルのひとつですし」

サンプル……？　いったいなんの話だ？　どうも話が噛み合わない。そもそも【監視者《ウオッチャー》】とはなんなのか？　『ＤＷＯ《デモンズ》』における隠《かく》しイベントかなにかか？

「ともかくお疲《つか》れ様《さま》でした。皆さんのご協力に感謝します。御名《おな》残惜《ごりお》しいですが、それではごきげんよう」

サラが指をパチンと鳴らすと、ここへ来た時と同じように足下の地面がフッと無くなり、僕は落下するような感覚に襲われた。

「またかよっ⁉」

数秒間真っ暗な中をフリーフォールさせられたと思ったら、今度は突然《とつぜん》視界が真っ白になるほどの閃光《せんこう》が僕を襲った。目の前でフラッシュを焚《た》かれたような光に思わず目を瞑《つぶ》る。

しかし次の瞬間《しゅんかん》、パァンッ！　と、なにかが弾《はじ》けるような音が響《ひび》き、僕の身体《からだ》にも軽い衝撃《しょうげき》が走った。んもー！　今度はなんだよ⁉

『【インターフェア】を防ぎました』

「はあ？」

どこからかのアナウンスが流れる中、僕は再び真っ暗になった空間の中をどこまでも落ちていった。

DWO:04:09　DWOの秘密

【Game World】

「あ痛《いた》っ!?」

背中から来た衝撃に、僕は思わず叫んでしまった。実際は軽く叩かれたような感覚で、痛くはない。条件反射だ。

「あっ、あれ!?」

起き上がり、辺りを見回すと、コロッセオの屋台がずらりと並ぶ広場の前で、プレイヤーやNPCの皆さんが訝《いぶか》しげな目でこちらを見ている。

「兄ちゃん、大丈夫《だいじょうぶ》か？　なんにもないそんなところで転んで。……通信障害か？」

「え？　あ、ああ、いや、なんでもありません。ちょ、ちょっと足がもつれて……」

心配してくれたのか、声をかけてくれたラーメン屋台の厳《いか》つい【鬼神族《オーガ》】プレイヤーに、あははは、と、愛想笑《あいそわら》いをしながらその場を去った。クスクスと女性の笑う声を背中で感じる。うわぁ、恥ずかしい。

どうなってる？　ここって元の場所だよな？　僕らは確かにオルトロスを倒《たお》して……。

パニクっている僕の耳にポーン、とメッセージ音が聞こえ、続けて公式からのアナウンスが流れてきた。

『システムトラブルにより、先ほど数名のプレイヤー様に数秒間の通信エラーが起こりました。現在は復旧しております。なお、このエラーによる障害の埋《う》め合わせは、ご本人様にメールにてさせていただきます。大変申し訳ありませんでした』

通信エラー？　どういうことだ？

僕が首を捻《ひね》っていると、再びポーン、と着信音がして、一通のメールが届いた。

そこには通信エラーについてのお詫《わ》びの文面と、それに対する補償《ほしょう》アイテムの配布の旨《むね》が書いてあった。『スターコイン』が二十枚。

これが僕に対しての補償ということなら、僕に通信エラーが起きたということになる。

さっきのオルトロスとの戦いが通信エラー？　だとすると……。

「っ、レンは……！」

僕はチャットウィンドウを開き、レンへと連絡《れんらく》を取る。

『はい。シロさんですか？』

「レンか!?　今どこにいる？　無事か!?」

『あ、もしかして連絡くれたんですか？　なんかシステムエラーとかで数秒間強制ログアウトされてたみたいです。連絡取れなくてすみません』

「システムエラー？　強制ログアウト？」

『はい。なんかお詫びメールが来て……』

やっぱりレンにも……。ちょっと待て、なんかおかしいぞ。なんでレンはこんなに落ち着いているんだ？

「レン、オルトロスにやられたダメージは大丈夫かい？」

『え？　オルトロス？　オルトロスってなんですか？』

僕はレンの返事に言葉を失う。

どういうことだ……？　覚えてない？　あの荒野《こうや》で戦ったことを忘れているのか？　い

や、それとも一緒《いっしょ》にオルトロスと戦ったレンは偽物《にせもの》だった？　そんな馬鹿な。

「あ！　そ、そこにジェシカさんいるかい⁉」

『ジェシカさんですか？　いますけど……』

『なに？　私？　レモンティー売ってなかった？』

ジェシカさんもか……！　ユウ以外の人たちにも連絡をとってみたが、同じだった。

ジェシカさん、ガルガドさん、アイリス……全員システムエラーとかで数秒間ログアウト扱《あつか》いされている。おそらく僕もログアウトしたとされているんだろう。

わずか数秒なので、現実世界に戻《もど》ることなく、『DWO《デモンズ》』の世界へと戻されたことになっているが……おそらく真相は違う。

その数秒の間にあの戦いがあったのだ。そしてなぜだかみんなはその記憶《きおく》を失い、僕だけがあの戦いを覚えている。どういうことだ？

いや……待てよ。前にも一度だけ同じようなことが……。

「あっ……」

そうだ。レンたちとバカンスで行った島で……！

ラバースーツを身に纏《まと》い、フルフェイスのヘルメットをした仮面ヒーロー的な謎《なぞ》の人物に、僕は催眠術《さいみんじゅつ》のようなものをかけられた。

僕から仮面ヒーローとサンドゴーレムの記憶を消そうとしたらしい。しかし次の日になっても僕は記憶を失うことはなかった。

全て覚えていたあの時と同じだ。だとしたらやはりレンたちは記憶を消されたのだろうか。

なんで僕だけが記憶を消されないのだろう？　なにか理由があるのか？

【精神耐性】なんてスキルをいつの間にか取ってたとか？　そんな馬鹿な。

だいたい浜辺《はまべ》での一件は『DWO《デモンズ》』の世界じゃないし。

精神……耐性……あれ？　なんか引っかかるな……？　なんだったっけか……。

『護《まも》りの印が薄《うす》れておったでな。強化しておいた。なにか精神に攻撃《こうげき》でも受けたかの？』

「あっ!?」

フラッシュバックのように僕の脳裏《のうり》にミヤビさんが放った言葉が蘇《よみがえ》ってきた。

あのとき僕はおでこに『おまじない』とかをされて……！

それにオルトロスと戦う前……ノドカとマドカがやってきてなんて言った？　『応援《おうえん》しにきた』と言ったのだ。

てっきり僕が試合に出ると勘違《かんちが》いしてるんだな、と思ったが、あの言葉は二人とも『知っていた』のではないか？　僕らがオルトロスと戦うことを。

カウントダウンまでしていたのだ。間違いなく知っていたと思う。

ひょっとしたらミヤビさんがなにか知っているのかもしれない。あのオルトロスの一件も、【監視者《ウオッチャー》】と名乗った天使サラのことも。

聞いてみるか。藪《やぶ》をつついて蛇が出るかもしれないが……。少なくともミヤビさんは『味方』だと思う。そこには別の思惑《おもわく》があるのかもしれないけど。

レンに用事ができたと伝えて、僕はコロッセオのポータルエリアへと急いで向かった。

◇◇◇

「あれ？　シロさん？」

「どうしました、お嬢様《じょうさま》？」

「切れちゃいました。なんか慌《あわ》ててたみたいですけど……」

レンはチャットウィンドウを消して、ウェンディの方へと向き直る。強制ログアウトの間になにか大事な連絡があったのだろうか。ログアウトしていた時間はわずか十秒足らず。そんなに大事な話ならもう一度連絡があってもよさそうなものだが。

「あ、ジェシカさん。オルトロスってなんですか？」

「オルトロス？　さっきもそんなこと言ってたわね。えっとオルトロスってのは、わかりやすく言えば頭が二つある大きな犬のモンスターよ。ギリシャ神話では三つ首の魔犬《まけん》、ケルベロスの弟、で……」

説明していたジェシカの声がだんだんと小さくなり、なにか考え込むように黙り込んだ。心配したのかセイルロットが声をかける。

「どうしました、ジェシカ？」

「いえ……あれ？　なにか思い出しそうな気がしたんだけど……。変ね……」

ジェシカが、うーん、と首を捻って眉《まゆ》をひそめる。

「私、オルトロスの説明って前もしなかった？」

「はは。デシャヴってやつかい？」

困惑《こんわく》したようなジェシカにアレンが笑いかける。

しかしレンもジェシカと同じように、考え込んでしまっていた。ウェンディが訝しげにその様子を見守っている。

「オルトロス……オルトロス……？」

「お嬢様？」

レンもジェシカも先ほどシステムエラーで強制ログアウトする羽目になった。なにか関係があるのだろうか？　と、ウェンディは思考を巡《めぐ》らせる。VRは言ってみれば夢を見ているようなものだ。エラーによる記憶の混乱があっても不思議ではないが……。

眉根《まゆね》を寄せて悩《なや》む二人をよそに、コロッセオでは次の試合が始まろうとしていた。

◇　◇　◇

『天社《あまつやしろ》』。

通常の方法では入ることのできないシークレットエリアに存在する神社。ミヤビさんの住む場所だ。

僕は石段を登り、神社の境内《けいだい》を横切って、竹林の中を駆け抜け、日本庭園のような場所の東屋《あずまや》へとたどり着いた。

そこにはお茶を飲んでいるミヤビさんと、狐耳《きつねみみ》をペタンと伏《ふ》せてシュンとしているマドカ、ノドカの三人がいた。

「ほれみい。シロが来た。お主らが迂闊《うかつ》なことを喋《しゃべ》るからじゃぞ?」

「ごめんなさいです」

「ごめんなさいなの」

ミヤビさんがマドカとノドカの二人を叱《しか》ってはいるが、それほど怒《いか》りは感じられない。どちらかというと、呆《あき》れている感じだ。

「まあよい。今さらどうしようもないしの。シロ、こっちへ来るがよい」

ミヤビさんに手招きされて、いつもとは違《ちが》う緊張《きんちょう》感が僕に走る。

招かれるままにいつもと同じ席に座《すわ》ると、テーブルの上にあったお茶をミヤビさんが淹《い》れてくれた。

「さて。わらわに何か聞きたいことがあって来たのじゃろ?」

「はい……」

ミヤビさんの金色の目が僕を射抜《いぬ》く。その目は楽しんでいるようなイタズラめいた光を宿していた。

「で、何を聞きたい？　わらわの『すりーさいず』は教えられんがのう」

「あ、いえ、その……何から聞けばいいのか……。え、と……じゃあ……【監視者《ウオッチャー》】ってのはなんですか？」

僕の質問にミヤビさんは腕を組み、小さく首を傾《かし》げた。

「ふむ。そうじゃのう……。なんと言えばいいのか……。お主たちの言葉で言うと、『試験官』のようなもの、か。問題を与え、その回答を吟味《ぎんみ》し、結果を判定する。そんな役どころの奴《やつ》らじゃ」

「GM《ゲームマスター》とは違うんですか？」

「違う。この世界を管理している奴らとは別口じゃ。ま、全く関係がないとは言えんがの」

ますますもってわからん。根本的になにが行われているのかさっぱり僕にはわからないのだ。

「オルトロスと戦ったみんなの記憶を消したのは、やっぱり【監視者《ウオッチャー》】ですか？」

「うむ。記憶を残すとなにかと面倒《めんどう》なのでな。あやつらがよくやる手じゃ。シロの記憶が失われていないのはわらわが護りの印を付けたからじゃな」

やっぱりか。だけどそれだと一点おかしなことがある。

僕はミヤビさんに現実世界で体験した、あの出来事を話した。仮面ヒーローとサンドゴーレムの話をだ。

あの時の記憶消去を防いだのもミヤビさんの術に間違いないと思う。だがＶＲで施《ほどこ》された術が、現実世界でも効果を発揮するなんてことがあるのだろうか？

「ふむ。では聞くがシロ。お主、其奴《そやつ》らを何者だと思っておる？」

「何者って……。その、う、宇宙人じゃないかな、と……」

「かかか。宇宙人か！」

ミヤビさんが楽しそうに笑う。うう。やっぱり言うんじゃなかった。恥ずかしい。

いくらなんでも宇宙人はないよな。子供か。せめて某国《ぼうこく》の秘密兵器とそれを破壊《はかい》する特殊《とくしゅ》エージェント、とか言えばよかったか……。でもやっぱり宇宙人ってのがしっくりくるんだよなぁ。

自分の発言に小さくなった僕に、ミヤビさんがニヤリとした笑《え》みを浮かべる。

「言い方はアレじゃが正解じゃ。お主の会った砂人形と仮面人間は、紛れもなくお主の星の者ではない」

「へ？」

あ、あれ？　正解なの？　やっぱり宇宙人ですか⁉

「おそらくその砂人形は【宇宙同盟】の調査ロボット、仮面の者は【惑星連合《わくせいれんごう》】の監察官《かんさつかん》あたりじゃろうな。無断でお主の星に潜入《せんにゅう》したところを見つかって処分された、というところか」

「【宇宙同盟】？　【惑星連合】？」

なんですか、そのいかにもＳＦ小説に出てきそうなアホな団体は。ポカンと口を開けて呆《ほう》けている僕を置き去りにして、ミヤビさんはさらに説明を続ける。

「お主の星……地球と言ったか。地球はの、監視されておるのじゃ。常に奴らが目を光らせておる」

「な……なんのために……？」

「奴らにとって害となる星なのか、益となる星なのか、その見極《みきわ》めをするために……じゃな。なに、怖《こわ》がらんでもよい。未発達な星に直接干渉《かんしょう》することは星間法で禁止されておるからの。お主がいま頭に浮かべた侵略行為《しんりゃくこうい》などは起こらんよ」

また心を読まれた。確かにＳＦ映画などの宇宙人の侵略《しんりゃく》シーンを思《おも》い浮かべてしまったけど。

そもそもミヤビさんは何者なんだろう？　単なるＮＰＣとはとても思えない。やっぱりＮＰＣに偽装《ぎそう》した運営側の人間なんだろうか。

「なんじゃ察しの悪い奴じゃのう。わらわも宇宙人じゃぞ？」

「えええええええええっっ⁉」

驚《おどろ》いて腰《こし》が浮《う》いた。宇宙人⁉　ミヤビさんが⁉　普通《ふつう》のNPCじゃないとは思ってたけど……！

「う、宇宙人が『DWO《デモンズ》』やってるんですか？」

「宇宙人はやってはならないと規約にはないはずじゃがの。そもそもお主はわらわを『えぬぴーしー』とかいう擬似《ぎじ》人格だと思っていたようじゃが、この『世界《デモンズ》』にそういった存在はおらんぞ」

NPCがいない？　そんなわけないだろう。町や村、街道《かいどう》や山奥《やまおく》にだって、そこらじゅうにNPCは溢《あふ》れている。まあ、あまりにも生き生きとしているから、ネームプレートがないとプレイヤーかと勘違いしてしまう、け、ど……。

僕はある考えに辿《たど》り着き、思わずガタンと立ち上がってしまった。

「まさか……」

「かかか。その通りじゃ。お主らが擬似人格と思っていた者たちは全て、数多《あまた》の星々からこの『世界《デモンズ》』に来ておる。言うなればな、この『DWO《デモンズ》』という世界は星々の社交場なのじゃよ」

くらっ、と軽いめまいがして椅子《いす》に腰掛《こしか》ける。このゲームにいるNPCの中身が全部宇宙人？　どうやって何万光年も離《はな》れたところからログインしてるんだよ？　恐《おそ》るべし宇宙のテクノロジー……ってそんな問題じゃない！

「それってもちろん運営側も知ってるんですよね……？」

「当たり前じゃろ。そもそもお主の言う『げえむますたあ』とやらの長《おさ》は宇宙人じゃ。まあ、あやつはこの星にずいぶんと長くいるから、厳密に言えば地球人なのかもしれぬがな」

運営側も宇宙人……？　ちょっと待ってくれ。じゃあなにか？　僕らは宇宙人の用意したゲームに夢中になっているってのか？　というか、宇宙人ってそんな普通に地球に住んでるの？

「普通に住んどるぞ。人間型《ヒューマンタイプ》だけじゃがの。たまーにそれ以外の密入星者が見つかって騒《さわ》ぎになったりもするが……その昔わらわも……。まあ、それはどうでもよいか」

ミヤビさんがなにやら悲しげな目をした気がしたが、それも一瞬《いっしゅん》のことで、すぐにいつもの人をからかうような目に戻った。

「この事実って、当然プレイヤー側には知らされてないんですよね？」

「当たり前じゃろ。でなければ記憶を消したりなんぞせんわ。管理者ども以外で知っとる地球人はお主だけじゃ」

僕だけ……マジかー……。いや、なんだろう。現実離れし過ぎて頭がついていかない。

そんなバカな、と一笑《いっしょう》に付したいところだが、いろんな状況《じょうきょう》証拠《しょうこ》がありすぎて否定できない。

「ああ、言っとくがこのことを吹聴《ふいちょう》せんほうがいいぞ？　記憶を消すことができないとわかれば、今度は文字通りお主を消そうとするやもしれんからな」

「なにそれこわい！」

冗談《じょうだん》でしょ⁉　命を狙《ねら》われるくらいなら記憶の方を消してほしいんですけど！

パニックになりかけていた僕の額に、ミヤビさんが以前と同じように、人差し指で短くさらさらとなにか書いた。ちょっと待った⁉

「だから、熱《あ》っつっ⁉」

「かかか。安心するがいい。その印がある限り、お主はわらわの庇護《ひご》下に入る。誰《だれ》にも手出しはさせんよ」

庇護下？　よくわからないが、ミヤビさんが宇宙人から僕を守ってくれるってこと？

いや、ミヤビさんも宇宙人なんだけれども。

押《お》し寄せる不安に僕が黙《だま》り込んでしまうと、またもミヤビさんが呵々《か》大笑《かたいしょう》してこちらへとその金色の瞳《ひとみ》を向けた。

「安心するがよい。お主に危害を与える者などわらわが許さぬ。ただお主は今まで通り、この世界で遊べばよいのじゃ。それが身を守ることにもなる」

ずいぶんな自信だけど、いったいミヤビさんは何者なんだろう。さっき言ってた【宇宙同盟】とか、【惑星連合】とかに太いパイプでもあるのだろうか。

「ま、お主には心強い『ぼでぃがあど』をつけてやるから大丈夫じゃ。とりあえず今日のところはもう休むがよい」

「え？」

そんなミヤビさんの言葉を聞いた瞬間、ふらっと意識が遠のいていく。微睡《まどろ》むようにして僕は闇《やみ》の中へと落ちていった。

◇◇◇

ピ――ッ、ピ――ッ、ピ――ッ……。
『ログアウト終了《しゅうりょう》。お疲れ様でした』

「う……？」

電子音声に叩《たた》き起こされて、僕は重たい瞼《まぶた》を開く。あれ、ログアウトしたのか……？……されたのか？

よくわからないけどヘッドディスプレイを開いて、リクライニングシートから身を起こす。

思わずため息が出た。先ほどミヤビさんから聞いた話のショックがまだ尾《お》を引いているようだ。

信じられない話だが、なんとなく腑《ふ》に落ちた部分もある。

とんでもない秘密を知ってしまったなあ。本当に大丈夫かな。M《メン》・I《イン》・B《ブラック》みたいな奴らが来たりしないよな？

そういえばミヤビさんが『ぼでぃがあど』がなんとかって……多分ボディガードのことだと思うけど、どういう意味だ？

VRドライブの上で首を捻っていると、リビングからわいわいとした声が聞こえてきた。父さんの声じゃない。だいたい父さんはまだ出張中だし。泥棒《どろぼう》……の割には騒がしすぎる。

テレビでも消し忘れてたか？

廊下《ろうか》に出てリビングを覗《のぞ》き込んだ僕は思わず、固まってしまった。

「シロお兄ちゃん、おはようです！」

「シロお兄ちゃん、おはようなの！」

そこには勝手にうちの冷蔵庫の中から取り出したと思われる、みずみずしいスイカにかぶりついている狐耳の双子《ふたご》姉妹《しまい》の姿があった。

MILK
MOO
mew
WoW

あとがき。

『ＶＲＭＭＯはウサギマフラーとともに。』第四巻をお届け致しました。楽しんでいただけたでしょうか。

第三エリア攻略と途中から第四エリア序盤という、分断されたなんともキリの悪い巻です。申し訳ない。

ここらへんからゲームの中だけでなく、現実世界でもお話が進み始めます。ゲーム内より現実世界の方が変わった展開になりつつありますが、しばしお付き合い下されば。

それではあとがきが一ページなので、すぐさま謝辞を。

はましん様。イラストには出てこない設定画など、いろいろありがとうございます。これからもよろしくお願い致します。

担当Ｋ様、ホビージャパン編集部の皆様、本書の出版に関わった皆様方にも謝辞を。

そしていつも『小説家になろう』と本書を読んで下さる全ての読者の方に感謝の念を。

冬原パトラ

リアルに出現したノドカとマドカの双子たち！
はたしてこのゲームの秘密とは——!?
著：冬原パトラ
イラスト：はましん
VRMMOはウサギマフラーとともに。5
VRMMO with a rabbit scarf.
2021年夏頃発売予定！

HJ NOVELS
HJN44-04

VRMMOはウサギマフラーとともに。4

2021年1月23日　初版発行

著者――冬原パトラ

発行者―松下大介
発行所―株式会社ホビージャパン
〒151-0053
東京都渋谷区代々木2-15-8
電話　03(5304)7604（編集）
03(5304)9112（営業）

印刷所――大日本印刷株式会社

装丁―― 木村デザイン・ラボ／株式会社エストール

ISBN978-4-7986-2397-9　C0076

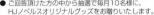